... noch dazu vier Mädchen

ECON Unterhaltung

Der erste Schritt ins Leben – wird er der sechzehnjährigen Pauline gelingen?
Pauline erzählt, wie sie das warme Nest zum erstenmal verläßt, um das Elternhaus im Grünen mit dem verqualmten Atelier eines Mannes einzutauschen, der ihr Vater sein könnte – nicht nur weil er uralt ist – stolze vierzig Jahre –, sondern auch ihr Vertrauen genießt. Aber das Herzweh über diese erste glühende Liebe bleibt ebensowenig aus wie die große Krise ihrer Schwester Claire oder der Kampf von Bernadette um ihr geliebtes Pferd. Auch die jüngste Schwester Cecile trägt zu den Turbulenzen bei – sie hat nichts anderes vor, als im Showgeschäft Karriere zu machen.

Janine Boissard stammt aus einem kinderreichen Elternhaus und begann früh zu schreiben, u.a. für den angesehenen Verlag Gallimard. Sie arbeitet auch für Zeitschriften und für das französische Fernsehen.

Janine Boissard

... noch dazu vier Mädchen

Heiterer Roman

ECON Taschenbuch Verlag

Veröffentlicht im ECON Taschenbuch Verlag,
ECON Verlag GmbH, Düsseldorf 1997
Lizenzausgabe

Aus dem Französischen übersetzt von Christa Kornetzky
Umschlaggestaltung: Init GmbH, Bielefeld
Titelabbildung: Init GmbH, Bielefeld
Druck und Bindearbeiten: Ebner Ulm
Printed in Germany
ISBN 3-612-27279-9

Für meine Mutter
von einer ihrer Töchter

I

Pauline – weil ihnen nichts Besseres eingefallen ist

Ich habe meinen Namen nie gemocht. Schon als Kind, wenn man mich danach fragte, habe ich anscheinend einen Moment gezögert, bevor ich antwortete; oder ich habe ihn herausfordernd hinausposaunt:

„Pauline … na und?“

Es ist ein Name für eine Puppe mit bemalten Fingernägeln, Klimperaugen und einer Schallplatte im Bauch, so daß sie weinen kann, wenn man sie hinlegt.

Meine Eltern hatten sich einen Sohn gewünscht; er hätte nach seinem Großvater Paul heißen sollen; sie hatten wohl zuwenig Phantasie oder zuwenig Mut, um dann den Namen zu ändern. Also heiße ich Pauline, weil ihnen nichts Besseres eingefallen ist.

Meine kleine Schwester hat mit Cécile Glück gehabt. Ein Name, rund wie ein Ring, ein Name, den man überstreifen kann wie einen Angorapulli. Was Claire und Bernadette, meine älteren Schwestern, betrifft, so sind ihre Namen auch nichts Besonderes, aber wenn man sie ausspricht, machen sie sich recht gut.

Ich habe mir schon einige Male gedacht, daß ich mich nur wegen dieses „Pauline“ dazu entschlossen habe, zu schreiben und, wenn möglich, berühmt zu werden. Denn dieser Name bin nicht ich; ich will ihm Gewicht geben, zeigen, daß er doch stimmt – man wird schon sehen, was die Zukunft bringt! Aber es gibt noch viele andere Gründe für meinen Freiheitsdrang, vor allem die Reiter, die bekannten Pianisten, die berühmten Sänger, die mich in so vielen Nächten in meinem Bett besucht haben und, geblendet von meiner Schönheit und dem Genie, das sie in mir ahnten, mich in ihren Armen davontrugen. Welch herrliche Reisen!

Ich habe nichts gegen Klischees. Ich würde sagen, daß in einer Welt, die mir wie das aufgewühlte Meer vorkommt (das ich mit fünf Jahren entdeckte und das gemeinerweise meine neue Hose naßspritzte), die Familie für mich das ruhige Heim bedeutet, ein heller, warmer Hort, der mich auf dem Hügel erwartet, in sicherer Entfernung vom Ufer. Aus seinem Schornstein steigen Botschaften des Friedens empor, die sich mit den Wolken vermischen. Schon in der Diele empfängt einen der zarte Duft von gewachstem Holz, von Bratäpfeln, von dicken Samtstoffen, aus denen man früher die Vorhänge machte. Und dann gibt es auch noch die Geräusche, die einfach zu einem glücklichen Haus gehören.

Ich habe das bestimmte Gefühl, daß, was immer auch an Traurigem oder Schrecklichem geschieht, dieses Haus jeden Schicksalsschlag aushalten wird, daß wir uns hier alle Abende treffen werden. Mama wird uns immer lächelnd empfangen, Bernadette wird sich über Claires schmachtende Blicke lustig machen, Cécile wird protestieren – das Leben wird einfach weitergehen.

Mein Vater Charles ist praktischer Arzt, und das bedeutet, daß man niemals sicher ist, ob er bis zum

Nachtisch bleiben kann. Und er ist Krankenkassenarzt, was weiters bedeutet, daß wir wohl keine „wirklichen" Geldsorgen haben, wie sich Mama ausdrückt (mit Betonung auf „wirklich", um uns von unserer glücklichen Lage zu überzeugen), daß aber das Wort „Vernunft" unser Budget beherrscht. Wenn Bernadette ihren Reitkurs absolvieren konnte, dann nur dank den Tausenden Broten, die sie im Supermarkt während der Ferien verkaufte. Claire kann nur deshalb mit langen Röcken paradieren, weil sie sie in Eigenproduktion anfertigt. Ich suche – bisher erfolglos – eine Stellung als Babysitter bei Leuten, die bereit sind, mich nachher nach Hause zu bringen. Und was den Wintersport betrifft, so ist seit zwei Jahren keine Rede mehr davon!

Auf amtlichen Formularen gibt Mama als Beruf „Hausfrau" an, was anscheinend gleichbedeutend mit „ohne Beruf" ist. Ich jedoch halte sie nicht nur für die Familienmutter, Erzieherin, Wäscherin, Näherin, Erzeugerin von hausgemachten Torten, sondern ich bezeichne sie auch gerne als „Zuhörerin". Wenn es diesen Beruf gäbe, könnte sie auf ihre Türe schreiben „Mme Moreau hört von vier bis sieben zu" und würde damit einen Haufen Geld verdienen. Außer ihrem Mann und den Töchtern, für die sie es zwangsläufig umsonst tun muß, müßte sie nur weiterhin – aber gegen Barzahlung – allen jenen zuhören, die unter dem Vorwand, nur kurz verschnaufen oder die Blumenfunde Papas bewundern zu wollen, ihr das Herz ausschütten.

Auch für diese Menschen muß das Haus das Licht sein, das nie erlischt. Wenn ich sie von meinem Dachbodenfenster aus weggehen sehe, wie sie mit fröhlichem

Schwung über den Bach springen, in den sie beim Kommen beinahe kopfüber hineingefallen wären, fühle ich mich wie eine Königin, weil ich in diese Wärme hineingeboren wurde!

Von uns vieren ist die einundzwanzigjährige Claire die älteste und die schönste. Sie ist hochgewachsen und blond wie eine Romanheldin, hat ganz hellblaue Augen und zarte Füßchen, um die ich sie beneide. Wir werfen ihr vor, daß sie immer den Kopf in den Wolken hat; sie wendet ein, daß sie sich dort, wo sie ist, wohl fühlt und die Absicht hat, dort zu bleiben, und daß wir uns das endlich merken sollten! Um ihr ein bißchen Profil zu geben, haben wir sie „die Prinzessin“ genannt; als wir draufkamen, daß ihr das ungeheuer gefiel, war es zu spät: wir hatten uns bereits daran gewöhnt.

Bis zum Alter von acht Jahren hat Bernadette, die Zweitälteste, im Stehen Pipi gemacht, in der Hoffnung, doch noch ein Junge zu werden; sie hat sich mit ihrem Geschlecht dann unter der Bedingung abgefunden, daß sie keine Röcke tragen muß und sich die Pfeifen von Papa ausleihen darf. Die Pferde sind ihre ganz große Leidenschaft. Eine Woche nach dem Abitur verkaufte sie ihre Bücher in einem Antiquariat und trat als erster Stallknecht in die Reitschule von Heurte-Bise ein. Am Sonntag darf sie mit den einzelnen Gruppen ausreiten, „mit den Parisern“, sagt sie verächtlich. Sie bekommt beinahe gar keinen Lohn, darf aber jederzeit ihr Lieblingspferd Germain reiten. Später will sie einen eigenen Reitstall haben. Ich fürchte, daß dann die Peitsche vor allem auf den Waden der Schüler landen wird. Bernadette ist neunzehn und um zwei Kilo schwerer als Claire, aber das sieht man nicht, das machen die Muskeln; sie hat braune Locken und die schwarzen Augen Papas – ein praller Anblick, ja, richtig prall. Ich nenne sie gerne Bernard.

Cécile, zwölf Jahre alt, ist die jüngste, das Nesthäkchen, alle sieben ägyptischen Plagen zusammen. Sie hat entschieden, daß das Leben dazu da ist, leichtgenommen zu werden, und macht es damit den anderen schwer. Da die liebe Kleine im Lyzeum überhaupt nichts gelernt hat, wurde sie in eine Privatschule gesteckt, die uns ein Heidengeld kostet. Cécile ist der einzige Luxus, den wir uns leisten. Als Dank verläßt sie ihr Transistorradio nur, um sich vor den Fernsehapparat zu setzen. Ihre sehr dichten und langen Haare wären prachtvoll, wenn sie mehr als einmal wöchentlich mit dem Kamm in Berührung kämen. Sie ißt ihre Nägel zur Gänze auf, das heißt: auch die Zehennägel. Da sie rundlich ist, behauptet sie, daß das ihre Art sei, Gymnastik zu treiben.

Ich bin gestern siebzehn geworden. In sieben Monaten werde ich mein Französisch-Abitur bauen. Derzeit sehe ich es allerdings wie eine verschlossene Tür vor mir. Ich habe wahrscheinlich blaugrüne Augen, mittelmäßige Haare, bin weder dick noch dünn – ich dürfte auf allen Gebieten ein wenig von jeder meiner Schwestern haben. Wie Bernadette fühle ich mich fähig, die Welt mit beiden Händen zu packen und in die richtige Bahn zu bugsieren. Ich habe, wie Cécile, immer eine Melodie im Kopf. Und an manchen Morgen, an denen ich einen guten Menschen dazu überreden konnte, mir meine Schokolade ans Bett zu bringen, sehe ich mich mühelos wie Claire, eine schöne Dame mit großem

Dekolleté, die ihre Zeit damit verbringt, den Männern die Köpfe zu verdrehen, indem sie kleine Stückchen ihrer perlmutterfarbenen Haut enthüllt.

Wer bin ich?

Vor fünf Jahren, nach vielen Diskussionen und Abstimmungen im Familienkreis, beschlossen wir, Paris zu verlassen. Vater träumte davon, bei offenen Fenstern zu schlafen – und zwar sollten sie sich auf seine Pflanzungen öffnen.

Mama war nicht dagegen, unter der Bedingung, daß sie über ein Auto verfügen könnte, irgend etwas, das sich bewegt, um ihre Freiheit zu behalten. Bernadette fiel der Entschluß leicht: es gibt in der Nähe eine Reitschule. Und bei Cécile und mir hat die Vorstellung, daß jede ihr eigenes Zimmer haben würde, die Entscheidung herbeigeführt. Ich muß wohl nicht erwähnen, daß Claire dagegen war; sie verträgt keine Veränderungen und behauptet, daß nichts so alt mache wie ein Wohnungswechsel oder eine Scheidung.

Das Haus steht in einem kleinen Dorf, fünfundzwanzig Kilometer von Paris entfernt; und es gehört ein halbes Hektar Grund dazu, vollkommen ausreichend für diejenige, die im Herbst den Auftrag bekommt, die welken Blätter zusammenzurechen. Wir haben den Namen „La Marette" beibehalten. „Petite mare"* sagt Mutter. „Marée"* sage ich, denn dann fühle ich im Hintergrund das ganze Meer.

* petite mare = kleiner Tümpel; marée = Ebbe und Flut

Wir besitzen sechs junge Apfelbäume, eine Weide, zwei Nußbäume, die jedes Jahr tragen, eine Art Fichte, die sich in der Richtung geirrt hat und in die Breite statt in die Höhe wächst, und noch einige andere Bäume und Bäumchen, deren Namen ich nicht kenne, denen es aber bei uns recht gut gefällt. In einem Becken im Mittelpunkt des Gartens, das die Form eines Auges hat und von einer eiskalten Quelle gespeist wird, kann man im Sommer die Fruchtsäfte einkühlen, ohne zum Kühlschrank wandern zu müssen. Darin zu baden ist heldenhaft!

Man hört die vorüberfahrenden Autos wirklich nur am Samstag, wenn die Hochzeiten stattfinden und die Leute durch ohrenbetäubendes Gehupe der gesamten Bevölkerung ihr Glück verkünden. Dagegen ist uns das Knarren der Lastkähne am Ende des Gartens, wo die Oise vorbeifließt, vertraut geworden: eine dumpfe Stimme, die von weiten Reisen erzählt.

Als wir uns unsere Zimmer aussuchten, war ich die einzige, die den Dachboden wollte. Cécile versuchte es eine Nacht lang und erklärte dann, daß Legionen von Ratten über ihrem Kopf herumgetobt hätten. Meiner Meinung nach handelt es sich aber um Vögel; im Morgengrauen höre ich ihre Flügelschläge.

Mir gehört also die langgestreckte Mansarde ganz hoch oben, deren Decke aus Balken besteht; durch ein Fenster sieht man auf den Garten hinaus und das andere öffnet sich zur Straße hin, oder besser gesagt: zu dem Weg, der auf den Straßenkarten nicht eingezeichnet ist und der nur zu ein paar Häusern führt, bevor er sich in einem Rübenacker verliert.

Cécile hat ein winziges Zimmer in der gleichen Etage wie ich bezogen, weil sie erkannt hat, daß es leichter aufzuräumen ist und daß Mama seltener die Nase hineinstecken würde, was absolut zutrifft.

Claire hat sich im ersten Stock neben den Eltern und dem Badezimmer eingenistet, das sie jeden Vormittag um elf Uhr mit Beschlag belegt, wobei sie den gesamten Inhalt des Warmwasserspeichers aufbraucht; angeblich wäscht sie sich bloß.

Bernadette hat nicht lange gezögert: das Souterrain! Sie verfügt dort über einen großen, beinahe leeren, weißgetünchten Raum, den unsere Vorbesitzer als Tischlerwerkstätte benützt haben. Sie hat die Nägel in der Wand gelassen und hängt daran zwischen Pferdefotos ihre Kleider auf. Sie lehnt eigensinnig jede Verbesserung ihrer Wohnverhältnisse ab. Papa wartet darauf, daß sie auch noch auf Stroh schläft wie Germain.

2

Liebe wie mit sechzehn

Heute früh hat der Winter begonnen. Ich sah es, kaum daß ich den Fensterladen aufgestoßen hatte. Ein Nebeltuch bedeckt den Rasen, die Kirchenglocke klingt wie in Watte gehüllt; ich weiß, daß die Blätter, statt unter den Füßen wie Waffeln zu krachen, an den Sohlen kleben werden. Ein Schleppkahn fährt vorbei und stößt einen langen Heulton aus, wie ein Schiff, das sich auf dem Meer verirrt hat.

Ich liebe den Winter, die Jahreszeit der Häuslichkeit, in der alles raschelt, knackt, seufzt; in der ich jeden Abend, wenn ich von der Schule nach Hause komme, Mama beim Kamin finde, wo sie das Feuer in Gang hält.

Es ist Sonntag! Wie spät? Dem Aussehen des Himmels nach früh. Zu früh zum Aufstehen. Und dennoch höre ich auf dem Kies die Schritte Céciles, die mit den Croissants zurückkommt. Das Frühstück steht auf dem Tisch!

Wir nehmen die Mahlzeiten immer in der Küche ein, außer wenn wir Besuch haben. Die Küche ist riesengroß, durch das Fenster sieht man das Becken und dahinter unsere stolze Reihe von Apfelbäumen. Ein Lorbeerbaum wächst vor dem Fenster. Zum Würzen der Ragouts müssen wir nur die Hand ausstrecken.

Ich gehe hinunter; alle sitzen schon bei Tisch. Papa vor seinem schwarzen Kaffee, Mama vor ihrem Milchkaffee, Claire vor ihrem Jasmintee, Bernadette vor ihrer rohen Milch, Cécile vor ihrer Eisschokolade. Ich deute eine allgemeine Begrüßung an und setze mich zwischen Bernadette und Mama. Ein Gewitter liegt in der Luft. Meiner Meinung nach zieht es zwischen Papa und Cécile auf; ihr betont unschuldiger Gesichtsausdruck weist darauf hin. Sie bemüht sich, die Tasse genau in die Mitte einer Blume auf dem Wachstuch zu stellen. Wenn die Tasse über die Blume hinausragt, so ist sie überzeugt, beim Diktat eine Fünf zu bekommen.

Mama schneidet ihr Croissant entzwei, ohne einen einzigen Krümel zu machen, und bestreicht es mit Butter. Claire ahmt jede ihrer Bewegungen nach; ein duftiger Morgenrock umschließt ihren langen weißen Hals; sie sieht aus wie eine beleidigte Prinzessin.

An meiner Wade spüre ich einen von Bernadettes Stiefeln. Auch sie trägt Jeans, aber oben rum nur einen Büstenhalter. Sie behauptet immer, daß man hier vor Hitze erstickt!

Papa nimmt seine Brille ab: ein schlechtes Zeichen! Er putzt sie lange, obwohl sie es absolut nicht nötig hat, und wendet sich dann an Cécile. „Was hast du mit Mozart gemacht?"

Diese überraschende Einleitung kommt von einem Mann in einem gestreiften Pyjama, das an die Kluft eines Zuchthäuslers erinnert, und lähmt uns. Dann fällt der Groschen. Papa hat dem Quälgeist vergangene Woche zu seinem zwölften Geburtstag die *Krönungsmesse* geschenkt.

„Ich habe ihn gegen Chansons von Marie Laforêt eingetauscht!“

„So etwas Ähnliches habe ich gehört“, sagt Charles*. „Kannst du mir den Titel sagen?“

„Lieb mich wie mit sechzehn!“

Bernadette platzt heraus. Claire tut, als würde sie sich auf ihr Croissant konzentrieren, aber sie läßt Mama nicht aus den Augen, deren Reaktion sie erst abwartet, bevor sie etwas erwidert.

„Ich habe mich darauf gefreut, diese Messe gemeinsam mit dir zu hören“, fährt Papa mit beängstigender Sanftmut fort.

„Wir können uns gemeinsam meine Laforêt anhören“, schlägt Cécile großmütig vor.

Mamas Augen leuchteten erheitert auf, Claire geruht zu lächeln. Charles beugt seinen mächtigen, gestreiften Bauch über den Tisch. Er riecht nach Bettwärme und Rasierwasser.

„Ich werde dir etwas sagen, meine Kleine! Deine Laforêt interessiert mich nicht. Nicht mehr als dein Claude François, dein Adamo und deine Vartan. Bei denen heißt weder die Musik noch der Text etwas. Das ist ganz einfach ... nichts!“

„Na schön, und ich halte Mozart für schwachsinnig und Scheiße“, erklärt Cécile.

Die Familie hat sich schon seit längerer Zeit damit abgefunden, daß die Kleine einen ausgewählten Wortschatz aus ihrer teuren Privatschule mit nach Hause bringt. Aber daß sie ihn auf Mozart anwendet, das ist

* Papa

zuviel für Papa. Sein Kinn bebt vor Empörung. Wir erraten, daß er mit sich kämpft, um Cécile nicht mit Fußtritten fortzujagen; aber er sagt sich, daß er ein moderner Vater ist und diskutieren muß.

„Erklär mir das näher", verlangt er mit Grabesstimme.

„Entweder es gibt überhaupt keinen Text, oder man versteht ihn nicht", sagt Cécile, „sie singen alle in einer toten Sprache."

Bernadette lacht laut und meint: „Weil das Fräulein vielleicht bei der Laforêt den Text versteht!" Jetzt lehnt sie sich über den Tisch, und diesmal riecht es nach Waschseife. Auf der rechten Schulter hat sie eine Ansammlung von Leberflecken. „Ich bin ganz Papas Meinung! Deine Platte ist idiotisch. *Lieb mich wie mit sechzehn* ... Was soll das heißen? Mit sechzehn ist man total verklemmt. Man liebt wie ein Eisblock. Das sagt deine Laforêt. ‚Lieb mich schlecht!' Genausogut könntest du Mama sagen: ‚Mach mir einen sitzengebliebenen Kuchen, ich bitte dich darum, das wäre mal eine Abwechslung.' Aber dazu müßtest du zuerst einmal einen gelungenen gekostet haben."

Damit steckt sich Bernadette ein riesiges Stück Brot in den Mund, das ganz mit roher Milch vollgesogen ist. Wieder fällt ein Groschen. Papa hat sich seiner zweiten Tochter zugewendet und starrt sie mit offenem Mund an.

„Misch dich nicht ein", sagt Cécile, die inzwischen Zeit gehabt hat, sich zu fassen.

Zum Glück läutet das Telefon, und wir hören bald erleichtert Doktor Moreau über Virus-Hepatitis und Lebertran dozieren.

Cécile stürzt sich auf ein Croissant. „Ich hätte geglaubt“, brummt sie, denn sie hat ebenfalls eine Schwäche für komplizierte Satzkonstruktionen, „daß sechzehn Jahre das schönste Lebensalter ist.“

„Das hängt davon ab, was man sich davon erwartet“, antwortet Bernadette.

„Jedenfalls hättest du mich fragen müssen, bevor du die Schallplatte eintauschst“, wirft ihr Mama mit sanfter Stimme vor.

„Entweder du hättest ‚nein‘ gesagt, und ich hätte unfolgsam sein müssen“, gibt die Kleine zurück; „oder es wäre ‚ja‘ gewesen, dann hätte ich dich Papa gegenüber in Verlegenheit gebracht.“

„Welches Zartgefühl“, wirft Claire ein.

Cécile tut den Einwand mit einem verächtlichen Blick ab.

„Ich nehme an, daß ich nicht hinaufgehen, mein Bett machen und mein Zimmer in Ordnung bringen darf?“ fragt sie.

Bernadette grinst.

Mama schüttelt den Kopf. „Du hast gerade erst mit dem Frühstück begonnen.“

Das heißt übersetzt: „Steh zu deiner Tat. Wir wollen den Eiterherd ausräumen.“

Die Kirchenglocken erinnern daran, daß es Sonntag ist, und daß Papa genügend Zeit haben wird, um den erwähnten Eiterherd gründlichst auszuräumen.

„Wenn ich daran denke, daß ich den ganzen Weg gelaufen bin, um euch die Croissants noch warm zu bringen!“

Papa kommt zurück und setzt sich schweigend wieder

an den Tisch. Er nimmt kein Croissant, sondern schenkt sich noch eine Tasse Kaffee ein.

„War es Madame Lelièvre?" fragt Mama.

Er nickt. Eine anscheinend durch Miesmuscheln hervorgerufene Hepatitis grassiert in der Umgebung. Bernadette, die sich auf vegetarische Ernährung verlegt hat – denn jemand, der Fleisch ißt, wäre ja auch imstande, Germain zu essen –, kaut triumphierend ihr grobes Schwarzbrot. Allgemeines Schweigen. Sie ist diejenige, die es bricht.

„Übrigens", sagt sie, „habt ihr gesehen, daß sie in der Avenue du Maréchal-Leclerc gleich drei Pornos spielen?"

„Pornos oder Erotische?" fragt Cécile.

Papa nimmt die Brille wieder ab und stützt die Stirn in die Hände. Ich nehme an, daß er voll guter Vorsätze an den Tisch zurückgekehrt ist, denn nachdem er den Hörer aufgelegt hat, ist er noch einen Augenblick auf dem Stuhl sitzen geblieben, hat auf seine Pantoffeln gestarrt und mit den Fäusten auf die Knie getrommelt, um sich zu beruhigen. Das Ablenkungsmanöver ist ein voller Erfolg!

„Könnten wir nicht von etwas anderem sprechen?" schlägt Claire vor.

Immer kommt die Prinzessin den Eltern zu Hilfe, als müßte sie sich dafür rechtfertigen, daß sie das Licht der Welt erblickt hat. Dabei war ihre Geburt so leicht, daß Mama behauptet, gar nichts gespürt zu haben, bis sie sie plötzlich in ihrem Bett brüllen hörte.

Cécile wirft ihr einen mitfühlenden Blick zu. „Du kannst das jedenfalls nicht verstehen!"

„Und warum nicht, mein Fräulein?"

„Weil du keinen Busen hast", erklärt der Quälgeist, „sogar Nicolas hat das schon bemerkt! Nichts im BH!"

Claires Gesicht wird dunkelrot. Das Blut steigt ihr nicht nur in die Wangen, sondern breitet sich auch über Hals und Schultern aus, um die sie den Morgenrock zusammenrafft. Ich finde sie sehr schön, wenn sie sich ärgert. Sie schiebt die Teetasse zurück und steht auf. Der Hieb ist arg, weil er mit der Wahrheit übereinstimmt. Claire ist flach wie ein Bügelbrett und deshalb verzweifelt. Nichts hat geholfen, weder Crèmes von fernen Inseln noch die japanischen Elektromassageapparate, die die Drüsen anregen sollen, und die, sehr diskret verpackt, nacheinander eingetroffen sind. Schließlich hat sie resigniert und den Mangel durch Büstenhalter mit Einlage kaschiert. Jetzt muß sie aber auf langsame Tänze verzichten, weil die Dinger nachgeben, wenn die Burschen sie an sich drücken.

Sie geht aus dem Zimmer, läßt das angebissene Croissant liegen und streckt den nicht vorhandenen Busen heraus. Ich kann sehen, daß es Cécile leid tut. Nachher tut es ihr immer leid. Mama und Bernadette sehen sie streng an. Wir werden stundenlang diskrete Anspielungen machen müssen, damit sie der Beleidigten gegenüber zugibt, daß auch ein Mädchen ohne Busen das Recht auf Glück hat wie die anderen.

„Wer ist Nicolas?" fragt Papa streng.

„Mein Freund", sagt die Kleine.

„Du solltest ihn hierherbringen", greift Mama ein; „wir wären alle entzückt, ihn kennenzulernen."

Die mütterliche Taktik: ins Netz locken.

„Für Claire", sagt Bernadette, „bist du nichts als eine Plage. Ich kann dir sagen, daß Mädchen ohne Busen in gewissen Nachtklubs einen tollen Erfolg haben; man findet das sehr erotisch. Außerdem, wenn du dich schon dafür interessierst, solltest du wissen, daß erotische Filme blöd wie die Nacht sind."

„Weil du eine Kennerin auf diesem Gebiet bist, nehme ich an", bemerkt Papa, dem schon wieder die Augen aus dem Kopf fallen.

„Natürlich muß man einmal so etwas sehen, um es kennenzulernen."

Bernadette streckt die Beine aus und macht es sich bequem. Ihre kurzen Haare, das runde Gesicht, die Stiefel, die engen Jeans, deren Reißverschluß kaputt ist, der Büstenhalter, der nichts verbirgt, das alles wirkt sehr sexy.

„Ich werde dich nicht nach dem Titel des Films fragen, den du gesehen hast", meint Papa.

Also antwortet Bernadette nicht.

Charles wendet sich an Mama. „Mir scheint", seufzt er, „daß wir von unseren Töchtern nur sehr wenig wissen."

Schweigen. Ich liebe an Mama besonders, daß sie nie über etwas erstaunt ist. Man kann ihr sagen: „Draußen stürzt die Welt ein", und sie wird die Schürze abnehmen und antworten: „Wir wollen mal sehen, was man da machen kann."

Das Leben geht weiter. Ich höre, wie es im Garten knistert: es wird trocken. Die Kirchenglocken rufen zum zweiten Mal. Ich fühle Papas Blicke auf mir. Ich weiß, was er sagen wird. Ich mache mich ganz klein. Ich kaue nur ganz vorsichtig.

„Und Pauline", sagt er. „Hat sie denn nicht auch eine Meinung zu dieser Frage?"

Mama lächelt mir zärtlich zu. Cécile sieht mich an, als wäre sie meine Großmutter. Bernadette genießt ihre Milch.

Ich murmle: „Nichts."

Nein, wirklich nichts! Und ich ärgere mich über mich, weil ich dabei diesen entschuldigenden Tonfall habe. Die Frage interessiert mich nicht. Wenn ich an einer Mauer das Plakat eines erotischen Films sehe, gehe ich auf die andere Straßenseite. Ich mache einen Bogen um die aneinandergeschmiegten Körper in den Autos oder auf den Bänken. Ich meide die Mädchen in der Klasse, die nur „davon" sprechen.

Die Liebe? Ich möchte, daß sie wie der Wind ist, an gewissen Abenden auf dem Land, wenn die Nacht noch nicht richtig hereingebrochen ist; dieser laue und fremdartige Hauch, der von weitem kommt, der einen durchdringt und mit sich fortnimmt. Oder wie die erste Liebkosung der Wellen nach einem langen Winter.

Ich stehe auf dem Sand, wo das Meer noch nicht ganz hinkommt, und warte. Was ich liebe, ist das seidenweiche Geräusch, wenn sich die Welle gebrochen hat, wenn das Wasser mit einer geschmeidigen Liebkosung in alle Winkel strömt, in sie eindringt, sie erfrischt, zum Leben erweckt, seinen zischenden Schaum in sie hineinträgt.

Auf den Bildern an den Mauern, in den Zeitschriften an den Kiosken, den Auslagen der Sex-Shops, den Pornogeschichten gibt es weder Wind noch Wellen noch Flammen; nur Fleisch, Haare, Ketten und überall offene Münder, die aussehen, als wollten sie um Hilfe rufen.

3

Meine Freundin Béa

Ich hatte in bezug auf die Übersiedlung nur eine Bedingung gestellt: keinen Schulwechsel. Ich wollte Béatrice, Béa, nicht verlieren!

Ich erinnere mich an den Tag mitten im Jahr, als wir im Trommelfeuer von Aufsätzen, Verlautbarungen und Mitteilungen standen (sechs Mitteilungen bedeuten: Ausschluß auf eine Woche; zwei Ausschlüsse: die Eltern werden vorgeladen; von dem, was danach kommt, wollen wir lieber nicht reden, der einzige noch offene Ausweg ist dann Straßenkehrer), an dem sie in unserer Klasse eintraf. Ich erinnere mich an den frischen Wind, der mit ihr hereinkam; einen Augenblick lang war die Spannung wie weggeblasen. Es war, als hätte man ein Fenster geöffnet.

Sie war größer als die meisten von uns, einschließlich der Jungen, glaube ich, wirkte kräftig und schön, sah uns alle an und bedachte uns mit dem ihr eigenen Lächeln. Ich wußte damals nicht, daß sie über ein ganzes Repertoire von Lächeln verfügt: herausfordernd, stolz, mutig. Damals war es ein Lächeln voll Appetit; sie schien sagen zu wollen: „Mit welcher Soße soll ich euch denn verspeisen, meine Lieben?“

Man sagte uns, daß sie aus den Vereinigten Staaten

komme, in denen sie zwei Jahre gelebt habe, weil ihr Vater Diplomat sei. Sicherlich verdankte sie ihre Bewegungen, ihre Haltung, ihre Kleidung, die so ungeheuer frei wirkten, diesem Amerika. Und es war dieser Hauch von Freiheit, den wir alle spürten, und der in jeder von uns den Wunsch weckte, ihre Freundin zu sein. Ich frage mich immer noch, warum sie nach der Stunde gerade auf mich zukam. Ich drehte mich um: hinter mir stand niemand.

„Man nennt mich Béa“, sagte sie. „Mir gefällt das besser als Béatrice; und dir?“

So wurden wir Freundinnen. Ich wundere mich heute noch darüber. Ich finde, daß wir grundverschieden sind. Während ich im allgemeinen Dinge und Menschen so nehme, wie sie sind, lehnt sie zunächst immer alles ab. Sie ist ein Einzelkind und hat vor nichts Angst oder Respekt. Sie hat ständig etwas Herausforderndes an sich. Aber sie ist anders als Bernadette; es ist keine glückliche Herausforderung.

Ich habe sie an dem Tag besser verstanden, an dem sie mich zum erstenmal in ihre Wohnung mitnahm. Ich hätte nie geglaubt, daß Béa, meine Béa, die immer in alten Klamotten und ständig zerrissenen Tennisschuhen herumläuft, in einem solchen Palast wohne. In der luxuriösen Sechs-Zimmer-Wohnung bleibt einem die Puste weg: riesige Sofas, herrliche Lüster, ein dicker Teppichboden, viele schöne Dinge aus dem Ausland. Aber ich habe dabei an Museen denken müssen, wo es trotz der schönsten Dinge keine richtige Wärme gibt.

Ihre Eltern sind selten da; sie verstehen einander nicht mehr, und jeder führt sein eigenes Leben. Jeden

Morgen kommt eine Aufräumefrau. Béa verstreut überall ihre Bücher, Platten und Kleider, als wolle sie sich selbst gegenüber beweisen, daß sie da ist, wirklich da zu Hause ist. Kaum kommt sie in die Wohnung, stellt sie irgendwelche Musik an, sehr laut, und knipst überall das Licht an. Ihre Türe steht jedem offen, der hereinkommen will. Sie hat überhaupt keine Geldprobleme. Ihre Eltern sorgen für alles.

„Sie müssen ja ihr Gewissen irgendwie beruhigen", sagt sie. „Statt zu mir zu kommen, schicken sie mir Geld."

Béa ist nicht zynisch. Außer man hält es für zynisch, daß sie die Dinge beim Namen nennt, ohne sich aber besonders darüber lustig zu machen.

Ich habe Béa einmal nach Hause mitgenommen. Alle scharten sich um sie, interessierten sich für sie. Cécile ein bißchen zuviel, meine Erzählungen hatten sie neugierig gemacht. Wie vorauszusehen war, verstand Béa sich mit Bernadette gut, aber ich hatte den Eindruck, daß sie gerne wieder gegangen ist, und seither ist sie nie mehr wiedergekommen. Und dennoch spricht sie mit mir gern über „La Marette". Aber ein wenig distanziert, mit Herablassung in der Stimme, wie ein Atheist einem Christen antwortet, der sich mit ihm über seinen Glauben an Gott unterhält. Obwohl ich Béa manchmal ohne Grund hasse, ist sie meine einzige wahre Freundin.

Von der Haustür bis zum Eingang des Gymnasiums im Quartier Latin brauche ich fünfundvierzig Minuten: zehn mit dem Mofa, zwanzig mit dem Zug, fünfzehn mit der Métro und drei zu Fuß. Ich komme nur dann zu Mittag nach Hause, wenn ich am Nachmittag keinen Unterricht habe. An den Tagen, an denen ich in der Stadt bleibe, gehe ich in die Kantine oder zu Béa, deren Kühlschrank immer gefüllt ist. Manchmal, bei schönem Wetter, essen wir auch ein Sandwich im Jardin du Luxembourg oder Crêpes auf dem Boulevard Saint-Michel.

Es ist Montag!

„Heute essen wir bei meinem Onkel", erklärt Béa beim Verlassen der Schule. „Er wohnt in der Rue Jacob. Ich habe ihm von dir erzählt. Er will dich kennenlernen."

Ohne mir Zeit zu einer Entgegnung zu lassen, zieht sie mich mit sich. „Er ist Maler, du wirst schon sehen!"

Wir gehen durch den Luxembourg-Park. Die Luft duftet so durchdringend süß, daß mir schwindlig wird. Wir haben uns den ganzen Vormittag mit den Atomen abgeplagt: Ich habe Mühe, in den Herbst 1976 zurückzukehren.

Gestern hatte ich geglaubt, daß der Winter da ist, heute hat er es sich wieder überlegt. Es ist ein Rückfall in den Herbst. Papa sagt, daß das nie lange anhalte, und daß der Tod nachher um so brutaler wirke. Die blasse, aber hartnäckige Sonne versucht vergebens, die Erde zu erwärmen. Das Wasser im Brunnenbecken hat eine Gänsehaut. Straßenkehrer schieben Schubkarren mit roten Blätterperücken. Man möchte ihnen zurufen: „Warten Sie! Es ist noch nicht zu Ende! Dadurch, daß sie den Herbst begraben, rufen Sie den Schnee herbei!"

Béa geht einige Schritte vor mir. Sie trägt geflickte Jeans, die um die Waden Falten werfen, und eine amerikanische Armeejacke; über die Schulter hat sie eine Jagdtasche gehängt. Die lockigen Haare umspielen ihr Gesicht. Sie verwendet kein Make-up, genau wie ich.

Sie plaudert. Sie erzählt mir von dem Onkel, den ich eigentlich gar nicht besuchen will. Er hat eine Lebensgefährtin und eine Tochter. Er ist manchmal reich wie Krösus und manchmal arm wie Hiob. Wenn er reich ist, gibt er alles aus, sofort; wenn er arm ist, singt er.

Ich höre geistesabwesend zu. Ich ärgere mich über mich selbst, weil ich die Einladung angenommen habe. Heute wäre der richtige Tag für ein Picknick auf einer Bank! Die letzte Gelegenheit in diesem Jahr.

„Weißt du, warum er dich kennenlernen will?“

„Nein!“

„Weil ich ihm alles erzählt habe; über deine Familie, deine Schwestern, deinen Dachboden, deine ‚Marette‘. Er glaubt es nicht. Er will es von dir hören.“

Ich bleibe plötzlich stehen.

Béa geht noch ein paar Meter weiter, dann dreht sie sich um. „Was ist denn mit dir los?“

„Ich gehe nicht mit!“

„Warum?“

„Ich bin kein Wundertier.“

Deine Familie, deine Schwestern, dein Dachboden, alles … Mit welchem Recht, mit welcher Betonung hat sie ihrem Onkel von uns erzählt? Was weiß sie wirklich von uns? Plötzlich hasse ich sie.

„Wenn man jemanden liebt“, sagt sie, „spricht man immer über ihn. Es ist nicht meine Schuld, wenn er dadurch Lust bekommen hat, dich kennenzulernen. Du solltest dich geschmeichelt fühlen. Los, komm!“

Ungern! Außerdem habe ich die Strumpfhose mit der Laufmasche und Claires alten Kilt an. Ich habe mir die Haare seit fast einer Woche nicht mehr gewaschen; und ich habe keine Lust, zwischen der Mathematikstunde und Französischer Geschichte mondäne Konversation zu machen.

„Aber es ist ja gar nicht mondän!" empört sich Béa. „Ich habe dir gesagt, daß er ein Künstler ist, ein wirklicher, bald verzweifelter, bald glücklicher, bald unglücklicher, ganz verrückter Mensch, kurzum, ein richtiger Künstler! Außerdem hat er seinen Tahiti-Salat gemacht, wir können uns nicht drücken!"

Es ist ein altes Haus, das sich leicht nach hinten neigt und ein bißchen verärgert aussieht. Das große Tor ist hundert Jahre alt und mit einem Kupferknopf versehen, in dem man ein ganz verzerrtes Spiegelbild von sich selbst sieht. Dahinter verbirgt sich ein Hof, in dem Moos zwischen den Steinen wächst. Wir müssen eine steile Treppe, auf der unsere Schritte widerhallen, sechs Stockwerke hoch hinaufsteigen. Béa geht voraus, als hätte sie Angst, daß ich es mir noch anders überlege, drückt den Finger auf die Klingel und läßt ihn dort.

„Ich komme ja schon, ich komme schon!" protestiert eine Stimme.

Die Türe öffnet sich in dem Augenblick, in dem ich außer Atem auf dem obersten Treppenabsatz lande. Das kann nicht ihr Onkel sein, dieser große Kerl in weißen Jeans, dieser mit Farbe bekleckerte Pierrot, der Béa hochhebt und sie auf beide Wangen küßt.

„Das ist Pauline", sagt sie in einem Ton, den ich nicht mag; es ist, als würde sie ihm ihre Jagdbeute vorzeigen.

Ich murmle ein reserviertes „Guten Tag, Monsieur!" und strecke ihm die Hand hin. Er ergreift sie, läßt sie nicht mehr los, zieht mich ins Atelier, in dem Béa bereits verschwunden ist. Er hat weiße Farbe in den Haaren und auf den Wimpern.

„Guten Tag, Pauline!"

Ich ziehe meine Hand wieder zurück, wickle meinen Hals aus dem Schal und folge der Freundin.

Mitten im Zimmer steht ein großer qualmender Ofen, ich sehe Säulen, die die Decke tragen, ein sehr niedriges und großes Sofa, beinahe ein Bett, auf dem ein Teppich liegt. Ringsum gehen kleine Fenster, die sich auf die umliegenden Dächer draußen öffnen. Und es gibt da auch ganze Bündel von Pinseln, ein Stück eines Baumes, einen angenehmen Duft, eine Matte, auf der eine Salatschüssel voller Früchte und verschiedenartiger Gemüse steht. Und überall, an den Wänden, auf den beiden Staffeleien, auf dem Zeichentisch, das Meer! Nicht jenes Meer, zu dem ich im Sommer zurückkehre und vor dem ich mich jetzt nicht mehr fürchte; nicht die Unendlichkeit, die am Ende des goldenen Strandes beginnt, sondern ein angriffslustiges Meer, aus dem einzelne Felsen herausragen unter einem bedeckten, schweren Himmel, zwischen chaotischen Steinen, die mit Dornenranken überwuchert sind. Eine Welle, die die gebleichten Planken der Schiffe auf den Strand zwischen die Seetangbüschel wirft, eine bedrohliche, heftige Welle, die mich ängstigt. Ich schaue das alles an und mir wird klar, warum ich nicht kommen wollte.

Eine Hand legt sich auf meine Schulter. „Sie sehen mein Zuhause", sagte Pierre. „Eine bretonische Insel."

4

Als kleines Mädchen verkleidet

„Verstehst du“, sagt Cécile, „sie ist gemein, dieses Biest! Weil ich von den angel-saxophonischen Ländern spreche – ein winziger Versprecher – krieg’ ich eine Ungenügend, während ich für alles übrige, die Pampas, das kanadische Tafelland, die Subtropen und die Eisenbahn ein Sehr gut bekommen habe.“

„Angel-saxophonisch“, kichert Bernadette. „Und da behauptet Charles, daß die Kleine unmusikalisch ist! Und Nicolas?“

„Erster“, sagt Cécile kurz. „Genial. Lauter ‚Sehr gut‘. Dabei lernt er nie was.“

„Wenn ich du wäre, würde ich ihn nach seiner Methode fragen.“

Cécile, der Quälgeist, sitzt mit Puppen-Büstenhalter, in Slip und Söckchen in der Badewanne und wäscht alles gleichzeitig. Bernadette striegelt sich unter der Dusche. Das Wasser spült ein wenig Sägemehl in den Abfluß.

„Da ist ja Paul“, sagt sie. „Wie geht es?“

„Gut! Ich bekomme nach euch das Badezimmer.“

„Einverstanden.“

Claire taucht mit gerunzelten Brauen im Korridor auf. „Würde es euch etwas ausmachen, die Türe zu schließen? Mein Spiegel ist schon ganz beschlagen.“

Ich schließe die Tür und steige zu meinem Dachboden hinauf. Ich schalte das Licht nicht ein, lege meine Schulmappe hin, ziehe die Schuhe aus und gehe zum Fenster. Ich knie mich hin, weil sich das Fensterbrett knapp über dem Fußboden befindet. So knie ich gleichsam vor dem Garten nieder und lese darin im Dämmerlicht des hereinbrechenden Abends.

Es hat geregnet. Vielleicht ist es nur eine wehmütige Stimmung, aber ich habe ein Gefühl der Verlassenheit; ein bißchen wie bei einer Abreise! Die Bäume ergeben sich in ihr Schicksal; es sind ihre letzten Blätter, die jetzt zu Boden fallen. Keine Blumen mehr im Beet. Ein von Moos überwuchertes Wasserbecken. Irgendwo auf dem Weg hallen Schritte. Wer bist du? Im Sommer hört man es nicht so deutlich, so, als wäre man in einem leeren Haus. Ich schließe die Augen und nehme die unbekannten Schritte, den feuchten Geruch in mich auf. Die Ruhe hüllt mich ein. Ich finde wieder zu mir. Was ist mit mir geschehen?

Wir saßen auf dem Sofa, Béa und ich. Der Onkel zu unseren Füßen. Wir aßen einen exotischen Salat. Hauptsächlich Béa. Pierres Blick irritierte mich. Er war herausfordernd wie sein Händedruck, saugte sich fest. Ich hatte kaum ein Wort gesagt. Ich hatte keinen Hunger. Ich fühlte mich nicht wohl. Fehl am Platz. Wie soll ich es beschreiben? Und plötzlich: „Wovor haben Sie Angst?“

Damit meinte er augenscheinlich mich. Im übrigen duzt er Béa.

„Ich habe keine Angst.“

„Es sieht aber so aus.“

Ich gab keine Antwort. Wenn es ihm Spaß macht ...

Außerdem, um so besser; dann mußte ich nicht wiederkommen.

Er deutete auf seine Bilder. „Sie mögen sie nicht!"

Er wartete auf meine Antwort. Auch das noch! Ich habe genau das gesagt, was ich fühlte: „Ich hätte keine Lust, dorthin zu fahren." Der Wind weht zu heftig um diese Hausmauern. Durch die Fenster dringt sicherlich kein Sonnenlicht. Man sieht genau, daß die scharfkantigen Felsen den Füßen wehtun. Die Wellen können nur von Schiffbrüchen erzählen. Es muß ja nicht jeder den Sturm lieben!

Er hat mich ohne Staunen, bloß ein bißchen ironisch angesehen; vielleicht ist aber auch nur die Falte an seinem Mundwinkel an diesem Eindruck schuld. Das unbehagliche Gefühl, das mich beherrschte, wurde immer deutlicher; mir war, als drohe mir eine Gefahr. Vielleicht hatte er mit der Angst gar nicht so unrecht. Hier fühlte ich mich unsicher. So, als wäre ich unvorsichtigerweise bis ans Ufer dieses Meeres gegangen, vor dem ich mich fürchte.

„Ich habe jemanden gekannt", sagte Pierre, „der das Meer sehr geliebt hat. Dennoch hätte er sich lieber umbringen lassen, als darin zu baden. Seine Abneigung war genauso groß wie seine Liebe."

Er sprang auf und verschwand in der Küche; Béa sah mich verwundert an.

„Es sieht nicht so aus, als würdet ihr euch besonders gut verstehen."

„Überhaupt nicht!"

In diesem Augenblick kam Pierre zurück, und ich bin sicher, daß er es gehört hat. Ich mag kein Bier; er brachte mir Wasser. Also bitte! Das hinderte ihn aber nicht, sofort wieder anzugreifen, nachdem er sich hingesetzt hatte.

„Warum verstecken Sie sich?"

Ich begriff nicht, was er meinte. „Ich verstecke mich?"

„Hinter Ihrem Kinderröckchen, Ihrer weiten Strickjacke, Ihren Haaren ..."

Mir reichte es. Als hätte ich mich jemals verstecken oder hervortun wollen! Ich bin nun einmal wie ich bin. Und er? Ist er vielleicht, in seiner Maskerade als Maler, mit seinen nackten Füßen und seinem Tahiti-Salat im Herbst in Paris etwas Besonderes? Warum wollte er mich überhaupt kennenlernen, wenn er sich jetzt über mich lustig macht?

Ich beschäftigte mich mit einer Scheibe Ananas. Sie haben das Thema gewechselt. Etwas später ist Béa ihrem Onkel in die Küche gefolgt, um ihm beim Brauen des türkischen Kaffees zu helfen. Sie wollten aus dem Kaffeesatz die Zukunft herauslesen, nein danke! Ich schlich mich zur Tür und rannte davon.

Aber ich hatte meinen Schal vergessen!

„Das Badezimmer ist frei!"

Das ist Bernadettes Stimme. Ich werfe einen letzten Blick auf die Bäume und erhebe mich. Ich bin erfüllt von dieser Landschaft, die mir gehört, was auch kommen mag. Mein Garten läßt mich nicht im Stich.

Cécile hat zwar großzügigerweise ihr Badewasser in der Wanne gelassen, aber einen Liter irgendeines schäumenden Produkts hineingeschüttet, um mir den Anblick seiner (trüben) Farbe zu ersparen. Heute werde ich mein Abendessen im Schlafrock verzehren.

Es ist sieben Uhr. Angenehm durchwärmt schleiche ich mich in den Salon. Mama ist da, auf ihrem Platz beim Kamin, den Nähkorb in Griffweite. Stopfen, säumen, Ellbogen- und Kniefiecke aus Leder einsetzen, das ist ihre Abendbeschäftigung am Kamin. Alles für uns. Mit niemanden kann man so gut reden wie mit jemandem, der näht.

Ich betrachte ihren gebeugten Nacken, die kastanienbraunen Haare, die von einer großen Spange zusammengehalten werden. Von hinten sieht sie wirklich jugendlich aus. Man hat sie schon für Claires Schwester gehalten – und für Papas Tochter, was den Betroffenen weniger gefreut hat.

Was für ein Mensch ist Mama eigentlich? (Bei dieser Frage stocke ich für gewöhnlich.) Sie ist jemand, der da ist, der gerne für uns da ist. Das ist alles! Wie ist sie ohne uns? Daran denke ich nur höchst ungern. Aber heute abend möchte ich den Dingen auf den Grund gehen. Ich muß also die Bourgogne vor meinem geistigen Auge erstehen lassen, die Ferien, die alte, weißhaarige Dame, die uns jeden Juli inmitten von fröhlichen Onkeln, Tanten und Cousins, die das R so schön rollen, empfängt. Dort ist Mama geboren und aufgewachsen, ist allmählich die geworden, von der wir alle leben, lebhaft und sanft und manchmal lustig. Ihre Brüder und Schwestern sind alle in der Heimat geblieben. Mama ist in die Fremde gezogen und meinem Vater nach Paris gefolgt. Als Hausfrau. „Eine Art Sklavin", faßt Claire zusammen, für die die Ehe mit ihren Bürden und ihrer Verantwortung das schlimmste aller Übel ist. Aber Mama ist auch eine geheimnisvolle Persönlichkeit, die einen Winkel des Hauses großartig „Atelier“ nennt. Dort fertigt sie aus allem und nichts – aus zufälligen Funden wie Stoffresten, Eisenstücken, Teilen von Fotos – seltsame und schöne Bilder an, die Bruchteile merkwürdiger Geschichten sind.

Ich schleiche mich zu meinem Platz, einem kleinen, mit Stoff überzogenen Hocker rechts neben dem Kamin. Hoffentlich sagt sie nichts, bevor ich sitze. Die Arme um die Knie geschlungen; das Kinn auf die Knie gestützt; geschafft!

„Also“, sagt Mama.

„Nichts Besonderes!“

„Hast du für Vater das Tor offengelassen?“

Ich sage ja. Das offene Tor soll ihm das Gefühl geben, daß man ihn erwartet. Er schließt dann ab.

Die sanfte, von Gedanken erfüllte Stille kehrt wieder ein. Ich stochere ein wenig im Feuer herum, und ein Duft steigt auf. Ein Fichtenscheit verglüht. Der Baum war Opfer des letzten Winters. Der Frost hatte seine Zweige verbrannt, und wenn man ihn berührte, rieselten die Nadeln wie Regen herab. Er riecht trotzdem gut.

„Hast du das Gefühl, daß ich Angst habe?“

Die Nadel hält inne. „Angst? Wovor?“

Ich bemühe mich, das große Wort möglichst beiläufig auszusprechen. „Vor dem Leben!“

Mama lächelt nicht. „Jeder hat ein wenig Angst, weißt du. Die Hauptsache ist, daß man trotzdem vorwärtskommt!“

Vorwärtskommen! Ein Lieblingswort von Mama.

„Findest du, daß ich mich verstecke ... physisch?"

Mama betrachtet mein Gesicht, den alten Schlafrock, der mich einschnürt. Es trifft sich gut, daß ich ihn heute abend angezogen hatte. Er drückt ein wenig das aus, was ich sagen wollte.

„Ich habe das Gefühl", antwortet sie, „daß du, ohne dich eigentlich zu verstecken, noch nicht viel über deinen Körper nachgedacht hast. Aber du bist eben erst siebzehn geworden. Man muß die Dinge auf sich zukommen lassen."

Die Nadel scharrte über den Fingerhut. Kindern fällt es schwer, den Faden in die Nähnadel einzufädeln. Ich erinnere mich ... Langes Fädchen, faules Mädchen und so weiter. Sie hat gar nicht wissen wollen, was alle diese Fragen eigentlich sollen. Sie hat wieder zu nähen begonnen, als wäre das vollkommen unwichtig. Und es ist auch unwichtig. Wie habe ich mich nur so verlassen fühlen können?

Ich nehme die Feuerzange. Dieses Aststück ist Pierre. Das sind die beiden Stunden, die ich in seinem Atelier verbracht habe. Ich stoße ihn ins Feuer. Verbrenne! Ich verbrenne ihn mitsamt seinem Tahiti-Salat. Sein ganzes Meer kann nicht verhindern, daß die Erinnerung an ihn innerhalb weniger Minuten zu Asche wird.

Etwas muß ich noch sagen: „Ich habe meinen Schal verloren!"

„Er war sowieso alt", meint Mama. „Ich werde dir als Weihnachtsgeschenk einen neuen stricken. Welche Farbe hättest du gern?"

Der Pierre-Ast lodert noch einmal auf und zerfällt dann zu Asche.

Nach einer Weile schaut Mama auf die Uhr. „Würdest du die Suppe heiß machen?"

Kleine Flamme, Sauerampfer; dann noch einen Löffel Rahm und in Butter geröstete Weißbrotscheiben dazu. Papa legt großen Wert auf seine allabendliche Suppe. Das ist gut für die Nieren!

Da höre ich auch schon den Kies unter den Wagenreifen knirschen. Papa wird zuerst nach oben gehen und sich in seinem Zimmer bequeme Sachen anziehen: Samthose und die geliebten durchbrochenen Schuhe.

„Ist dir an Claire nichts aufgefallen?" fragt Mama, als ich zurückkomme.

Jetzt sehe ich sie erstaunt an. Claire?

„Sie wird immer geistesabwesender! Wie soll ich es dir erklären? Sie nimmt an nichts wirklich Anteil. Man müßte sie daran erinnern, daß wir auch noch da sind."

„Wenn man mit ihr spricht, antwortet sie nicht, oder nur, um etwas Unangenehmes zu sagen."

„Man muß es immer wieder versuchen", sagt Mama. „Man muß das Tor des Schweigens aufbrechen."

Ich erinnere mich an Papas Ultimatum: Claire strengt sich endlich an, oder sie kommt nächstes Jahr in die Haushaltsschule.

„Sie will keine Stenotypistin werden."

„Irgend etwas muß sie aber werden!"

„Sie sagt, daß sie sich auch so ganz wohl fühlt!"

Mama läßt die Arbeit sinken und blickt ins Feuer. „Siehst du, davon bin ich gar nicht so überzeugt! Stell dir vor, daß man ein Haus baut; wer selbst mit Hand angelegt hat, wird glücklicher sein als derjenige, der daneben gesessen ist und nur zugesehen hat."

Im Haus wird es laut. Türen werden zugeschlagen. Céciles Holzschuhe klappern die Treppe herauf. Die Türe wird aufgerissen.

„Papa ist da", sagt sie. „Er scheint nicht gut gelaunt zu sein. Es hat gar keinen Sinn, mit ihm über meinen Aufsatz zu sprechen. Mama, warum braucht ein Heros ein S? Man sagt ja auch nicht ‚Herosine', soviel ich weiß! Diese Sprache ist doch zu blöd! Claire ist ein Aas. Sie behauptet immer wieder, daß ich ihre Kugelschreiber klaue, dabei versteckt sie sie unter ihren Höschen. Das ist unglaublich! Ich habe genug von diesem Zirkus! Gibt es zum Abendessen Crêpes?"

5

Heurte-Bise

Ein hoher Zaun. Reitschule von Heurte-Bise! Das steht in leuchtendroten, halb verwischten Buchstaben auf einer Holztafel, die im Wind hin und her schwankt. Kaum habe ich den Motor meines Mofas abgestellt, höre ich Bernadettes Stimme wie in einem Western. „Vorwärts ... locker im Kreuz ... und Schultern zurück ..." Eine klare und feste Stimme, unterstützt durch kurzes Peitschenknallen.

Ich parke mein Fahrzeug neben dem meiner Schwester. Durch die Rillen zwischen den Pflastersteinen schlängelt sich ein brauner Wasserfaden. Er riecht warm wie der Atem der Pferde, die die Köpfe aus den Boxen strecken und mich beobachten.

„Man darf keine Angst vor den Gerüchen haben", empfiehlt Bernadette. Man soll sie akzeptieren, sie aufnehmen. Sie mißtraut den Parisern, die hierherkommen und sich die Nase zuhalten.

Der Tag geht zur Neige. Man kann draußen auf den Feldern keine Einzelheiten mehr erkennen. Es ist sechs Uhr. Schule, Métro, Zug, Mofa, Reitstall. Kaum ein Kilometer Umweg. Er lohnt sich, wenn man dafür Bernard bei der Arbeit sehen kann!

Stéphane ist da. Sein Wagen, ein Triumph, ist auf der

Straße geparkt. Er hat eines Sonntags seine Cousine hierher begleitet und ist plötzlich auf „Vengeur" gesessen. Er war noch nie geritten. Nach ein paar Runden war seine Kleidung in einem solchen Zustand, daß Bernadette davon überzeugt war, daß er nie mehr wiederkommen würde. Irrtum. Drei Tage später erschien er wieder in einem funkelnagelneuen Reitdreß. Zum Totlachen komisch. Seither ist er jeden Freitag punkt fünf Uhr zu seiner Reitstunde da.

Während ich an den Pferden vorbeigehe, erinnere ich mich an Bernadettes Hinweise. Aufgestellte Ohren: Unruhe. Nach vorne gerichtet: gute Laune. Zurückgelegt: Vorsicht! Könnte beißen! Ohne sich um diese Weisheiten zu kümmern, kaut der gute, alte, schlappohrige Germain sein Futter. Sein kupferfarbenes Fell ist makellos gestriegelt, aber ich finde, daß er dicker geworden ist. Er ist zwanzig Jahre alt und genießt so etwas wie einen halben Ruhestand. Er macht nur mehr einige Spazierritte mit, man vertraut ihm die Kinder und die Damen an.

Sein Blick hatte es Bernadette angetan. Er hat sie „gerufen", behauptet sie, so wie Gott angeblich manche Auserwählte ruft. Sie hat darauf geantwortet, indem sie zu Papas Entsetzen in seinem Futtertrog eine Bluse versteckte, die sie im Hochsommer acht Tage lang getragen hatte, um sie mit ihrem Körpergeruch zu durchtränken. So fesselte sie den unschuldigen Germain mit Haut und Haaren an sich.

Ich tätschle seine Kruppe und gehe weiter in die Reithalle. Sie ist gewaltig groß, rechteckig, und an den Ecken befinden sich riesige Spiegel. In der Mitte steht breitbeinig meine Schwester, Jeans, Stiefel, alter Pullover des Vaters. Hoch oben auf „Tempête“ sitzt Stéphane: lang, blond, zart, sehr klarer Blick, schwarze Reitkappe und Hose, weißes Hemd, Krawatte.

„Die Zügel weniger straff... Du willst doch dein Pferd nicht erwürgen? Und bis auf weiteres sitzt du nicht in einem Präsidentenfauteuil, sondern in einem Sattel!“

Stéphane korrigiert seine Haltung. (Bernadette läßt ihn keinen Moment aus den Augen.) Bei keinem anderen stellt sie solche Ansprüche. Es ist zum Lachen und gleichzeitig bewundernswert. Ich finde meine Schwester großartig. Hier ist sie ganz und gar Bernadette. Sie braucht niemanden mehr.

Die Peitsche klatscht auf den Boden. Die Sägespäne spritzen in die Höhe. „Trab!“ Die Krawatte rutscht auf die Schulter. Stéphane preßt die Lippen vor Anspannung zusammen und geht rhythmisch mit den Bewegungen „Tempêtes“ mit. Ich würde nicht sagen, daß er dabei glücklich aussieht. Ich könnte ihn mir besser in Claires Gesellschaft vorstellen, über Poesie plaudernd und Jasmintee trinkend.

„Schluß für heute!“

Bernadette wendet sich mir zu. „Willst du, Paul?“

Das ist ein ständiger Scherz zwischen uns. Sie weiß genau, daß die Antwort nein lauten wird. Ich habe Angst dort oben. Später, nachdem Stéphane „Tempête“ getränkt, abgerieben und gefüttert hat, kommt er, um sich zu verabschieden und um die Stunde zu bezahlen. Bernadette zählt sorgfältig die Geldscheine, bevor sie sie in eine Schublade legt.

„Wollen Sie wirklich nicht zu der Übung am Samstag kommen? Es nehmen nur sechs Reiter daran teil."

„Ich fühle mich noch nicht sicher genug für die Gruppe", erklärt Stéphane. „Wenn Sie damit einverstanden sind."

Sobald er vom Pferd gestiegen ist, ändert sich die Beziehung der beiden. Bernadette spricht ihn per Sie an. Ihm ist heiß geworden. Schweißperlen stehen auf seiner Stirn. In dem kleinen dunklen Raum, dessen Wände voller Sättel hängen, leuchtet sein blondes Haar. Er ist schön. Ich würde ihn als „hochgezüchtet" bezeichnen; er wirkt irgendwie durchscheinend, gewichtslos.

Während er Bernadette die Hand reicht, schlägt er ihr vor, einmal mit ihm irgendwo in der Umgebung zu Abend zu essen. Er verspricht, sie nicht zu spät nach Hause zu bringen. Zu meiner Überraschung nimmt sie an.

„Nächste Woche! Während ich mich umziehe, können Sie bei uns zu Hause ein Glas Wein trinken. Mama läßt mich mit niemandem ausgehen, den sie nicht kennt."

Wir schauen dem hübschen Wagen nach, als er wegfährt. Bernadette ist nachdenklich.

„Ich bin nicht sicher, ob er gern reitet", sagt sie, „aber die Pferde mögen ihn, das ist die Hauptsache!"

Bevor wir die Reithalle verlassen, sehen wir noch zu Germain hinein.

„Weißt du das Neueste? Das Scheusal findet, daß er zu alt ist."

Am Ende des Satzes bricht ihre Stimme. Mein Herz schnürt sich zusammen. Germain hat seine Nüstern in Bernadettes Hand geschoben, die anderswo hinschaut.

Das Scheusal ist der Besitzer des Reitstalls. Ein ehemaliger Offizier, Bürstenhaarschnitt, große Schnauze, leerer Blick. Er ist der Nachfolger der früheren Besitzerin, die sich in den Süden zurückgezogen hat. Alle sind verzweifelt über ihn. Daher der Spitzname! Wenn Germain nicht wäre, hätte Bernadette etwas anderes gesucht.

Ich versuche, möglichst gleichmütig zu fragen: „Und was geschieht, wenn ein Pferd zu alt ist?"

„Metzger oder Ausgedinge", antwortet Bernadette kurz. Sie fügt hinzu: „Das Ausgedinge ist teuer, und man muß erst einen Futterplatz finden. Der Metzger zahlt."

Ich wage es nicht, noch etwas zu sagen. Mit wildem Eifer striegelt Bernadette den armen Germain, reibt ihn mit Stroh ab, bürstet ihn, obwohl er schon spiegelblank ist. Wenn sie so weiter macht, bleibt kein einziges Haar übrig. Sie wischt ihm mit dem Schwamm über die Augen, über die Nüstern; zum Schluß eine letzte Liebkosung auf den verlängerten Rücken, wie Großmutter gesagt hätte. Wir gehen.

„Übrigens geht das Geschäft jetzt mittelmäßig. Vor einigen Jahren waren die Leute noch ganz verrückt nach Pferden, aber das Interesse läßt jetzt schon wieder nach. Sie brauchen einen Kran zum Aufsitzen. Und daß das Scheusal ihnen das auch noch sagt, macht die Sache noch schlimmer."

Wir gehen zu unseren Mofas. Der Metzger oder das Gnadenbrot. Metzger oder Gnadenbrot. Der Geruch des warmen Strohs erinnert mich jetzt an die schrecklichen Geschichten, die man sich von Pferdeschlächtern erzählt, wo die Tiere vor den Augen der anderen getötet werden. Bernadette hat mir auf einem Foto den entsetzten

Blick eines Pferdes gezeigt, das zusehen mußte, wie sein Leidensgefährte getötet wurde. Es hatte begriffen!

„Na ja“, sagte Bernadette, indem sie ihren Motor startet, „hoffentlich mache ich mir nur unnütze Sorgen.“

Ich kehre gern an der Seite meiner Schwester gemächlich nach Hause zurück. Hauptsächlich deswegen habe ich sie besucht. Und auch, um über Claire zu sprechen. Wie kann man, wie sich Mama ausdrückt, die Mauer ihres Schweigens durchbrechen?

Wir nehmen die Abkürzung quer über die Felder. Sie ist schmutzig und glitschig. Wenn wir die Kohl- und Rübenfelder hinter uns haben, fahren wir durch den Wald mit den Pilzen, dann über die abschüssige Strecke nach Marenil und dann taucht schon La Marette auf! Mit ein bißchen Glück wird die Rathausuhr gerade sieben schlagen, wenn wir vorbeifahren.

Bernadette ruft gegen den Wind: „Ich weiß, warum Papa so ein Gesicht macht!“

„Warum?“

„Wegen Jean-Marc!“

Jean-Marc? Das ist der Mann, der die Klempnerarbeit im Haus gemacht hat. Sehr jung, sehr fröhlich, verheiratet mit Marie-Agnès, die große Liebe von Cécile, die alles unternimmt, um ihn zu verführen; was hat Jean-Marc denn mit Papas schlechter Laune zu tun? Heute morgen wurde er wütend, als er entdeckte, daß seine Mentholflasche leer war – Claire hatte das Zeug aufgebraucht, um sich die Beine zu rasieren. „Ich will, hörst du, heute abend eine neue Flasche haben …“ „Und da spricht man von Gewaltlosigkeit“, hatte Cécile geseufzt.

„Was ist mit Jean-Marc?“

Bernadette antwortet nicht gleich. Wir sind im kleinen Wäldchen. Es raunt und wispert, wenn es von den Zweigen tropft. Es riecht nach Sonntagvormittag, nach Pilzesuchen.

Ich verstehe Bernadettes Handbewegung nicht, es sieht aus, als wolle sie sich den Hals abschneiden. „Hoffnungslos!"

„Was sagst du da?"

„Krebs."

Instinktiv bremse ich, so daß ich beinahe im Straßengraben lande. „Aber er ist doch erst fünfundzwanzig!"

Ich habe geschrien. Vielleicht weil Bernadette jetzt gut zehn Meter voraus ist; vielleicht weil ich zwischen dem nassen Farnkraut das schalkhafte Gesicht von Jean-Marc gesehen habe. Er hat langes Haar, das er bei der Arbeit mit einem Gummiband zusammenhält. Papa zieht ihn auf und behauptet, daß er für jedes durchgeputzte Waschbecken zwei andere mit seinen Haaren verstopft.

„Das hat noch keinen daran gehindert, zu krepieren!"

Diesmal halte ich an. Krepieren! Krebs! Meine Knie sind plötzlich weich geworden. Das kleine Wäldchen riecht nur mehr nach der feuchten Erde, die man auf Särge wirft. Die Nacht schleicht heran wie ein wildes Tier. Das Gehölz ist voller nasser Blätter, faulendem Papier, nicht verrottetem Kunststoff. Aber in sechs Monaten ist wieder Frühling!

Jean-Marcs Frau erwartet doch ein Kind. Mama hat begonnen, winzige Babyschühchen zu stricken. Die Tränen steigen mir in die Augen. Bernadette fährt einen großen Kreis und kommt zu mir zurück. Sie sagt nichts.

„Bist du sicher?"

„Seine Mutter hat es mir gesagt. Sie hat beim Bäcker bitterlich geweint."

Plötzlich erinnere ich mich daran, daß Jean-Marc neulich, als wieder einmal ein Waschbecken verstopft und nicht einmal mit dem Gummisauger freizubekommen war, nicht gekommen war, und daß Claire deswegen geschimpft hat. Und Mama hat sie zurechtgewiesen. Schließlich hat Bernadette den Abfluß aufgeschraubt und das Haarknäuel daraus entfernt. Wir untersuchten die Haare und stellten fest, daß sie von der Prinzessin stammten. Cécile schickte sie ihr als Geschenkpaket per Post, was eine Szene zur Folge gehabt hat.

„Warum hat uns Papa kein Wort gesagt?"

Bernadette zuckt die Achseln. „Wegen Cécile! Sie ist in Jean-Marc verknallt. Damit sie keine Dummheiten macht."

Er bringt ihr bei, wie man pfeift: Wie eine Nachtigall, wie eine Amsel, natürlich auch wie ein Installateur, aber auch wie ein Arbeitsloser, wie ein schwarzhaariger Mexikaner. Der schwarzhaarige Mexikaner ist seine beste Nummer; so wie er kann das keiner. Verdammt ... Ich habe den Tod meines Großvaters miterlebt. Aber auf den hatten wir seit Jahren gewartet. Bei jedem Geburtstag haben sich alle gewundert: „Er lebt immer noch!" Man bewunderte ihn wie einen Kugelstoßer, der wieder drei Zentimeter mehr geschafft hat. Er war bereit, abzutreten, war weiß von den Füßen bis zu den Haaren, hatte kein Fleisch mehr auf den Knochen, schlief die halbe Zeit, hatte seine Angelegenheiten in Ordnung gebracht. Als er dann starb, hatte man das Gefühl, daß er nur von einer Wohnung in die nächste übersiedelt sei. Er glaubte übrigens an das Paradies und freute sich, dort irgendeine Tante wiederzusehen, die mit fünfzehn Jahren ertrunken war und die er verehrt hatte. Bei seinem Begräbnis wurde auf seinen Wunsch ein lustiges Musikstück gespielt; je lustiger es klang, desto lauter schluchzten die Anwesenden, weil es so schön war und weil es ihm so ähnlich sah, sich ein lustiges Stück zu wünschen.

Aber nicht Jean-Marc!

„Er pfeift zu gut!"

Bernadette ist meiner Meinung. „Das stimmt. Ich habe noch nie jemanden so schön pfeifen gehört."

„Was hat seine Mutter noch gesagt?"

„Man hat mit Röntgenbestrahlungen begonnen."

Ich besteige mein Mofa wieder. Jetzt glaube ich es. Ich kenne Papas Gesichtsausdruck, wenn er von Bestrahlungen spricht ... In neun von zehn Fällen ist es das Ende. Sie verbrennen das Gewebe. Damit kann man es nur hinauszögern. Bernadette legt mir die Hand auf die Schulter.

„Fahren wir nach Hause. Es hat keinen Sinn, wenn wir uns hier den Tod holen."

Das stimmt! Den Tod. Einer genügt. Fahren wir nach Hause.

Das war wirklich fabelhaft gewesen, als Bernadette Stéphane sagte, daß er auf einem Pferdesattel und nicht in einem Präsidentenfauteuil sitze. Fabelhaft, solange ich nichts wußte. Ich gebe Gas. Ich will nach Hause. Weiß Jean-Marc eigentlich, wie es um ihn steht? Fühlt er bereits die Kälte, wenn er Marie-Agnès umarmt, fragt er sich dann: „Wie oft noch?" Wird er bis zur Geburt seines Kindes durchhalten? Cécile soll die Taufpatin sein.

Man müßte es ihr Jean-Marcs wegen sagen. Damit sie schnell das ganze Repertoire pfeifen lernt, um es dem Kleinen weitergeben zu können.

Mareuil. Wir werden vor Claire nicht darüber sprechen. Schließlich war sie es, die die Mauern des Schweigens um sich errichtet hat. Und sie lebt darin. Jean-Marc hat sich dieses scheußliche Ding nicht ausgesucht, das ihn zerfrißt. Ich bin sicher, daß er nie an so etwas gedacht hat.

Da ist der Bäckerladen, in dem Jean-Marcs Mutter geweint hat. Die Laibe Landbrot, die dreimal wöchentlich mit einem Lastauto gebracht werden, seit der Besitzer mit der Angestellten durchgebrannt ist. Dort ist die Kirche, und gegenüber das Rathaus. Die Uhr schlägt gerade sieben. Wir verdanken es Jean-Marc, daß wir sie hören. Wenn wir nicht stehengeblieben wären, um über ihn zu reden, das heißt, wenn er nicht Krebs hätte, wären wir zu früh vorbeigekommen und hätten es versäumt. Ich will damit aber keineswegs sagen, daß ich die Stundenschläge so gern höre, weil sie eine Mahnung an die Ewigkeit sind.

6

Pierre, weil –

Wegen Jean-Marc, Germain, Claire, wegen der Nacht, die seit fünf Uhr herniedersinkt, alles durchdringt und alles nur noch schlimmer macht; wegen der kahlen Bäume im Luxembourg-Garten, wo nichts mehr singt oder rauscht, wo die tastende Hand auf den Stämmen nur kalten Reif fühlt; wegen Béa, die seit einer Woche in der Schule fehlt, wie um mich für meine Flucht von dem tollen Mittagessen zu bestrafen – wegen all dieser Dinge habe ich ja gesagt.

Als ich um vier Uhr aus der Schule trat, stand er auf dem gegenüberliegenden Gehsteig. Zuerst habe ich ihn gar nicht wiedererkannt. Ohne den komischen Harlekin-Kittel, in Lederjoppe, unauffälligen Schuhen, mit ordentlich gekämmtem Haar, sah er ganz normal aus. Er war vielleicht ein wenig zu alt für die Kleidung, die er trug, aber so laufen im Quartier Latin viele herum. Der typische „ewige Student“, würde Papa sagen. Noch ehe ich ihn wirklich erkannt hatte, erregte etwas meine Aufmerksamkeit. Er trug meinen Schal um den Hals.

Er kommt geradewegs zu mir herüber, bemächtigt sich meiner Hand und sagt mir, daß ich das fünfzigste Mädchen bin, das aus der Schule herauskommt; daß er entschlossen war, bis zur zweihundertzehnten zu warten und daß er mir dafür dankbar ist, daß ich ihm weitere einhundertsechzig Enttäuschungen erspart habe.

Wir stehen mitten im Strom der Schüler. Immer wieder rempelt uns jemand an. Ich verliere einen meiner Handschuhe; er hebt ihn auf und ich sehe, daß seine Haare am Scheitel schon schütter sind. Während er sich wieder aufrichtet, fällt ihm eine Strähne in die Stirn. Und dann entschuldigt er sich tatsächlich bei mir. Er entschuldigt sich wegen neulich. Ich gehe einige Schritte mit ihm mit, um aus dem Gedränge herauszukommen. Ich habe gesehen, daß sich ein paar Schulkameradinnen nach uns umdrehen. Er sagt, daß er mir meinen Schal zurückbringen wollte: ich werde ihn ja brauchen; angeblich kommt ein strenger Winter: die Zwiebeln hätten mehr Häute als sonst. Ich müßte das eigentlich wissen, weil ich vom Land bin! Und dann hat er alles widerrufen! Es sei nicht wegen des Schals, auch nicht wegen der Zwiebeln gekommen; es sei ihm klar geworden, daß er sich mir gegenüber scheußlich benommen habe; er könne es nie ertragen, daß jemand einen schlechten Eindruck von ihm habe. Er verspüre eben das Bedürfnis, von allen geliebt zu werden. Kurz, er ist aus Eitelkeit gekommen!

„Wie wär's mit einem Friedenstrunk?"

Zwar hatte ich die Absicht, mich würdevoll zurückzuziehen, nachdem ich mich für meinen Schal bedankt hatte, aber plötzlich höre ich, wie ich „ja" sage! Ohne wirklich Lust dazu zu haben. Aus Schwäche. Weil ich müde bin, ohne zu wissen wovon; wie der Garten, der dem Winter ganz unvermittelt nachgibt.

Er läßt mir keine Zeit, es mir anders zu überlegen,

sondern behält meinen Schal, bemächtigt sich meiner Schultasche, die ich noch nicht umgehängt hatte, und zieht mich weiter. Wir gehen die Rue Monsieur-le-Prince hinunter, die chinesische Straße, sagt er. Vor dem Eingang eines Restaurants steht eine Plastikschüssel mit einem kleinen Häufchen Sojabohnen. Es riecht nach gebackenen Garnelen, aber das ist vielleicht nur die Macht der Erinnerung. Die Familie hat einmal hier zu Abend gegessen. Wir gehen am Odéon vorbei, das um diese Zeit wie ein betrunkenes Schiff aussieht. Pierre geht jetzt durch die kleinen Gäßchen, die zur Seine führen. Ich kenne den Weg. Falls wir zu ihm gehen – diesmal erwischt er mich nicht. Ich gehe nicht mit hinauf. Oder vielmehr, ich gehe hinauf, aber wenn er den Schlüssel sucht, bemächtige ich mich durch einen Überraschungsangriff meiner Habseligkeiten und laufe die Treppen hinunter. Adieu!

Ich werde immer unruhiger, als er plötzlich die Tür zu einem Café öffnet und stehenbleibt, um mich vorbeizulassen. Eine Welle von Wärme und Stimmen schlägt mir entgegen. Das Café ist überfüllt. Wir gehen an der Bar vorbei und landen in einem zweiten, größeren Saal, in dem die Luft voll Zigarettenrauch ist. Dort nimmt Pierre mir den Dufflecoat ab, und es gelingt ihm, ihn gemeinsam mit seiner Jacke an der Spitze einer beachtlichen Pyramide von Kleidungsstücken aufzuhängen (hoffentlich bekommen wir das Zeug wieder!).

Jetzt folge ich ihm an das Ende des Saales – wobei wir eine Sperre aus grünen Pflanzen überwinden müssen. Die Tische sind zusammengeschoben, und damit wir zu den zwei freien Plätzen gelangen, muß eine ganze

Reihe Sitzender aufstehen. Sie hören aber deshalb keineswegs auf zu diskutieren. Die Leutchen haben anscheinend sehr viel Zeit. Sie scheinen sich hier für den Rest ihres Lebens niedergelassen zu haben.

„Am wohlsten fühlt man sich hier um die Frühstückszeit", sagt Pierre, während er sich auf den Holzstuhl setzt. „Aber Sie werden's ja sehen!"

Ich werde was sehen?

Der Kellner kommt. Schwarze Weste, Schürze bis zu den Füßen, Künstlerkrawatte, fast so schön wie die geknoteten Halstücher der Metzger. Man hat das Gefühl, daß er im nächsten Augenblick zu singen anfängt. Das macht vielleicht der gewichste Schnurrbart.

Pierre bestellt einen Grog, ich möchte ein Cola. Dann, als uns der Kellner den Rücken zukehrt, beugt sich Pierre zu mir und sagt: „Guten Tag!"

Er fängt schon wieder an. Ich fühle, daß ich rot werde. Sagt man jemandem „Guten Tag", mit dem man soeben eine Viertelstunde lang durch die Straßen gegangen ist? Allerdings haben wir dabei nicht viel gesprochen! Ich bereite ja die ganze Zeit über meine Flucht vor.

Ein leises Lächeln spielt um seine Lippen, ein Lächeln, das ironisch wirkt, ohne es zu sein – die Falte im Mundwinkel ist schuld daran; er wartet auf die klassische Antwort. Ich höre mich auch „Guten Tag" sagen, aber mit einer Stimme, die ganz fremd klingt. Die Leute müssen uns für Idioten halten. Wenn er mir wieder sagt, daß ich Angst habe, verschwinde ich. Sein Blick wandert von meinem Gesicht weg, hüllt mich ein, kehrt zurück.

„Was ich Ihnen erklären wollte", sagt er, „ist die Tatsache, daß die Familie für mich immer eine Art Falle war. Oder, wenn Sie es vorziehen, ich wollte sie immer so sehen. Meine Eltern haben sich aus dem Staub gemacht und haben mich bei einem schrecklichen Onkel, einem alten Junggesellen, zurückgelassen. Um zu verbergen, wie eifersüchtig ich auf sie war, verbrachte ich die meiste Zeit damit, sie vor meinen Kameraden schlecht zu machen. Unter ihnen befand sich zwar noch ein Junge, der in der gleichen Lage war wie ich, aber seine Eltern waren bei einem Flugzeugunglück ums Leben gekommen, und das verschaffte ihm ungeheures Ansehen. Ich bin weit davon entfernt, ein Hagestolz zu sein, aber das Wort ‚Familie' löst in mir noch immer ein Alarmsignal aus. Es nützt mir überhaupt nicht, daß ich meine Gefühle genau analysieren kann, die Alarmglocke funktioniert nach wie vor. Sie hat auch neulich geklingelt, als Sie zur Tür hereinkamen."

Ich weiß nicht, was ich antworten soll. Er greift mich dieses Mal nicht direkt an, er entschuldigt sich sogar. Aber er spricht mit mir, als wären wir alte Bekannte und als erwarte er von mir eine intelligente Bemerkung. Leider habe ich keine Ahnung, was ich sagen könnte. Es ist zu spät, um ihn zu trösten. Schlimmstenfalls könnte ich feststellen, daß er sich die öden Landschaften als Motive ausgesucht hat, weil er so eifersüchtig war, aber das wäre schrecklich banal. Glücklicherweise rettet mich der Kellner, der mit den Getränken kommt. Wenn er die Gläser über die Köpfe der Gäste hinweg serviert, ohne einen Tropfen zu verschütten, entwickelt er die Geschicklichkeit eines Jongleurs. Pierre nimmt sofort einen Schluck von seinem Grog und grunzt dabei vor Wonne. Ich habe etwas bemerkt: Er genießt alles, womit er in Berührung kommt, ganz intensiv. Ein Beispiel dafür ist die Art, wie er einem bei der Begrüßung die Hand schüttelt. Und vorhin, auf dem Boulevard, hob er den Kopf, um den Wind voll im Gesicht zu spüren. Zweifellos eine Gewohnheit aus seiner Bretagne. Er läßt sich den Wind nicht entgehen. Genausowenig wie Bernadette die Gerüche.

Ich vertiefe mich in mein Coca-Cola. Er erzählt seine Geschichte weiter. Keine Eltern, oder jedenfalls niemals anwesend. Eine Art männliche Béa. Solche Familien gibt es sicherlich, die nicht intakten Familien. Die vernachlässigten Kinder. „Das Internat“, sagt er, „und im Sommer die Heime im Gebirge oder am Meer...“ Da hat er begonnen zu malen, alles was er sah!

Er hat blaue Augen, die manchmal grün schimmern. Ich sehe darin ein Glitzern, das gleichzeitig fragt und sich auflehnt. Wenn ich diesem Herrn sage, daß sein Blick naiv ist, würde er mir wahrscheinlich ins Gesicht lachen. Und dennoch hat Béatrices lieber Onkel noch immer den Blick des kleinen Jungen, der darüber erstaunt ist, daß er nicht so ist wie die anderen: mit einer Mutter, die auf ihn wartet, mit einem Vater, der kommandiert, mit dem gemeinsamen Mittagessen am Sonntag.

Pierre ist beim Finale angelangt. „Also! Béa hat immerfort von Ihnen gesprochen; ich habe Lust bekommen, Sie kennenzulernen. Als ich Sie dann sah, so brav und ordentlich, mit dem langen Wollschal und den gestrickten Handschuhen, habe ich an meine kleinen Kameraden denken müssen, die mich von oben herab behandelten, weil sie eine Familie hatten. Und da hat die

Alarmglocke geklingelt, und ich bin Ihnen auf meine Weise ins Gesicht gesprungen."

Ich möchte gleichzeitig lachen und empört sein.

„Was die Handschuhe und den langen Wollschal betrifft – die brauche ich wegen des Mofa! Vier Kilometer Landstraße zwischen der Bahnstation und dem Haus sind jetzt kein reines Vergnügen, das können Sie mir glauben."

„Vor allem wenn es zieht", bemerkt er ernsthaft.

Er legt einen Finger auf das Loch im Zeigefinger meines Handschuhs.

Ich antworte trotzig: „Das kommt vom Gashebel."

Seine Augen lächeln. Unter seinem Blick werde ich verlegen. Ich betrachte den Tisch. Er sieht aus, als wäre er geschnitzt: Brandlöcher von Zigaretten, Zeichnungen, Schnitzereien mit dem Taschenmesser. Eine Visitenkarte studentischer Langeweile. An der Wand, genau an der Stelle, auf die der Blick fällt, wenn man vor sich hinträumt, hängen zwei Bilder: eine Kathedrale und ein Wald. Ich frage mich, ob das Absicht ist. Die übrige Fläche besteht aus kleinen gemusterten Vierecken.

Pierre zündet sich eine Zigarette an. Die dritte. Zum Glück raucht er nur die Hälfte. Blonde, genau wie Papa, bevor er zur Pfeife überging. Neben mir sitzt eine Studentin; ihre Haare berühren die eines Jungen, der sich über ein Buch beugt, sie taucht eine Feder in ein Tintenfaß und malt schöne Buchstaben auf kariertes Papier.

Der Kellner kommt vorbei. „Noch zwei!" bestellt der Onkel, indem er auf unsere leeren Gläser zeigt; ich erinnere mich daran, daß mir Mama mindestens hundertmal gesagt hat, ich solle mich niemals auf ein Getränk oder eine Speise stürzen, als ob ich seit sechs Monaten gefastet hätte.

Als das neue Cola vor mir steht, läßt Pierre die Zitronenscheibe aus seinem Grog hineinfallen und sagt, daß dies dem Cola nicht schaden würde. Ich beschließe, ganz langsam zu trinken. Ich erinnere mich an das, was mir Béa erzählt hat. Wie kann ich wissen, ob er gerade eine Glücks- oder eine Pechsträhne hat? Ich muß auf jeden Fall darauf bestehen, meine Colas selbst zu bezahlen, und ich bin nicht sicher, ob ich genügend Geld bei mir habe.

„Erzählen Sie, wo Sie Ihr Mofa hinbringt“, verlangt er.

Er stützt das Kinn auf die Faust und wartet, ich habe das Gefühl, daß ich ihm diesmal nicht entkommen werde.

„Nach Hause.“

„Also erzählen Sie von zu Hause.“

Ich beginne vorsichtig. „Na ja, wissen Sie, das Haus ...“ Sein Blick macht mir Mut. Es scheint ihn wirklich zu interessieren. Mehr als Béa. Ich spreche zuerst über den Garten, da man ihn durchqueren muß, um zum Haus zu gelangen. Die verborgene Quelle, die zwei Tage braucht, um das Becken mit klarem, eisigem Wasser zu füllen. Die wohlgeordneten Apfelbäume, der faule Liguster, die seltsamen Pflanzen meines Vaters, der nie wirklich Geduld dafür hat. Das Haus? Genau wie unzählige andere. Mit einer Steintreppe, einem sehr gemütlichen Vorraum voller Kleiderständer und an der Wand aufgereihten Schuhen, mit fünf Schlafzimmern, zwei Badezimmern, einer Küche, einem Salon, in dem ein Feuer brennt, einer knarrenden Treppe, einem Geländer, auf dem man noch die Wärme aller Hände zu spüren glaubt, die es einmal berührt haben; man fragt sich manchmal, wie sie waren, ob auch sie dieses glatte Holz liebten; mit einem Dachboden, den ich bewohne. Ich habe vergessen zu erwähnen, daß auf dem Steingeländer neben der Eingangstreppe in einem Spalt eine seltsame zarte Pflanze wächst, eigentlich aus dem Nichts. Ich habe keine Ahnung, wovon sich ihr zarter Stengel und ihre zierlichen Blätter ernähren. Man muß darauf achten, daß man sich nicht aus Versehen auf sie stützt. Dann komme ich, ich weiß nicht wie, auf Germain zu sprechen. Pierre lacht nicht, während ich über das Alter des Pferdes spreche und die Probleme, vor die es uns stellt. Als Kind hat er eine Stute geliebt, die man töten mußte, weil irgendein Schweinekerl sie galoppieren ließ, obwohl ihre Fesseln dazu zu zart waren. Und Cécile! Und Claire! Ich kann nicht mehr aufhören. Eigentlich dürfte eine Zitronenscheibe, auch wenn sie mit Rum vollgesogen ist, nicht so wirken. Bernadette würde sagen: „Der alte Paul vergaloppiert sich", Claire würde ihre feinen blonden Brauen runzeln: „Man breitet sein Privatleben nicht so vor anderen aus!" Aber ich breite nichts aus, und ich erzähle alles im Vollbesitz meiner geistigen Kräfte. Ich versuche nur, Pierre begreiflich zu machen, daß eine Familie etwas anderes ist als Vorhänge, die zu bestimmten Stunden aufgezogen werden, als das Halte-dich-bei-Tisch-gerade, als dampfende Suppenschüsseln, als Weihnachtsbäume. Und daß es wirklich nicht meine Schuld ist, wenn ich drei Schwestern habe, die ich liebe, eine Mutter, die zu Hause ist, und einen Vater, der sehr gern am Abend dorthin zurückkehrt, auch wenn er behauptet, daß er vier schwere Eisenkugeln am Bein hat.

Und dann mache ich eine besonders treffende Bemerkung darüber, was die Blasierten und Verklemmten derzeit über die Familie, das Vaterland und alles andere zu sagen haben, untermale sie mit einer großen Geste und fege dabei mein Glas mit dem sorgsam behüteten Coca-Cola vom Tisch.

Pierre hat es noch im Flug aufgefangen, aber das Tintenfaß der Nachbarin hat sich rasch in eine Insel verwandelt. Das Heft ist zum Glück verschont geblieben. Pierre zieht ein mit Farbe bekleckstes Taschentuch heraus und beginnt aufzuwischen. Der Kellner, der derlei gewohnt zu sein scheint, vollendet das Werk, er findet es merkwürdig, daß das Coca nach Terpentin riecht. Ich entschuldige mich bei allen. Ich habe jetzt genug von mir. Niemals habe ich erlebt, daß Claire irgend etwas zerbrochen hätte! Bernadette auch nicht, trotz ihrer burschikosen Handbewegungen. Selbst Cécile ist ziemlich geschickt. Ich bin seit jeher diejenige, die Absätze verliert, Löcher in die Taschen bohrt, ihre Blusen zerreißt, bei besonderen Anlässen der Länge nach hinfällt, im Konzert hustet, rot wird und sich immer blamiert. Ich möchte am liebsten davonlaufen.

„Schnell", sagt Pierre, „schauen Sie!"

Er hat den Vorhang beiseitegezogen und ich sehe, daß auf der Straße die Gaslaternen aufleuchten. Es ist noch nicht wirklich dunkel. Die Lichter flackern, unsicher, sinnlos, wie am Beginn einer Erzählung.

„Das tun sie für Sie", sagt er. „Um diese Unglücksmiene wegzuwischen!"

Er lacht mich so fröhlich an, daß ich mir plötzlich verzeihe.

Später gibt er mir, während wir das Café verlassen, endlich meinen langen Wollschal zurück. Ich wickle ihn automatisch dreimal um den Hals.

„Immer dreimal?"

„Sonst verfängt er sich in den Pedalen!"

„Natürlich", sagt er. „Ich hätte es wissen müssen."

Die Nacht ist nun ganz hereingebrochen. Bei dem Stand des Italieners, der frische Pizze verkauft, stehen die Leute Schlange. Pierre begleitet mich bis zur Métro, und dort hilft er mir, die Schulmappe umzuhängen. Cécile würde sich darüber lustig machen. Ich ziehe meinen orangefarbenen Ausweis hervor. Er nimmt ihn mir weg. Das ist eine Manie.

„Sie haben sich überhaupt nicht verändert", sagt er, während er ihn mir zurückgibt. „Sie sehen höchstens ein wenig jünger aus!"

Auf dem Foto bin ich zehn Jahre alt, Zöpfe, Schmollmund. Plötzlich erinnere ich mich daran, daß ich diesen Mann mit seinem exotischen Salat neulich abends im Kamin verbrannt habe. Ich möchte am liebsten lachen. Das Leben ist doch seltsam!

„Wissen Sie ... Ich hatte mir geschworen, Sie nie wiederzusehen!"

„Warum, glauben Sie, habe ich Sie abgeholt?" fragt er ernst.

Dann fügt er hinzu: „Aber jetzt sind Sie an der Reihe. Am Ausgang der Schule zu warten schüchtert mich ein."

Ich sehe ihn wieder vor mir, wie er inmitten des Stroms von Schülerinnen auf mich zustürzt, auf der Suche nach meinem Handschuh untertaucht; er und eingeschüchtert, wer das glaubt! Ich lache.

Er stimmt in mein Lachen ein. Die kleinen Fältchen um seine Augen lachen mit. Wenn ein nicht ganz junger Mann so lacht, wirkt er irgendwie verwundbar. Es sieht beinahe so aus, als würde er weinen. Die Vorübergehenden schauen uns an. Wir stehen an einem ungünstigen Platz; ganz oben auf der Treppe zur Métro, in der Mitte. Sie gehen murrend an uns vorbei. Sie scheinen es eilig zu haben. Viele tragen Pakete. Richtig, es ist bald Weihnachten. Ich bemerke, daß ihre Gesichter um so länger werden, je umfangreicher ihre Pakete sind, als drücke das Gewicht ihrer Einkäufe auf ihre Stimmung. Ich möchte ihnen helfen, aber ich muß nur immer mehr lachen.

Ich lächle noch in der Métro, die mich hin und her schaukelt, in dem Zug, der die Nacht zerteilt, im Sattel meines Mofa, den Schal bis unter die Augen gewickelt. Ich habe meine Physikaufgabe für morgen nicht gemacht. Ich habe den Geschmack von Zitrone mit Rum im Mund. In einer kleinen Gasse des Quartier Latin sind heute abend um fünf Uhr die Lichter für mich aufgeflammt.

Ich habe Paris tatsächlich nicht gekannt! Aber ich glaube, daß ich es lieben werde.

7

Der Tod hinter Schloß und Riegel

Der nächste Aufsatz ist über das Glück! „Das Glück ist etwas so Unbestimmtes, daß wir uns darauf beschränken müssen, von ihm zu träumen."

Zuerst habe ich ein Gefühl der Auflehnung empfunden: „... darauf beschränken, von ihm zu träumen ..." Ich habe mir den unbekannten Comte de Belvèze vorgestellt, von dem dieser sicherlich mit dem entsprechenden Pathos vorgebrachte Ausspruch stammt: alt, selbstgefällig, mit einem wohlgerundeten Bauch und gewichsten Halbstiefeln, macht er seine negative Bilanz. Ich hatte das Gefühl, daß ich Seite um Seite mit Gegenargumenten gegen seine Behauptung füllen könnte. Ich bin voll Glück. Ich weiß es! Dennoch stocke ich nach den ersten Zeilen.

Das Glück ... Ist es diese plötzliche heftige Regung, die mich manchmal beinahe schmerzhaft durchdringt, wenn ich daran denke, daß ich lebe? Oder das stille Wohlbehagen, wenn ich, neben Mama sitzend, im Kamin des Salons eine Flamme aufzüngeln sehe, die anscheinend niemals erlöschen wird? Oder noch viel einfacher, die für mich so selbstverständliche Tatsache, daß mir Bett, Dach und Liebe sicher sind?

Aber wie steht es um die anderen? Jene, deren müde

Gesichter ich auf der Straße oder in der Métro sehe? Oder um jene, über die die Zeitungen unter der Überschrift „Krieg“, „Hunger“ oder „Revolution“ berichten oder unter „Hoffnung“, vor Gedankenstrichen oder vor Fragezeichen! Um Jean-Marc? Um Béa? Um Pierre? Auch um Claire, ja, was umschließt das Wort „Glück“ für Claire?

Ich weiß nicht weiter. Ich beuge mich über das Wort, es entfernt sich. Ich wollte es berühren, es ist davongeflogen. Ich fühle mich plötzlich leer. Habe ich, die „alles“ hat, wie Mama oft sagt, das Recht, zu erklären, daß das Glück meiner Meinung nach nicht etwas ist, was vom Feuer oder vom gefüllten Teller abhängt; vielleicht nicht einmal so sehr von der Freiheit oder von anderen großen Worten, die man heute in diesem Zusammenhang verwendet; daß es eine Art Perle ist, die man in sich trägt, die niemand in einen hineingelegt hat, die dank einem Glücksfall in einem wächst, die man selbst absondert, was immer auch geschieht?

Und das Glück der Kinder, die wegen der Farbe einer Muschel, der seltsamen Form eines Stückes Holz oder einer Wolke, einer Liebkosung förmlich explodieren können?

In meinem Aufsatz werde ich mich getrauen zu sagen, daß ich nicht weiß, was das Glück ist. Aber ich werde mich nicht damit begnügen, davon zu träumen, o nein! Da bleibe ich meiner Meinung treu!

In der Schule habe ich manchmal den Eindruck, daß ich genau das Gegenteil von dem lerne, was das Leben wirklich ist: Ich lerne entfliehen. Das ist es! Mir selbst entfliehen. Ich weiß, daß alles einen Sinn hat und daß man aus allem Nutzen ziehen kann. Was für einen Nutzen? Daß ich mich nicht mehr wundere? Ich fühle, daß das Wunderbare um mich herum vorhanden ist. Ich will gar nicht das Warum, das Wozu, das Wieso wissen. Wenn ich einen Feldweg entlanggehe, oder wenn ich jemandem zusehe, der einfache Handgriffe verrichtet, kommt es mir vor, als müßte man nur das sehen lernen, was es ringsum gibt, und man benötigt keinen Unterricht mehr und auch keine Gesetze, nach denen man sich richten muß.

Auf jeden Fall werde ich alles stehen und liegen lassen, sobald ich das Abitur bestanden habe. Ich werde schauen und schreiben.

La Marette versinkt sanft im Winter. Jetzt, da die letzten Nüsse eingesammelt sind, hat niemand mehr Lust, bis ans Ende des Gartens zu gehen, der in eisiger Nässe erstarrt ist. Papa hat Holz bestellt. Der Lastwagenfahrer hat es neben dem Tor abgeladen, und wir bildeten eine Kette, um die Scheite weiterzureichen und im Keller aufzustapeln. Das war schön. Sogar die Prinzessin geruhte teilzunehmen; obwohl sie sich dabei einen Splitter in die Handfläche eingezogen hat, wirkte sie zufrieden.

Mir ist kalt auf dem Mofa. Ich habe Bernadettes Dufflecoat geerbt; Mama hat ihr einen Kredit für einen Anorak gewährt. Der Dufflecoat ist noch gut, riecht aber schrecklich nach Stall. Die Reinigung hat versprochen, ihm eine Spezialbehandlung angedeihen zu lassen.

Heute abend hat mir Cécile von ihrem Fenster aus aufgelauert. Sie hat mich in ihr Zimmer gezogen und die Türe versperrt.

„Ich habe Knollenblätterpilze gefunden."

Sie breitete ihre ganze Sammlung von Pilzen auf einem großen Taschentuch aus. Sie hat sie ohne Wissen der Eltern angelegt, mit gutem Grund, weil sie nur die giftigen nimmt. Mit der Broschüre des Apothekers ausgerüstet, die er jeden Herbst für dieses reizende Kind zur Seite legt, macht sie jeden Tag nach der Schule eine Runde durch das kleine Wäldchen. Die Pilze werden dann nach allen Regeln der Kunst getrocknet, damit sie durch den Wasserentzug keine ihrer Eigenschaften verlieren.

Ein strahlendes Lächeln auf den Lippen, zeigt sie auf den Knollenblätterpilz. Schon seit einem Jahr hatte sie nach einem solchen Exemplar gesucht, das noch in ihrer Sammlung fehlte.

„Hier!"

Der Pilz ist weißer als weiße Wäsche. Ich betrachte ihn mit Abscheu, während sie mir triumphierend aus der Broschüre die Beschreibung vorliest. Familie der Blätterpilze, wie alle Giftpilze. Weißer Knollenblätterpilz für die Laien, Frühlings-Knollenblätterpilz für die Fachleute, also auch für Cécile. Ich war oft in Versuchung, Mama über das Vorhandensein dieser Sammlung zu informieren. Cécile hat in ihrer Schublade genügend Pilze, um die ganze Gegend auszurotten.

„Er sieht so lieb aus, nicht wahr?" flüstert sie gerührt. „So lieb!"

Zwischen den schleimigen Stinkmorcheln, den Flaschenbovisten, dem Pantherpilz, der seine Gefährlichkeit genausowenig verleugnen kann wie der gelbe Knollenblätterpilz oder der Speitäubling, steht der Knollenblätterpilz, zart, zerbrechlich, glatt, feucht schimmernd. Das winzige Häutchen ziert seinen schlanken Schaft wie der Kranz eine Erstkommunikantin.

„Riech daran!"

Ich beuge mich vor, um Cécile eine Freude zu machen. Ich rieche nichts.

„Ja", sagt sie, „geruchlos. Aber laß dich nicht täuschen. Ein Bissen von dem kleinen Ding, und aus ist es."

„Du solltest das nicht tun!"

„Und warum?" fragt sie herausfordernd.

„Es ist gefährlich."

Sie würdigt mich keiner Antwort. Sie, die immer so in Eile ist, ordnet ruhig, sorgfältig, liebevoll ihre Kollektion ganz hinten in der Schublade, deren Schlüssel sie nie aus der Hand gibt. Ich beobachte ihr Gesicht. Es ist ernst. Es ist keine Spielerei. Sie weiß, daß sie den Tod hinter Schloß und Riegel hält.

„Wirf das Badetuch in die Waschmaschine, wenn du hinuntergehst", befiehlt sie.

Wir warteten alle ungeduldig auf den 1. Dezember. Jetzt ist er da. Und quasi als Bestätigung friert es. Minus fünf Grad heute morgen. Ein toter Vogel am Fuß der Vortreppe, mit steifen Füßchen und reifüberzogenen Flügeln. Eis auf dem Becken. Stille!

Am 1. Dezember stellen wir die Tanne auf. Denn wir wollen Weihnachten auf amerikanische Art feiern. Dieser Beschluß wurde vor zwei Jahren gefaßt. Seine Vorteile? Daß man nicht in Zeitnot gerät. Man hat genügend Muße, um das Fest herankommen zu lassen; es bricht nicht plötzlich über einen herein, wie die fremden Länder, in die man sich meist mit dem Flugzeug begibt; so beraubt man sich der Zeit, sich wirklich nach ihnen zu sehnen.

Die Tanne steht vor dem großen Wohnzimmerfenster und wartet auf den guten Willen jedes einzelnen. Nach und nach neigen sich die Zweige unter der Last des Schmucks. Es gibt einfach alles. Das Wunder ist, daß es zum Schluß sogar hübsch aussieht! Wie diese alten Dörfer, deren Geheimnis verlorengegangen ist, in denen jedes Haus so gut mit den anderen harmoniert und alle mit der Kirche und darüber hinaus mit der Natur und den Herzen der Menschen. Ein ganz einfaches Geheimnis: das gleiche Ziel! Die Freude vielleicht?

Auch die Geschenke treffen ein, wann sie wollen. Plötzlich liegt schon wieder ein Paket mehr unter der Tanne! Für wen? Der Name steht auf dem Schildchen. Die meisten davon sind für die Eltern. Und wenn der Morgen des 25. Dezember anbricht, ist alles da. Man muß sich nicht im letzten Moment in den Geschäften mit erschöpften Weihnachtsmännern herumschlagen, die drauf und dran sind, ihren Bart zurückzugeben.

Gestern hat Papa die Tanne gebracht, auf dem Dach seines Wagens, zusammengeschnürt wie einen Gefangenen. Wir haben sie schnell in den großen Behälter gesteckt, den wir jedes Jahr um diese Zeit hervorholen. Die Tanne ist noch viel größer als die vom vergangenen Jahr. Sie reicht beinahe bis zur Decke. Im Augenblick ist sie nur mit dem Stern geschmückt. Bernadette findet sie so am schönsten. „Wie Paris ohne Autos“, meint sie, „man sieht seine Dimensionen.“

Ich erzähle das alles Béa, bei der ich zu Mittag esse.

Sie setzt eines ihrer Lächeln auf. „Eine Tanne, gefällt dir so etwas wirklich?“

Ich produziere einen Geistesblitz. „Ich glaube schon. Wenn wir sie nicht hätten, würde sie mir jedenfalls fehlen.“

Ich sage mir, daß ich da vielleicht eine Facette des Glücks erkannt habe: im Inneren.

Béa fährt zum Wintersport. Ein gutes Hotel in einem vornehmen Wintersportort, eine funkelnagelneue Ausrüstung: das ist ihr Weihnachtsgeschenk.

„Meine Alten haben sich angesichts des Schecks, den sie mir versprochen haben, ausgesöhnt“, sagt sie mit dem ein wenig herablassenden Lächeln, das sie immer hat, wenn sie über ihre Eltern spricht. Wie sie mir erklärt, fährt sie in Begleitung der Gefährtin ihres Onkels.

Wir haben uns auf dem großen Kanapee häuslich niedergelassen, die Schuhe ausgezogen, die Füße liegen auf dem chinesischen Tisch, jede ist mit einem üppig beladenen Tablett versehen: Avocados, Mais, Hartwurst; Béas Kühlschrank ist eine Wucht.

„Und Pierre?“

„Er bereitet eine Ausstellung für die Amerikaner vor. Er hat wahrscheinlich viel Arbeit. In solchen Fällen verläßt er sein Atelier nicht mehr. Er ißt dort. Er schläft dort. Also nehme ich Brigitte und Angèle mit.“

„Wie alt ist sie?“

„Brigitte ist achtunddreißig, Angèle zwölf.“

So alt wie Cécile. Ich häufe ein wenig Tomatenmayonnaise auf den rohen Blumenkohl. Was versteht Béa genau unter dem Wort „Gefährtin"?

„Sie leben zusammen, seit Angèle auf der Welt ist. Aber sie sind nicht miteinander verheiratet."

„Warum?"

Sie sieht mich mitleidig an.

„Sie ziehen es vor, frei zu bleiben. Findest du das nicht viel schöner? Sie entscheiden sich immer wieder füreinander. Wenn es nicht mehr funktioniert, zwingt sie nichts, beisammen zu bleiben."

Das ist vielleicht sehr schön, aber ich möchte nicht Angèle sein. Ich hätte Angst.

Béa legt eine Platte auf und kommt dann mit einer Dose Bier zu mir zurück. Wir fühlen uns wirklich wohl. Plötzlich liebe ich sie. Weil ich ihr etwas nicht gesagt habe: das Etwas, das mir allein gehört, die zwei Stunden, die ich mit Pierre verbracht habe.

Ich sehe wieder sein Gesicht vor mir, das er auf die Faust stützt, das Licht in seinen sehr hellen Augen. „Also, erzählen Sie ..." Noch nie hat mir jemand so zugehört wie er. Während ich sprach, wurde ich erwachsen. Und vielleicht habe ich noch nie so viel in so kurzer Zeit gesagt. Warum? Ich hatte das Gefühl, daß ich es ihm schuldig war. Zu Béas Überraschung stibitze ich ihr einen Schluck Bier. Das soll die rumgetränkte Zitronenscheibe ersetzen! In mir gehen die Lichter des kleinen Platzes langsam an. Pierre ist nicht wiedergekommen, und ich bin nicht ins Atelier gegangen, aber ich fühle, daß er da ist. Daß er eine Gefährtin und eine Tochter hat, stört mich nicht: im Gegenteil.

„Ich würde Brigitte gern kennenlernen", sage ich.

8

Claire und das Erlöschen der Liebe

Im Salon ist es finster, ruhig, irgendwie anders; es ist Mittwoch, Mutters Tag.

Die Waschmaschine hat am Montag Überstunden gemacht. Der Großeinkauf wurde Dienstag erledigt. Den Mittwoch nimmt sich Mutter frei. Meist verbringt sie ihn in Paris. Sie fährt früh; zuerst macht sie ein paar Besorgungen. Aber ich kenne diese Besorgungen, sie sind nur ein Vorwand, um herumzuschlendern, der Nase nach zu gehen, sich ganz den Schaufenstern zu widmen, die Freiheit zu spüren.

Das Mittagessen in Paris ist für sie ein Fest. Manchmal nimmt sie es mit Freundinnen ein, mit Aliette zum Beispiel; aber eigentlich zieht sie es vor, allein zu essen. Sie sitzt in einer Pizzeria – man ist unter Leuten und hat doch Ruhe – genießt ihr Essen und beobachtet die anderen. Ich stelle mir ihr glückliches Gesicht vor, ihre stets wachen Augen. Man muß Lust bekommen, sich nahe zu ihr zu setzen: „Worüber lächeln Sie, Madame?" Sie würde antworten: „Oh, über alles!" Die Familien, die drei Tische brauchen, um sich auszubreiten, die gestreiften Westen der Kellner, die mit Bast umflochtenen Flaschen, der italienische Akzent, die riesige Eisportion, mit der sie nie fertig wird, wie sie mir gestanden hat.

Nach dem Mittagessen: Kino oder Ausstellung oder Vortrag. Mama kehrt am Abend zurück und läßt sich weiter verwöhnen, denn an diesem Abend haben wir abwechselnd „Abendbrotdienst". Sie hat rosige Wangen und sieht fremd aus.

Cécile betrachtet sie mißbilligend. „Was hast du getan? Wann? Wie? Um wieviel Uhr?" Cécile hat das Gefühl, daß man ihr etwas gestohlen hat.

„Ich habe mir Schwung geholt, um dich noch mehr zu lieben", sagt Mama.

Als ich an diesem Mittwoch nach Hause komme, finde ich unseren Quälgeist in der Küche, wo sie arbeitet und gleichzeitig die Hitparade hört. Seit wir beschlossen haben, die Heizung zu drosseln – Cécile und Claire waren zum ersten Mal einmütig gegen eine Maßnahme – hat Cécile ihr Hauptquartier in der Nähe des elektrischen Küchenherds aufgeschlagen und wärmt sich am Backrohr, das auf „kleine Braten und trockene Kuchen" eingestellt ist. Mit glühenden Wangen studiert sie den Fucus (wie ich der Überschrift entnehme, die sich mit leuchtenden Buchstaben über den oberen Rand ihres Naturgeschichtsheftes zieht), der nichts anderes ist als unsere gute alte Alge. Ein etwas vertrocknetes Exemplar dieser Gattung liegt neben dem Glas Orangensaft und dem Honigtopf, die vor ihr stehen. Ich kenne das! Wenn sie eine Stunde lang den Titel geschrieben hat, glaubt sie, daß sie ihre Lektion kann.

Ich bleibe mit dem Fuß in einem elektrischen Kabel hängen, das sich vom Tisch zur Mauer schlängelt.

„Eines Tages wirst du es mit deinem Magnetophon noch schaffen, daß sich jemand das Bein bricht!"

„Nicht jeder kann sich Batterien leisten", seufzt sie, während sie ihren Löffel in den Honigtopf taucht: ein Ding aus bläulichem Plastik, das Papa von einer Flugreise mitgebracht hat.

„Du könntest auch deinen Honig aus einer Untertasse essen! Für die, die nach dir kommen, ist das widerlich."

„Du magst ohnehin keinen Honig, und die anderen wissen nichts davon", sagt Cécile und leckt den Löffel ab.

Während ich mir ein Glas Fruchtsaft einschenke, spricht sie anscheinend gleichgültig weiter, beobachtet dabei aber meine Reaktion. „Nach dem Frühstück hat Claire eine Auseinandersetzung mit Papa gehabt!" Sie fügt mißbilligend hinzu: „Er hat Mamas Abwesenheit ausgenützt."

Ich bin beunruhigt. Ich habe keinen Durst mehr. „Und?"

„Er hat gesagt, ich soll das Wohnzimmer verlassen."

„Hast du nichts gehört?"

„Zuerst war er honigsüß", erzählt Cécile, während sie sich einen zusätzlichen Löffel Honig zu Gemüte führt, um ihre Erzählung zu illustrieren. „So etwa: ‚Wir wollen ein wenig plaudern, meine liebe kleine Tochter! ...' Ich hätte gern das Gesicht der Prinzessin gesehen. Er kam sehr schnell zum Kernpunkt der Sache: ‚Also, hast du dich für irgendwas entschieden?' Aber das Ganze noch freundlich und ohne das verhängnisvolle Wort auszusprechen!"

Das verhängnisvolle Wort: Zukunft!

„Und was hat sie geantwortet?"

„Nichts! Ganz und gar nichts, so daß ich geglaubt

habe, sie ist wieder durch das Fenster geflüchtet wie beim letzten Mal. Allerdings lag beim letzten Mal die Temperatur über Null Grad."

Ich setze mich und ziehe die Après-Ski-Schuhe aus. Cécile erzählt absichtlich nur tropfenweise. Wenn ich sie dränge, wird es nur noch schlimmer. Sie liebt Katastrophen. Wenn wir mit dem Auto unterwegs sind, legt sie fortwährend Gelübde ab, damit wir einen Unfall haben: keinen allzu schweren, so daß niemand stirbt; aber das Blut soll in Strömen aus nicht schmerzenden Wunden fließen. Nur um des Abenteuers willen, wegen der Menschen, die sich um uns bemühen, der Kaltblütigkeit, die man beweisen kann, der gerührten Bemerkungen: „Ein so hübsches junges Mädchen ..."

„Nach einer unangenehmen Pause", fährt sie fort, „erklärte er, daß er sich wegen einer Sekretärinnenschule erkundigt habe. Anscheinend gibt es in Pontoise eine ausgezeichnete Schule, die ihren Absolventinnen auch Posten vermittelt. Aber da hat Claire doch zu reden begonnen."

„Und was hat sie gesagt?"

„Lieber krepieren ... oder so ähnlich. Natürlich ist es dann erst richtig losgegangen. Sie hat ordentlich ihr Teil abbekommen."

„Wo ist sie?"

Cécile deutet mit der Spitze des Kugelschreibers zur Decke. „Übrigens ist heute sie mit dem Abendbrot an der Reihe. Du kannst sie ja daran erinnern, daß die übrigen nicht nur geistige, sondern auch fleischliche Bedürfnisse haben."

Ich stehe auf. „Ich gehe hinauf, um nach ihr zu sehen",

sage ich. „Du rührst dich nicht von der Stelle. Ich sage dir gleich, daß ich die Türe schließen werde und daß wir ganz leise sprechen werden.“

Ich lasse sie bei ihrer Alge zurück, von der sie wütend mit einem Gabelhieb ein Stück abtrennt. Ich gehe zuerst auf meinen Dachboden hinauf, um meine Sachen abzulegen und Hausschuhe anzuziehen. Wenn ich mein Zimmer betrete, habe ich immer das Gefühl, daß mich dort jemand erwarte: jemand, der mir ähnlich ist, der mir zugesehen hat, wie ich aufstehe, fortgehe, den Garten durchquere. Ich setze mich auf das Bett und schließe eine Zeitlang die Augen, damit dieser Jemand wieder zu mir zurückfinde. Die schweigende und regungslose, die ruhige und träumerische Pauline kehrt wieder in die arbeitsame und eifrige Pauline ein. Geschafft! Wir sind bereit.

Kein Lichtschein dringt unter Claires Türe hervor. Ich habe Glück: sie hat sich nicht eingeschlossen. Ein großer Schatten liegt auf dem Bett. Ich knipse die Schreibtischlampe an. Claires Zimmer ist ein Heiligtum. Hier hat sie voller Pietät alles aufgehoben, was ihr irgendwie bedeutsam erschien: die erste Puppe, den ersten Zahn, die erste abgeschnittene Locke. Und alles ist tadellos in Ordnung. In einem Album ihre Klassenfotos – und schon hier ist sie anders als die anderen; sie lächelt nicht wie ihre Klassenkameradinnen. Ihre Schulzeugnisse, in denen man Jahr für Jahr bedauert, daß sie mehr in den Wolken schwebe als auf festem Boden zu stehen – was sie als Kompliment betrachtet. Die Briefe – sprechen wir lieber nicht darüber! In einer Schublade liegt sogar ihr Testament. Cécile zufolge will sie, daß man alle ihre Sachen verbrenne außer einigen Legaten, die sie uns vermacht;

sie empfiehlt uns, sie nicht zu sehr zu beweinen und sagt, daß sie uns geliebt hat.

Sie liegt auf dem Bauch, ganz versteckt unter ihren Haaren, wie sie es mit zehn, zwölf, fünfzehn Jahren jedesmal getan hat, wenn etwas schief ging. Ich setze mich auf den Rand des Bettes.

„Claire!"

Ich lege ihr die Hand auf die Schulter. Man sieht ihre Haut durch die gestickte indische Bluse. Die Schulter unter meinen Fingern ist beinahe zerbrechlich. Sie dreht sich auf die Seite. Sie hat geweint.

„Er versteht überhaupt nichts! Weil er sich sein ganzes Leben lang abgerackert hat, will er die anderen zwingen, das gleiche zu tun."

Ich erinnere mich an Mamas Worte über das Haus, das jeder zu bauen hat. Aber jetzt ist nicht der richtige Augenblick dafür; ein Haus, das wäre zuviel.

„Er verlangt ja nicht, daß du dich zu Tode schindest! Du sollst nur etwas tun."

Sie richtet sich auf, ihr Gesicht ist feindselig. „Weil du auch glaubst, daß ich nichts tue! Hör mir gut zu! Ich tue mehr als neunzig Prozent aller Leute. Ich atme, ich schaue, ich lausche, ich lebe. Ich lebe!"

Ich weiß nicht, was ich antworten soll. In einem gewissen Sinn stimmt das! Sie lebt sicherlich intensiver als viele jener Menschen, an denen ich jeden Tag vorübergehe. Sie zieht aus allem Gewinn, aus dem Wetter, dem Himmel, sich selbst, dem Haus. Aber wenn jeder das täte?

„Nicht jeder hat Lust dazu!"

Sie setzt sich ganz auf, stopft sich ein Kopfkissen hinter den Rücken, streicht den Rock glatt. Ich sehe ihre Beine durch die hauchdünnen Strümpfe. Sie ist die einzige, die immer Strümpfe trägt und der es gelingt, nie Laufmaschen zu haben.

„Kannst du dir vorstellen, daß ich Steno lerne? Daß ich den ganzen Tag auf einer Maschine tippe? In einem Büro mit Idioten zusammengesperrt bin, die feixen, wenn sie meine Beine anschauen und mit Idiotinnen, die nicht weiter sehen können als bis zu ihren rotlackierten Fingernägeln?"

Ich bemühe mich, die Unmengen von Tiegeln und Flakons auf dem Frisiertisch zu übersehen. „Dann tu etwas anderes ..."

„Was?"

„Das mußt du wissen!"

„Na schön, ich weiß es eben nicht!" fährt sie mich an. „Und wenn man mich zwingt, haue ich ab!"

Sie hat niemals so gesprochen. Um Cécile zu beschämen, hat sie sich immer bemüht, ihre Worte sehr korrekt zu wählen. Sie hatte aus ihrem Wortschatz sogar „ich langweile mich schrecklich" gestrichen, weil sie es für vulgär hält. Ich betrachte ihr erregtes Gesicht, und es versetzt mir einen Stich, wenn ich daran denke, daß Béa ihre Freude daran hätte! Claire zieht gegen die Familie in den Krieg!

„Wohin willst du gehen?"

„Zu Freunden."

„Und wovon willst du leben?"

„Ich werde mir schon zu helfen wissen."

Sie läßt ihr Haar wieder vor das Gesicht fallen, schließt die Augen, stellt sich tot. Sie umgibt sich mit den Mauern des Schweigens. Ich möchte sie küssen und auf diese Weise eine kleine Bresche schlagen, aber ich wage es nicht. Ich fühle ihre Wangen an meinen Lippen. Ich küsse sie im Geist. Ich hoffe, daß sie es fühlt.

Sie öffnet ein Auge. „Wie spät ist es?“

Ich sehe auf die Uhr. „Beinahe sieben!“ und füge hinzu: „Ich glaube, du bist mit dem Abendessen dran.“

Sie schnellt hoch wie eine Feder und sieht mich empört an. „Du glaubst doch nicht, daß ich ihm nach allem, was er mir gesagt hat, sein Essen mache?“ Sie wirft mir einen hilfesuchenden Blick zu: „Pauline, könntest du mich nicht vertreten? Mir ist schlecht.“

Ich gebe nach. Sie bringt es fertig, daß ihr schon bei dem Gedanken, Wasser zum Kochen zu bringen, wirklich schlecht wird. Bei ihr kann man nie wissen, wie man dran ist! Bei Bernadette weiß man es zu genau, bei mir anscheinend kaum, bei Cécile muß man alles mit vier multiplizieren.

„Ich bitte dich, mach das Licht aus, bevor du gehst.“

Ich lasse sie in der Dunkelheit allein. Bernadette ist nach Hause gekommen; ich habe gehört, daß das Tor zugefallen ist. Bernadette hat ihre eigene Methode: sie stößt es mit dem Rad auf und mit dem Stiefel zu; und alles, ohne vom Mofa abzusteigen. Papa gerät jedesmal außer sich: das Tor wird das nicht aushalten. Wir wissen alle, daß ein neues Tor ein Heidengeld kostet. Aber es ist bestimmt nicht so, daß wir das Haus verkaufen müssen, um es zu ersetzen.

In der Küche hat Bernadette den Ofen und die Musik abgeschaltet. Sie sitzt auf dem Rand der Spüle, die eines Tages das Schicksal des Tores teilen wird, und hört

Cécille zu, die gerade ihren Bericht beendet. Ich wiederhole, was Claire mir soeben gesagt hat: Wenn Papa hart bleibt, geht sie fort! Ich brauche jemanden, der mich beruhigt.

„Du kennst sie nicht", erklärt Bernadette, „sie hält es nicht einmal zwei Stunden fern vom Haus und ihren kleinen Gewohnheiten aus."

„Jedenfalls weiß ich, wohin sie gehen wird", sagt Cécile selbstsicher.

Wir drehen uns zu ihr um.

„Ich kann euch zwar nicht die genaue Adresse angeben, aber sie wird zwangsläufig zu ihrem Freund gehen."

Bernadette zieht die Augenbrauen hoch. „Ihrem Freund? Was willst du damit sagen?"

„Zu dem, für den sie die Pille nimmt", erklärt Cécile von oben herab, beobachtet uns aber aus den Augenwinkeln, um die Wirkung ihrer Mitteilung zu genießen.

Bernadette geht mit dem Gehabe eines Inquisitors auf sie zu. „Woher weißt du, daß sie die Pille nimmt?"

„Ich habe zufällig ein Schächtelchen unter ihrem Kopfkissen gefunden", gesteht die Kleine. „Dann habe ich bei ihr ein bißchen auf den Busch geklopft und sie hat behauptet, das wären so Dinger für den Hals und sie hat sie dorthin gelegt, um sie bei der Hand zu haben, falls sie in der Nacht einen Hustenanfall bekommt."

„Und wie willst du wissen, daß das nicht stimmt?"

„Das Zeug hat ganz und gar nicht denselben Geschmack wie die Tabletten, die man für gewöhnlich nimmt, und es ist eine für jeden Tag des Monats drin, außer für die acht Tage, die man aussetzt, wenn man die Regel hat."

Bernadette fällt auf einen Stuhl, um bequemer lachen zu können. Cécile überlegt, ob sie geschmeichelt oder verärgert sein soll.

„Das Fräulein weiß also alles über die Regel ..."

„Muß ich ja", sagte Cécile. „Ich muß damit rechnen, daß ich sie heute oder morgen auch bekomme. Mama hat mir gesagt, das wäre ein großer Tag; ich hoffe aber, und ich bitte euch, mir zu glauben, daß es mich nicht daran hindern wird, zu baden! Mit Claire ist es etwas anderes."

Wir sind auf das Schlimmste gefaßt. Es bleibt nicht aus.

„Ich frage mich, ob sie nicht vielleicht ein Baby erwartet", sagt Cécile. „Als ich sie vorhin ersucht habe, mich die Fortpflanzung der Bläschenalgen abzuhören, hat sie mir die Tür vor der Nase zugeschlagen. Sie hat darin vielleicht eine Anspielung auf sich selbst gesehen ..."

„Bist du sicher, daß es keine war?" kichert Bernadette.

„Ich gestehe", bestätigte Cécile vergnügt, „daß mich Claires Fortpflanzung mehr interessiert."

Bernadette versetzt ihr einen freundschaftlichen Rippenstoß und gibt mir durch Zeichen zu verstehen, daß ich ihr in den ersten Stock folgen soll. Cécile sieht uns mit Bedauern nach. Wir lassen uns im Badezimmer nieder. Ich habe noch nicht erwähnt, daß es sehr groß und mit einem Teppichboden aus Nylon ausgestattet ist. Es ist einer der für ein Gespräch am besten geeigneten Räume. Bernadette läßt ihre Kleidungsstücke zu Boden fallen und befördert sie mit der Fußspitze außer Reichweite der Dusche.

Ich nehme auf dem Hocker Platz.

„Du siehst, Paul, du und ich, wir haben tatsächlich unwahrscheinliches Glück."

Ich versuche, meinen Stolz darüber zu verbergen, daß sie sich mit mir auf eine Stufe stellt.

Sie fährt fort: „Wir wissen, was wir später machen wollen! Du wirst schreiben; ich werde meine Reitschule haben. Auf jeden Fall werden wir etwas tun, das uns Spaß macht. Deshalb haben wir irgendwie schon gewonnen, auch wenn es uns noch etliche Tropfen Schweiß kosten wird. Claire hat zu nichts Lust. Es ist nicht allein ihr Fehler."

„Mama sagt, daß die Neigung für etwas nicht von selbst kommt. Daß man suchen muß. Wenn man untätig bleibt, verliert man die Begeisterungsfähigkeit ..."

„Es ist trotzdem eine Frage des Temperaments", sagt Bernadette. „Claire hat immer gern alles hinausgeschoben."

Sie dreht die Brause auf und beginnt sich einzuseifen. Sie benützt eine Spezialseife: kastanienbraun und geruchlos. Claire verwendet Jasminseife und trinkt Jasmintee.

„Weißt du", bemerkt sie plötzlich, „daß Mama ohne uns sicherlich Großes geleistet hätte?"

Mir schnürt sich die Kehle zusammen. „Ich finde sie auch so fabelhaft!"

„Ich habe nicht das Gegenteil behauptet! Aber schau sie doch an, wenn sie am Mittwoch nach Hause kommt."

Ich habe mir Mama nie ohne uns vorgestellt. Das löscht alles aus. Die Welt verschwindet in einem Nebel. Bernadette steht unter der Brause. Sie genießt das Wasser wie Pierre den Wind. Es fließt über ihr emporgewandtes Gesicht, über ihre üppigen, eng beisammenstehenden Brüste – während meine klein und fünfeinhalb Fingerbreiten voneinander entfernt sind. Ihr Bauch ist glatt wie ein Kieselstein, ihre Schenkel sind lang und hart, wie geschaffen für den Sport.

Ich beneide sie um ihre Stärke: Wenn jemand sie eines Tages lieben wird, dann bestimmt nicht aus Beschützerinstinkt. Er wird sie wegen ihrer Lebenslust, wegen ihres Lachens lieben, ihr Kamerad sein wollen. Das ist alles. Ich sehe sie wieder in der Reitschule vor mir, mit Stéphane. Plötzlich begreife ich, daß er sie liebt.

„Bernadette!"

„Ja?"

„Und Stéphane?"

Meine Frage setzt sie nicht in Erstaunen. Sie überlegt, während sie bewegungslos unter dem strömenden Wasser steht. „Ich weiß nicht", sagt sie. „Er ist schön, blond und sanft wie Claire, aber er weiß, was er will. Er ist wie eine klare Flötenmelodie. Er rührt mich."

Als er sie neulich abgeholt hat, um sie zum Abendessen auszuführen, ist Mama beinahe erschrocken, als sie ihn sah. Ich glaube nicht, daß sie jemanden so korrekt gekleideten, mit Krawatte und allem Zubehör, erwartet hat. Bisher hatten Bernadettes Freunde eher so ausgesehen, als nächtigten sie bei der Heilsarmee. Er hat ihr die Hand geküßt. Sie sprachen über sein Studium. Stéphane schließt demnächst das Jurastudium ab. Sein Vater ist Rechtsanwalt. Er will in sein Büro eintreten. Bernadette ist dann spät nach Hause gekommen. Ich habe gehört, wie der Triumph stehengeblieben ist. Der Motor hat lange im Leerlauf gebrummt.

Ich wende mich ab. Mir gefällt die Art, wie sie gesagt

hat, daß er blond und sanft ist. Das sagt für gewöhnlich nur ein verliebter Jüngling von seinem Mädchen. Was haben sie im Wagen getan, während ich gespannt auf das Geräusch des Tores wartete, das sie diesmal nicht zuwarf, daß es dröhnte? Claire behauptet, daß der Stallgeruch alle Burschen vertreiben würde. Küßt er sie trotzdem? Ich würde sie gerne an mich drücken, als wäre sie das Leben selbst. Manchmal fühle ich, besonders morgens im warmen Bett, im Halbschlaf, in mir ein Brennen, das danach verlangt, gestillt zu werden; oder ein heftiges Verlangen, etwas Verwirrendes und Forderndes. Ich weiß, daß die Liebe dieses Feuer löscht. Gelegentlich hatte ich das Bedürfnis, mich selbst zu befriedigen, wie es manche Mädchen tun. Ich habe aber nie nachgegeben. Wirklich nur deshalb, wie ich mir einrede, weil ich auf den Augenblick warte, in dem mich die Hände eines Mannes berühren werden? Diesen Augenblick fürchte ich nämlich.

Die grünen, lustigen Augen von Bernadette sehen mich durch den Wasserdampf prüfend an. Gleich wird sie sagen: „Paul, zwanzig Sous für deine Gedanken!"

Ich stehe auf. Es ist sieben vorbei, die Eltern werden nach Hause kommen, was könnte man wohl zum Abendessen auf den Tisch bringen?

9

Weil man vom Glück reden muß

Es ist wie ein Sturz. Und dann plötzlich Stille. Alles ist schwarz. Mein Herz schlägt hart und schwer, kämpft gegen die Angst in mir an. Ich brauche meine ganze Willenskraft, um den Arm unter der Decke hervorzustrekken und Licht zu machen. Es dauert lange, bis ich mich zurechtfinde. Ich habe wohl geträumt ... Ich weiß nicht mehr, wovon. Dieser Sturz war so, als hätte mich jemand an den Schultern gepackt, um mich zu wecken.

Ich höre unten ein Geräusch: Ich sehe auf die Uhr. Es ist beinahe ein Uhr morgens. Wer? Wo?

Ich rolle mich unter der Decke zusammen. Es ist jener Teil der Nacht, in dem alles regungslos ist und dennoch alles möglich erscheint. Ich zittere. Trotzdem weiß ich genau, daß ich nachsehen werde.

Sowie die Gegenstände meines Zimmers mir wieder vertraut geworden sind – mein Schreibtisch, die auf dem Stuhl vorbereitete Schultasche, meine Kleider; sowie mein Herz aufgehört hat, wild zu hämmern, steige ich aus dem Bett. Es ist kalt. Auf Bernadettes Rat hin schalte ich zum Schlafen immer den Heizkörper ab. Mein Schlafrock. Meine Hausschuhe. Vor allem darf ich Cécile nicht wecken! Die Treppe knarrt. Aber das Holz des Geländers ist meiner Hand vertraut.

Es ist im Salon. Dort brennt Licht. Ein Einbrecher? Ein Einbrecher macht nicht Licht. Claire? Die Türe ist nur angelehnt.

Es ist Mama. Sie sitzt an ihrem gewohnten Platz, links vom Kamin, im Nachthemd. Sie starrt in die Asche. Eine einzige Lampe brennt auf einem Tisch, der ungewohnt große Schatten wirft. Ich zögere. Sie hat mich nicht gehört. Bernadette würde sich wieder hinlegen. „Man hat doch noch das Recht, schlaflose Nächte zu haben...?" Ich gehe weiter. Mein Herz schlägt von neuem, aber aus einem anderen Grund: Die Mama, die um diese Zeit hier sitzt, ist eine Unbekannte. Ich denke an das, was mir Bernadette gesagt hat. Fühlt sie sich bei uns nicht wohl?

Ich brauche viel Mut, um mich auf meinen Platz auf dem Hocker zu ihren Füßen zu setzen. Geschafft! Ich habe das Schwerste hinter mir. Mama richtet den Blick auf mich. Er ist ruhig. Sie sieht nicht erstaunt aus.

„Ich konnte nicht einschlafen! Ich wollte wegen Vater kein Licht machen, also bin ich hierher gegangen."

„Warum kannst du nicht schlafen?"

Sie zögert ein wenig, entschließt sich: „Jean-Marc."

„Ich weiß!"

Jetzt ist sie überrascht.

„Bernadette hat es mir gesagt. Krebs..."

„Blutkrebs", sagt Mama. „Ich wollte morgen mit euch darüber sprechen."

Blutkrebs! Sie erzählt, die Augen wieder auf die Asche gerichtet; ihr Gesicht sieht müde aus. Gestern, Mittwoch, hat sie Jean-Marc im Krankenhaus besucht. Ich verstehe nun die düstere Stimmung beim Abendessen, so daß Claires Abwesenheit kaum auffiel. Céciles Fragen über den Ablauf von Mamas Tag in Paris blieben unbeantwortet. Ich verstehe vielleicht auch, warum Papa gerade gestern mit Claire geschimpft hat.

„Jean-Marc wollte mich sehen", erklärt Mama. „Er wollte, daß ich mit Marie-Agnès darüber rede."

„Sie weiß nichts?"

„Darum geht es nicht. Man hat es ihr gesagt! Aber sie will es nicht glauben."

Ich nehme die Feuerzange und stochere in der Asche, unter der noch etwas Glut schwelt. Marie-Agnès! So alt wie Claire. Bei ihrer Hochzeit vor zwei Jahren sagten alle, daß sie aussehe wie eine Erstkommunikantin.

„Du hast mit ihr gesprochen?"

„Ich habe es versucht", sagt Mama. „Aber die Hoffnung ist etwas so Mächtiges. Oder vielmehr das Unvermögen, die Hoffnung aufzugeben! Aber sie muß sich dennoch damit abfinden. Solange sie ‚nein' sagt, kann sie ihm nicht helfen fortzugehen."

Fortgehen ... Auf dem niedrigen Tisch, im Aschenbecher, die halb gerauchte Pfeife von Papa. Morgen wird er sie mit sorgfältigen Bewegungen reinigen, und ich werde nicht müde werden, ihm dabei zuzusehen. Jean-Marc ist halb so alt wie mein Vater. Er war ganz und gar nicht an der Reihe.

„Wann?"

„Ihr Kind soll im Mai zur Welt kommen. Es ist nicht sicher, daß er es noch sehen wird."

„Es ist zum Kotzen."

Genau wie Claire habe ich jetzt ein Wort gebraucht, das ich für gewöhnlich nicht verwende: ein Kraftwort. Aber mich überläuft ein Schauer vom Kopf bis zu den

Füßen. Mir geht es ja gut! Ich bin am Leben, werde geliebt, beschützt, bevorzugt. Mit welchem Recht? Durch welchen Glücksfall? Für wie lange? Der Lebensweg Jean-Marcs endet plötzlich, ohne daß jemand eine Ahnung davon hatte. Sackgasse.

Mama legt mir die Hand auf die Schulter. „Jeder Todesfall ist unerträglich! Dennoch darf man nicht aufhören zu denken. Er hat das Glück gehabt, leben zu dürfen!"

„Fünfundzwanzig Jahre?"

„Selbst wenn es nur fünfundzwanzig Jahre sind! Für Jean-Marc waren es fünfundzwanzig Jahre Glück!"

Das Glück! Schon wieder! Müssen die Menschen wirklich immer dieses Wort auf den Lippen führen? Ist es auch eine Art „Unvermögen, die Hoffnung aufzugeben", wie Mama vorhin gesagt hat? Gut: Jean-Marc war fünfundzwanzig Jahre lang glücklich. Und danach?

„Danach ist es nicht zu Ende!"

Gott, das Paradies, all das! Mamas Gesicht ist verklärt. Sie glaubt daran. Deshalb sind wir getauft worden, mit Charles' Zustimmung, der Atheist, aber konziliant ist. Dann, nach ein bißchen Katechismus und Kommunion, konnten wir uns frei entscheiden. Claire hat aus Gleichgültigkeit alles vergessen. Bernadette spricht nur dann von Gott, wenn sie seinen Namen eitel nennt; und das sind dann die seltenen Gelegenheiten, bei denen wir Mama zornig erleben. Cécile und ich begleiten sie freiwillig zur Messe. Cécile hauptsächlich, um aus Leibeskräften zu singen. Sie hofft, daß ein Impresario ihre Stimme entdecken werde.

„Glaubst du", fragt Mama, „daß man mit dir auch dein

Lachen begräbt? Deinen Blick? Den Schwung, der dein Leben beherrscht hat? Das Gute, das du anderen erwiesen hast? Darum“, erklärt sie, und ihre Stimme klingt warm und tröstlich, „müssen wir während unseres Aufenthaltes hier unten das pflegen, was wir den Nachkommen hinterlassen wollen. Man darf sich nicht nur mit dem Körper beschäftigen, der ja wieder zu Erde wird.“

Ich höre ihr zu. Ich könnte ihr stundenlang zuhören, mein ganzes Leben lang. Ich weiß genau, wovon sie spricht. Das macht das Haus so wohnlich, die Atmosphäre so angenehm. Das ist das, was nie vergeht. Die Liebe. Die Liebe zu allem. Der Schlag auf die Schultern, der mich vorhin geweckt hat, das war sie, die mich rief, um mir diese Botschaft zu übermitteln. Vielleicht wollte sie mich auch bitten, daß ich ihr helfe, sich daran zu erinnern.

Ich schaue sie an. Die feinen Linien auf der Stirn, der Schatten unter den Augen, der Hals, der schlaff wird, wenn sie den Kopf senkt, die helleren Fäden in den kastanienbraunen Haaren, die Schönheit ... noch eine Zeitlang.

„Mama! Bedauerst du es?“

„Bedauern? Was?“

Sie scheint nicht zu verstehen. Ich unterdrücke die Erregung, die in mir hochsteigt. Ich versuche, leichthin zu antworten. Es gelingt mir sogar, zu lächeln.

„Uns!“

Sie lacht. Wie habe ich gehofft, daß sie lachen wird! Wie erleichtert ich bin. Ich habe sogar Tränen in den Augen. Und wenn sie gezögert hätte?

„Ihr seid doch meine Freude!“ ruft sie.

Auch an ihrer Stimme merkt man, daß sie den Tränen nahe ist.

„Bernadette glaubt, daß du es ohne uns weit gebracht hättest."

„Zunächst", sagt Mama sehr ernst, „seid ihr etwas Großartiges, alle vier, jede auf ihre Art. Dann, stell dir vor, ist noch nicht das letzte Wort gesprochen! Ich habe Pläne! Ich hatte nur beschlossen, mit euch anzufangen: Man soll Kinder bekommen, solange man jung ist. Aber ihr werdet ja sehen."

Ich sehe ihr Atelier vor mir, ihre geheimnisvollen Collagen, all die Bücher, die sie liest. Ich sehe ihren Blick, der auf den anderen ruht. Ich denke an ihren Mittwoch.

„Was werden wir sehen?"

„Das weiß ich noch nicht. Man muß jedenfalls in irgendeiner Form teilnehmen. Man darf sich nicht einschließen." Wieder legt sich die Hand auf meine Schulter. „Ich verbiete dir zu glauben, daß ich mich geopfert habe. Ganz im Gegenteil – ich war unersättlich. Ich habe alles gewollt: ich wollte eine komplette Familie und das Leben. Liebe, Zärtlichkeit und die ganze Welt. Wenn ich euch nicht mehr haben werde, werde ich dennoch nicht einsam sein."

„Du wirst uns immer haben."

„Solange ihr es wollt", sagt Mama und lächelt. „Ein wenig."

„Du hast Papa!"

„Und er hat mich, was ihn nicht daran hindert, sein Leben zu leben. Noch viele andere Dinge außer mir zu haben."

Alles wird klar. Alles wird ganz einfach. Auch ich will später alles haben. Aber „ich“ ... wer ist das?

„Das, was du leidenschaftlich liebst. Das, was dich vorwärts treibt. Man darf keinen Widerstand dagegen leisten. Bernadette hat recht; sie soll nur ihre Reitschule aufmachen. Man muß nur gegen eines kämpfen: daß man nichts liebt. Daß man nichts haben will.“

„Wie Claire?“

Über ihr Gesicht zieht ein Schatten. „Claire wird ihren Weg finden.“

„Bevor du Papa kennengelernt hast“, frage ich, „hast du da etwas leidenschaftlich geliebt?“

Mamas Gesicht ist nachdenklich. Sie erinnert sich. „Das Leben“, sagt sie. „Als Ganzes. Ich habe es immer geliebt. Aber ich bin auf dem Lande aufgewachsen, in einer Familie, die man ‚vernünftig‘ nannte und die glaubte, daß Mädchen dazu bestimmt seien, einen Mann glücklich zu machen und Kinder aufzuziehen. Ich wußte nicht, daß ich noch andere Möglichkeiten hatte.“

Die Stille kehrt wieder. Ich denke an das Gefühl, das ich habe, jedesmal, wenn ich in mein Zimmer zurückkehre. Dieses Bewußtwerden. Ich glaube, daß ich heute abend einen Schritt in diese Richtung getan habe. Und plötzlich, weil man vom Glück reden muß, bin ich trotz Jean-Marc glücklich.

10

Unter der Oberfläche des Meeres

Es verläuft ganz anders, als ich es erwartet habe. Auf dem Boulevard Saint-Michel stehen Béa und ich Schlange um Crêpes. Das Wetter ist mild geworden. Es ist grau, schmutzig, feucht. Es sind keine einzelnen Wolken, der ganze Himmel ist verhangen. Das Geräusch der vorbeifahrenden Autos klingt wie zerreißende Seide. Ich würde richtige, trockene Kälte vorziehen, die von einem klaren Himmel fällt, einem Himmel von schmerzender Helligkeit, als würde er von Scheinwerfern angestrahlt. In den Schaufenstern sind jetzt Papierschlangen zu sehen. Sie schlängeln sich um Schuhe, Brillen, Kleider und in dem italienischen Laden sogar um eine Salami. Schon der achte Dezember! Am Fuß unserer Tanne sammeln sich immer mehr Pakete an. Zwölf Uhr dreißig. Eine Frau vor uns verliert die Geduld. Wird sie bleiben, wird sie nicht bleiben? Von halb drei bis halb fünf Chemie. Äthylen, Azethylen, chemische Eigenschaften, Formeln, Experimente. Von fünf bis sechs Französisch. Wie der arme Verwandte, der immer an letzter Stelle rangiert – wir sind dann schon zu müde, um es entsprechend zu würdigen. Die Studienrätin weiß es und hat uns schon zu Beginn des Schuljahres erklärt, daß sie versuchen werde, uns nicht noch mehr zu quälen.

Plötzlich legt sich je ein Arm um meine und um Béas Schulter: Pierre! Sein Haar ist naß, seine klaren Augen fragen.

„Ihr werdet doch die Crêpes nicht im Regen essen!"

Seine empörte Miene bringt uns zum Lachen. Er trägt einen schwarzen Regenmantel und Stiefel. Er verlangt auch für sich zwei Crêpes: eine mit Salz und eine mit Zucker, und ohne lange Diskussionen schleppt er uns zu sich nach Hause.

„Brigitte ist da!"

Sie liegt auf dem Diwan und erhebt sich, als wir eintreten: groß, gut gebaut, sehr hübsch. Ihr langer brauner Zopf reicht bis zur Taille; die Bluse verbirgt kaum die nackten Brüste, aber sie wirkt trotzdem nicht provokant. Es ist wie bei Bernadette, wenn sie nackt herumgeht, weil es heiß ist und weil sie sich deswegen keine Gedanken macht. Brigitte trägt außerdem einen langen Rock und Bastschuhe. Sie riecht gut.

Sie küßt Béa, drückt mir kräftig die Hand und schaut mir dabei tief in die Augen. Ich bin beruhigt. Es war mir nicht klar geworden, daß ich diese erste Begegnung fürchtete.

„Pierre hat mir von Ihnen erzählt; kommen Sie, Sie sind ganz durchnäßt. Ist der Mantel wasserdicht?"

Sie nimmt mir die Crêpes aus der Hand, damit ich den Mantel ausziehen kann. Pierre schleicht sich hinterrücks heran und bindet meinen Schal auf. „Überlassen Sie das mir, ich möchte mich davon überzeugen, daß Sie ihn wirklich dreimal um den Hals geschlungen haben ..."

Seine Finger bewegen sich unter meinem Kinn, an der Stelle, an der ich kitzlig bin. Ich muß lachen, während ich mich von seinen Händen freimache.

Also! Sehen wir uns einmal dieses Atelier an, in das nie mehr zurückzukommen ich mir geschworen hatte. Zunächst der Ofen. Von einem komischen Blau, Grün, Kastanienbraun, gedrungen, würdevoll, lächerlich. Daneben ein Kohleneimer. Auf dem Ofen ein Wasserkessel. Klassisch. Der Boden des Kessels muß von einer gelblichen Kalkschicht bedeckt sein. Und die Bilder? Mir kommt vor, als wären es heute noch mehr. Man wird seekrank. Brigitte macht gerade mit Béa die Runde und zeigt ihr die Bilder, die auf die Ausstellung geschickt werden. Wenn ich richtig verstanden habe, werden die Crêpes auf dem Ofen warmgehalten.

Pierre kommt zu mir. „Ich dürfte nicht darauf bestehen. Es sieht so aus, als wollte ich meine Ware an den Mann bringen. Aber ich möchte, daß sie es verstehen." Er lacht sein berühmtes Lachen: „Sie müssen nicht hinfahren. Sie sollen es sich nur vom Balkon aus ansehen."

Das hier sind die Landes, wenn ich mich nicht irre! Quer durch sie verläuft ein schlammiger Weg. Zwischen den Brombeerstauden schimmert es weiß.

„Das ist keine Möwe, das ist ein Haus. Es versteckt sich vor dem Wind. Es verhält sich wie die Fische, die die Farbe der Steine annehmen, um sich vor der Gefahr zu schützen. Ich bin auf dieser Insel geboren. An diesem Abend war kein Arzt da. Man hat die Sirene ausgelöst, damit der Arzt vom Festland mit dem ersten Dampfer kommt. Ich habe nicht so lange gewartet." Er nimmt mich beim Ellbogen und zieht mich weiter. „Das dort ist die Ebbe im September. Das Meer geht nur zweimal im Jahr so weit zurück. Zwei Tage habe ich gebraucht, um ihm seine Geheimnisse zu entreißen. Das Miststück versuchte, mich zu vertreiben: mit Algen, auf denen ich ausglitt und hinfiel, mit seinem heimtückischen Wind, der meine Finger gefühllos machte. Ich hatte mich zum Malen auf einen Stein gesetzt, die Leinwand auf die Knie gelegt und hielt die Pinsel mit den Zähnen fest. Das Meer hat mir meine Farbtuben entführt. Ich habe es beschimpft. Am Abend, im Café, stritten die Leute darüber, ob ich nun verrückt sei oder nicht. Es gibt ganz bestimmte Aussichtspunkte für Maler, wo sie ihr Material verstauen können und ein sogenanntes schönes Panorama zur Verfügung haben. Warum bestand ich darauf, dem Meer unter die Röcke zu schauen? Ich glaube, sie waren schockiert."

Ich beuge mich über die Wüste aus Schlamm und Sand, die der verfilzte Schorf der Algen unterbricht. Manchmal gibt es dazwischen auch lange unregelmäßige Furchen, die wie Unterschriften aussehen. Ich denke wie die Leute im Café: Warum mußte er das malen? Es ist wie eine offene Wunde; man möchte sie rasch verdekken.

Béa ruft uns zu den Crêpes. Wir sitzen also wieder auf dem berühmten Diwan. Pierre läßt sich wieder zu unseren Füßen nieder. Die Crêpes sind heiß und an den Rändern knusprig. Béa und Brigitte sprechen vom Schifahren zu Weihnachten; Angèle wird die ersten Versuche unternehmen.

„Fahren Sie Ski, Pauline?"

„Ich habe meine zwei Punkte gemacht!"

Pierres Blick. Als hätte ich etwas Besonderes gesagt. Dieser plötzliche intensive Blick, der mich ruft. Zwei Punkte. Er weiß also nicht, was ich meine. Ich wende mich ab und lande unvermeidlich wieder im Meer. In diesem Zimmer stehe ich notgedrungen Pierre oder dem Meer gegenüber. Ihm und dem Meer. Er hatte damals recht. Ich habe Angst. Vor dem, was er malt. Vor dem, was in ihm steckt. Vor dem Schwindel, der mich vor seinen Landschaften packt. Ich betrachte sie und sage mir: Auch das gibt es.

„Sie denken wahrscheinlich, daß sie einander alle ähnlich sind. Aber wenn es nur eine davon gäbe, hätte man nur einen Satz aus einer Geschichte."

Er spricht, als wäre außer mir niemand im Raum, und ich wage kaum, in meine Crêpe zu beißen; der Zucker verklebt mir die Finger. Béa hört mit Kennermiene zu. Brigitte wirkt ebenfalls interessiert. Aber sie müßte das alles eigentlich schon auswendig können. Überhaupt finde ich, daß die beiden eher wie Bruder und Schwester wirken und nicht wie „Gefährten", als die Béa sie bezeichnet. Ich hätte gern Bernadette hier. Dann würde ich meine Sprache leichter wiederfinden.

„Nehmen Sie einen Gegenstand oder ein Haus oder eine Landschaft. Was ihre Schönheit ausmacht, sind eigentlich zwei Geschichten: die Ihre und die ihre. Das ist der Augenblick, in dem durch Ihren Blick diese zwei Geschichten aufeinandertreffen und verschmelzen, um zum Leben zu erwachen. Ich würde hundertmal mehr Leinwand brauchen, um den richtigen Zeitpunkt zu erwischen."

Das verstehe ich. Ich weiß es. Es ist genauso, als wolle

man beschreiben, was man in einer Meeresmuschel hört. Brigitte und Béa sind wieder in die Küche gegangen. Pierre schweigt. Ich bin plötzlich unglücklich. Ich fühle, daß er enttäuscht ist. Nichts anzufangen mit diesem Mädchen, muß er sich sagen. Man erlaubt sich einen Scherz mit ihr, sie rennt davon! Man lädt sie ein, etwas zu trinken, sie wirft ihr Glas um! Man erklärt ihr sein Lebenswerk, sie macht große Augen und bringt kein vernünftiges Wort heraus. Wenn ich an seiner Stelle wäre und mich selbst sehen könnte, dächte ich genauso! Ich wäre entmutigt. Ich würde mich jemand anderem zuwenden: Brigitte zum Beispiel, die von Lebenslust strotzt. Béatrice, die das Leben herausfordert. Wenn ich wenigstens hübsch wäre!

Er sieht mich an. „Ist Ihnen kalt?"

Wie sanft seine Stimme sein kann, wenn er will. Es stimmt, ich fröstle. Aber es ist nicht wegen des Regens vorhin.

„Ich mache Ihnen einen Irish Coffee."

Und schon ist er wieder weg; dieser Mann kocht gerne, das steht fest. Brigitte und Béa, im tiefen Sofa versunken, fachsimpeln über Weberei. Es ist beinahe halb eins. Wenn ich schnell gehe, brauche ich zehn Minuten für den Rückweg in die Schule, also bleibt mir hier eine halbe Stunde. Eine halbe Stunde, in der ich versuchen kann, es wieder gutzumachen.

Ich setze mich auf ein Kissen und schlinge die Arme um die Knie wie in La Marette auf meinem Hocker. Ich brauche schöne Sätze, gleichzeitig einfach und doch tiefempfunden, wie der Französischlehrer sagt ... Ich suche und suche. Einen oder zwei finde ich gar nicht so schlecht, wirklich! Aber in dem Augenblick, in dem Pierre wiederkommt, sind sie plötzlich wie weggeflogen. Ich sehe, wie er Brigitte und Béa die zwei Gläser Kaffee mit Schlagsahne gibt. Ich höre Béas aufreizendes, kehliges Lachen, das sie für Männer auf Lager hat, die es anziehend finden. Dann kommt Pierre langsam zu mir, und ich fühle jeden seiner Schritte, denn er ist überwältigend, von ihm strahlt etwas aus, das mir den Atem nimmt und mich zwingt, die Augen zu schließen.

Ohne etwas zu sagen, zieht er, nachdem er die zwei Gläser Irish Coffee vor meine Füße gestellt hat, ein Kissen neben das meine und läßt sich darauffallen. Ich wende mich zu ihm hin und sage: „Danke, das ist mein erster Irish Coffee", mit einem Lächeln, das zeigen soll, daß mein Schweigen Absicht und nicht Einfallslosigkeit ist. Aber es wird ein vollkommener Fehlschlag, eine Art verzerrter Grimasse, ein Hilferuf. Verzweifelt strecke ich die Hand nach meinem Glas aus.

Er ergreift sie, und während er mein Handgelenk festhält, sagt er: „Ich habe an dich gedacht. Du hast mir gefehlt. Es war wundervoll!"

11

Ein Junge, der an seiner Stelle pfeifen wird

Unter der Tanne steht ein unbekanntes Paar Schuhe. Zu groß für ein Mädchen; nicht groß genug, um Papa zu gehören. Darüber ein Paket mit dem unerläßlichen kleinen Schildchen. Claire beugt sich hinunter, liest, richtet sich auf und sieht uns mit einem ungläubigen Blick an. Ich bücke mich, und nach mir Bernadette. Auf dem Schild steht „Jean-Marc". Es ist Céciles Schrift.

Keine Träne, als Mama es ihr neulich sagte; sie hat nur die Lippen zusammengepreßt, und ihr Körper hat sich verkrampft. Mama hat die Arme ausgebreitet. Cécile ist nur einen kurzen Augenblick an ihrer Brust geblieben, dann ist sie weggelaufen und hat sich in ihrem Zimmer eingeschlossen. Seither keine Bemerkung darüber. Und heute früh die Schuhe.

„Ich traue ihr zu, daß sie sich die Schuhe von Marie-Agnès geholt hat", flüstert Bernadette.

Das Gesicht der Prinzessin ist undurchdringlich. Auch sie hat auf die Mitteilung von Jean-Marcs Krebserkrankung kaum reagiert, aber von ihr erwartet man nie größere Gefühlsausbrüche. „Trotzdem", murmelt sie, „diese Cécile ..." Und mir kommt vor, daß es ihr guttut, jemandes anderen wegen als ihrer Hoheit persönlich, gerührt zu sein.

Mama steckt den Kopf aus der Küche; ein angenehmer Duft nach getoastetem Brot verbreitet sich im Zimmer.

„Frühstück!"

Als sie uns drei unbeweglich dort stehen sieht, kommt sie näher. Papa taucht im Schlafrock von der anderen Seite auf. Wir zeigen ihm das Paar Schuhe. Als Charles sich aufrichtet, ist sein Gesicht verzerrt. Mamas Gesichtsausdruck ist friedlich geblieben.

„Ich finde", sagt Cécile aus dem Hintergrund, „daß wir nichts dringend brauchen! Also könnten wir die Ausgaben einschränken und uns mit Jean-Marc befassen."

„Okay", sagt Bernadette, „einmal eine wirklich gute Idee." Sie geht zu Cécile in die Küche.

Kaffee, Milch, Teewasser dampfen auf dem Tisch. Der Quälgeist bemüht sich wie üblich, ihre Tasse Eisschokolade mitten in eine Blume zu stellen. Papa nimmt neben ihr Platz. Stille.

„Man könnte auch an das Kind denken", schlägt Mama vor, die sich am Toaster zu schaffen macht. „Es wird vieles brauchen."

Cécile sieht sie entrüstet an. „Es kann sie später immer noch haben! Jetzt muß man Jean-Marc beschenken. Alles, was er will!"

Diesmal weist niemand auf den Grammatikfehler hin. Charles streicht zärtlich mit dem Handrücken über die Wange des Quälgeists, dessen Lippen zittern.

„Ich lehre Nicolas, so zu pfeifen wie Jean-Marc", sagt sie, während sie mit dem kleinen Plastiklöffel wild in ihrer Tasse rührt, „da Jungen anscheinend das Recht haben, auf der Straße zu pfeifen, und wir nicht."

Das ist nun alles, was man für Jean-Marc tun kann. In den Straßen, die er nicht mehr entlanggehen kann, wird ein Junge an seiner Stelle pfeifen.

Wie soll ich es ausdrücken? Es ist alles so wie immer: die Familie, die Klasse, der Dezember im Garten, die harte Erde unter den Füßen, die erstarrte Natur, über die die Glockenklänge von Marenil dahingleiten, ohne sie zu berühren. Dennoch sehe ich alles klarer. Mehr mit dem Herzen.

„Du hast mir gefehlt! Es war wundervoll." Pierre hat diese Worte ausgesprochen, und ganz langsam begann alles in Bewegung zu geraten. Schon kurz danach, als ich mit Béa auf der Straße stand, sah das Leben anders aus.

Ich bin siebzehn, noch nie hat jemand so mit mir gesprochen; mit dieser heißen, vibrierenden Stimme, die mich erschauern läßt: „Du hast mir gefehlt." Dabei hatte ich ja nichts gesagt, nichts Besonderes getan. Ich war genauso wie immer. Habe ich mich vielleicht geirrt?

Um die Wahrheit herauszufinden, ziehe ich die Sachen an, die ich an diesem Tag getragen habe: Dufflecoat, Schal. Die Haare, wie sahen sie damals aus? Ich trage sie halblang, weshalb Claire behauptet, daß sie nach nichts aussehen. Sie müssen naß gewesen sein, weil es geregnet hat. Sie waren also strähnig. Ich nähere mein Gesicht dem Spiegel. „Du hast mir gefehlt." Ich lächle wider Willen dem Mädchen zu, dem Pierre das gesagt hat. Pierre! Ich sehe meine Wangen, von denen Papa sagt, daß sie immer so aussähen, als käme ich gerade vom Äpfelpflükken zurück, meine in der Mitte zusammengewachsenen

Augenbrauen, angeblich ein Zeichen für Eifersucht, meine vorne etwas auseinanderstehenden Zähne, ein glückliches Omen. Kann ich ihm wirklich gefehlt haben? Vorausgesetzt, daß er tatsächlich mich gemeint hat!

Ich ziehe den Mantel wieder aus. Er hat mir den Schal abgenommen. Ich spüre wieder, wie mich seine Finger elektrisieren. Was habe ich angehabt? Die karierte Hemdbluse, die ein bißchen zu eng ist, weil meine Brust größer wird. Den hellblauen Pulli mit den Lederherzen auf den Ellbogen. Jeans. Die Jeans sind alle gleich: „Ihr seid austauschbar", sagt manchmal Charles unzufrieden, wenn wir alle vier Hosen tragen, weil er sich nostalgisch an die Röcke erinnert, die im Wind flogen; aber damals gab es auch noch keine Mofas. Kurz und gut, Hemdbluse, Pulli und Jeans, ich sah aus wie immer, und dennoch ... „Du hast mir gefehlt! Es war wundervoll."

Dieser Satz begleitet meine Tage, hüllt mich ein, macht das Leben hell, läßt mich nicht los, ist wie eine Girlande auf dem Weihnachtsbaum. Dieser Satz verzaubert mich im wahrsten Sinn des Wortes. Er ist zu mir gekommen. Er hat die Tassen mit der weißen Schlagsahne hingestellt. Ich war unglücklich. Ich habe einen idiotischen Satz gesagt. Ich habe die Hand ausgestreckt, um ein bißchen Haltung zurückzugewinnen. Er hat mein Handgelenk ergriffen. Er hat mir in die Augen geschaut. „Du hast mir gefehlt. Es war wundervoll."

Das war am 8. Dezember. Heute ist der 12. Ich habe ihn nicht wiedergesehen. Fehlt er mir? War es wundervoll? Ich warte. Ein Anruf? Sicherlich nicht. Wenn mich jemand anruft, dann sind es Christian, Bruno, Pascal – Freunde in meinem Alter, mit denen wir am Sonntag ins

Kino gehen oder Karten spielen. Manchmal gehen wir auch tanzen, aber ich mag das nicht so sehr. Dieser Mann, der eine Gefährtin und eine Tochter hat, der das malt, was unter der Oberfläche des Meeres ist, und der in den Vereinigten Staaten ausstellt, hat keinen Grund, meine Nummer zu wählen. Ich muß vernünftig sein. Wie alt ist er überhaupt? Achtunddreißig, glaube ich. Er sieht auch so aus! Sogar sehr! Ziemlich viele Falten und weiße Haare, ganz abgesehen von denen, die nicht mehr da sind. Fallen die weißen Haare zuerst aus?

Ich bin gestern die Kais entlanggegangen, in der Nähe der Straße, in der er wohnt. Ich habe mich bemüht, die Seine so zu sehen, wie er es mir auf seinen Bildern erklärt hat. Der Zusammenprall zwischen diesem eiligen Fluß und meinem uninteressanten Versuch, das Leben zu begreifen, ist nicht erfolgt. Im dahinströmenden Wasser sah ich nur Pierres Gesicht, und alles war undeutlich.

12

Zwischen zwei Leben, zwei Lieben …

Am Abend des 16. ist Bernadette nicht rechtzeitig zu Hause.

Alle sind da. Mama geht zwischen Küche und Salon hin und her, drosselt das Backrohr, stellt die Suppe auf die kleine Flamme. Die Teilnahme am Frühstück ist uns freigestellt – man kommt oder kommt nicht, jeder hält es, wie er will – aber das Abendessen ist geheiligt, und acht Uhr bleibt acht Uhr. Falls man um diese Zeit nicht zu Hause sein kann, muß man schon am Morgen Bescheid sagen. Cécile und ich, die armen Minderjährigen, müssen außerdem auch angeben, wohin wir gehen, und die elterliche Erlaubnis dazu einholen.

Es ist acht Uhr dreißig, aber noch immer keine Spur von Bernadette!

Draußen taut es. Den ganzen Tag hingen die Wolken tief, der Himmel war ganz grau. Es riecht nach feuchtem Holz und Schlamm. Mir wäre blauer Himmel und Schnee lieber. Dieses Wetter ist weder Fisch noch Fleisch. Ein Wetter, bei dem man fröstelt. Übrigens geht die Grippe um. Eine heimtückische Grippe ohne Fieber, die sich in unbestimmten Kopfschmerzen, Gliederschmerzen, Müdigkeit äußert. Man weiß nicht, ob man sie hat oder nicht. Man ist zu nichts fähig. Papa ist überarbeitet und läßt beim Schach widerstandslos zu, daß Cécile seinen Läufer schlägt. Er hat Mama beauftragt, die Reitschule anzurufen. Die Reitschule meldet sich nicht. Mama steht am Fenster und schaut in den nachtschwarzen Garten hinaus. Ich weiß, daß sie an glatte Straßen, blendende Scheinwerfer, Schleudergefahr denkt.

„Ich nehme an, daß sie die Friedenspfeife mit Stéphane raucht", erklärt Cécile. „Papa! Gib auf deinen Turm acht, oder ich schnappe ihn dir weg!"

„Dürfte ich erfahren, wer dieser Stéphane ist?" fragt Papa und schiebt das Schachbrett weg. „Und warum Friedenspfeife?"

„Das ist ihr Boy-friend", erklärt Cécile, ohne die wütenden Zeichen von Claire zu beachten, in deren Augen Indiskretion eine Todsünde ist. „Er hat gestern zweimal angerufen. Beim zweiten Mal habe ich ihm bestellen müssen, daß sie ausgegangen ist, und ich habe mir erlaubt, hinzuzufügen, daß wir einen Todkranken in der Bude haben. Damit er nicht auf die Idee kommt, alle drei Minuten anzurufen."

Papa bleibt die Luft weg. „Ein Todkranker in der Bude?"

„Eine Zufallsbekanntschaft eben!"

Papa wirft Mama einen verbitterten Blick zu. Verbittert und ungläubig. Wie haben sie es nur fertiggebracht, eine solche Abnormität in die Welt zu setzen? Eine von Mamas Schwestern war immer schon ein Original gewesen, woran er sie jedesmal liebenswürdig erinnert, wenn Cécile es zu arg treibt ... aber muß sie wirklich so weit gehen? Trotz ihrer Unruhe muß Mama über die Phantasie ihrer Tochter lächeln. Ich erinnere mich mit Unbehagen an Céciles Sammlung von Giftpilzen. Cécile spricht zu oft vom Tod. Will sie sich mit ihm vertraut machen?

„Es ist beinahe neun Uhr", sagt Mama mit möglichst sorgloser Stimme, die niemanden täuscht. „Vielleicht sollten wir mit dem Wagen zur Reitschule fahren?"

Aber in dem Augenblick, in dem Papa aufsteht und wieder einmal feststellt – was er mindestens zehnmal im Tag tut –, daß er die Autoschlüsseln verloren hat, und zwar diesmal endgültig, knallt das Tor mit voller Wucht zu. Es ist wohl das erste Mal, daß er mit einem Seufzer der Erleichterung darauf reagiert. Bernadette ist endlich da!

Mamas „Wo warst du?" bleibt ihr im Hals stecken. Bernadette hat geweint! Wenn es nicht der Regen ist. Hoffentlich ist es der Regen! Im übrigen triefen ihre Locken vor Nässe.

Sie sagt mit dumpfer Stimme: „Der Schweinehund will Germain umbringen!"

Die Eltern sehen einander an.

„Entweder Schlachthof oder zweitausend Francs ... Aber er zieht das Schlachthaus vor. Ich habe es genau gespürt."

Céciles Augen folgen den Schmutzspuren, die die Stiefel der Reiterin auf dem Fußboden hinterlassen. Sie schaut zu Mama hinüber, die aber nicht verlangt, daß Bernadette sofort die Stiefel auszieht, was die Situation noch dramatischer macht.

„Erzähl uns alles von Anfang an", verlangt die beruhigende Stimme des Arztes.

Bernadette läßt sich auf das Sofa fallen. Cécile läuft zu ihr und setzt sich neben sie. Claire ist sehr verärgert und weiß nicht, ob sie es verbergen oder ob sie es zeigen soll. Sie schaut Mama an. Mama hat sich Bernadette gegenüber in einen Fauteuil gesetzt.

„Er sagt, daß er zu alt ist. Er hat Ersatz für ihn gefunden. Anscheinend ein Gelegenheitskauf. Stellt euch das vor. Er wird die Box brauchen. Ich habe acht Tage Zeit, um meinen armen Germain unterzubringen."

„Ihn wo unterzubringen?"

„Das ist ja das Problem! Bei irgendwem, der bereit ist, ihn in sein Gehege aufzunehmen. Zwei geschlagene Stunden lang habe ich alle Leute, die ich kenne, gefragt. Man hat mir ins Gesicht gelacht. ‚Was sollen wir denn mit so einem alten Gaul anfangen, Mademoiselle?' Als ob man die Alten nur deshalb aufnähme, weil sie noch zu etwas nützlich sind."

Sie macht eine Pause, um Atem zu holen. Schaut uns alle an. Ihre Augen sind dunkel, richtig schwarz.

„Ich werde euch sagen, was los ist! Das Scheusal haßt mich. Seit dem ersten Tag. Er ist ein Phallokrat. Die Leute wollen nur bei mir reiten. Er zerspringt vor Wut. Das mit Germain macht er absichtlich. Ihr hättet sein Gesicht sehen sollen, als er es mir mitgeteilt hat! Er hat sich richtig gefreut, dieser Schweinehund! Dieses Arschloch, das sagt, daß man sich an den Tod gewöhnen müsse, und daß die alten Pferde dazu da seien, um gefressen zu werden!"

„Und trotzdem wird niemand Germain fressen!" protestiert Cécile.

„Wenn ich bis zum ersten Januar nicht zweitausend Francs auftreibe und eine Koppel finde, auf der ich ihn unterbringen kann, ist es durchaus möglich", sagt Bernadette. „In Anbetracht seines Alters wird aus ihm Hackfleisch oder Katzenragout werden."

„Ich habe Katzen nie leiden können", sagt Cécile. „Jetzt weiß ich, warum! Was die Koppel betrifft, braucht ihr euch nicht den Kopf zu zerbrechen; wir werden ihn in unserem Garten unterbringen. Dann werden wir uns um das Lösegeld kümmern."

Als Papa von „seinem" Garten reden hört, springt er auf. „Selbst wenn du die Blumenbeete einstampfst, das Haus dem Erdboden gleichmachst und das Becken zuschüttest, um eine große Wiese zu erhalten, ergäbe das noch immer nicht genügend Futter für ein Pferd. Und wo würdest du es unterbringen! In deinem Zimmer?"

„Man kann die Garage in einen Stall umwandeln."

„Und du wirst dann morgens meinen Wagen starten?"

Entsetzt über einen derartigen Egoismus durchbohrt Cécile Charles mit den Blicken. Mama bedeutet ihr durch Zeichen, nicht weiter darüber zu diskutieren; mich bittet sie ganz leise, den Ofen in der Küche abzuschalten.

Wir sind mit etwas beschäftigt, was man bei uns zu Hause eine Priorität nennt. Eine Priorität ist ein Freund, der in Schwierigkeiten geraten ist, ein bedeutsames Gespräch, alles, was mit dem Gefühl zusammenhängt. Ein Braten kann warten. Das Herz nicht. In der Küche duftet es würzig. Hier ist noch alles in Ordnung. Nichts hat sich verändert. Hier ist Germain noch nicht in Gefahr.

Ich komme zurück, alle sehen Papa an, der die Brille abgenommen hat und sie langsam putzt; das verspricht ja nett zu werden. Ich versuche mir einzureden, daß er zustimmen wird. Diese zweitausend Francs hat er sicher auf der Bank liegen. Selbst wenn auch dieses Jahr keiner von uns zum Wintersport fahren kann. Oder gerade deswegen! Worauf wartet er, um es auszusprechen? Sieht er denn nicht, daß Bernadette, Bernard der Stolze, der nie jemanden um etwas bittet, ihn dieses eine Mal braucht?

Endlich setzt er seine Brille wieder auf. „Zweitausend Francs?“ erklärt er zunächst, und sein Ton verheißt nichts Gutes, „das ist ein ganz schöner Betrag! Besonders angesichts des Trimesterendes, das mit Riesenschritten heranrückt. Macht euch das einmal richtig klar, meine lieben Kinder! Zweitausend Francs, das ist mehr als viele Leute im Monat verdienen.“ Er wendet sich Bernadette zu und legt jetzt viel Zärtlichkeit in seine Stimme: „Und du weißt genau, daß das nicht reichen wird! Nehmen wir einmal an, daß du jemanden findest, der Germain einstellt, dann mußt du Miete für die Koppel zahlen. Du mußt den Tierarzt bezahlen.“

„Was den Tierarzt betrifft“, protestiert Cécile, „sehe ich kein Problem, weil wir ja dich haben.“

„Dazu kommen noch Futter und Vitamine. So ein Pferd kostet viel Geld!“ fährt Papa fort, ohne den Quälgeist zu beachten.

„Ich werde es verdienen!“ erklärt Bernadette entschlossen.

„Du kannst kaum deine Stiefel bezahlen ...“

„Also, du willst dieses Lebewesen einfach ermorden lassen!“ empört sich Cécile.

„Es handelt sich hier um keinen Mord“, sagt Papa, diesmal schon ein wenig ungeduldig. „Es handelt sich um eine Entscheidung. Und ich werde euch sagen, um welche." Er steht auf, geht ein paarmal auf und ab, tritt dann zu Mama und legt ihr die Hand auf die Schulter: um eine Einheit zu bilden, wie immer bei großen Entscheidungen. „Im Spital, auf Jean-Marcs Nachttisch, liegt ein Heft", sagt er. „Ich habe bemerkt, daß es für ihn sehr wichtig ist. Ich dachte, daß es sich vielleicht um Gedanken, Überlegungen, eine Art von Testament handle, das er den Seinen hinterlassen will. Ich habe ihn gefragt, was es ist!"

Wir schweigen. Céciles Blick ist starr auf Jean-Marcs Schuhe unter dem Weihnachtsbaum gerichtet; sie atmet kaum mehr. Bernadette blickt ihre Stiefel an. Mama hat ihre Hand auf die von Papa gelegt.

„Zahlen", sagt er mit dumpfer Stimme, „Aufstellungen, Additionen. Jean-Marc hat nicht um sich selbst Angst. Er denkt nicht an sich. Er spricht nicht über seinen Tod. Er spricht über die Schulden, die er machen mußte, um sich als Installateur niederzulassen. Er denkt an die Zukunft seiner Frau, seines Kindes. Wie wird sie das Geld zurückzahlen können? Seine Eltern haben nur ihre Rente. Brot, Fleisch, Schule, Vergnügen ... Wieviel?"

Papa macht eine Pause und sieht Bernadette an. Wir alle haben begriffen, was jetzt kommen wird.

„Also, wenn ich ihm morgen sage: ‚Jean-Marc, ich verpflichte mich, deiner Frau jeden Monat einen kleinen Geldbetrag zu geben', wird er beruhigter von uns gehen. Dieser kleine Betrag wird ungefähr dem entsprechen, was du für Germain ausgeben willst, Bernadette. Das ist also die Entscheidung!"

Es kann nur eine Entscheidung geben, unerbittlich,

eindeutig, gegen die es keinen Einspruch gibt. Man kann nicht einmal dagegen protestieren. Die Stille lastet auf allen. Germain ist zum Tod verurteilt. Ich wage es nicht, Bernadette anzusehen. Diese Entscheidung ist abscheulich. Es ist scheußlich, wenn man zwischen zwei Leben wählen muß, zwischen zwei Lieben. Ich weigere mich. Alle sollen am Leben bleiben! Alle sollen lieben!

Bernadette steht auf. Claire sieht aus wie eine Angeklagte. Ich werde mich später daran erinnern. Zu spät. Cécile wirft Papa einen vernichtenden Blick zu.

„Du solltest deine Haare fönen", sagt Mama zu Bernadette. „So erkältest du dich."

Und geräuschlos verschwindet sie mit müden Schritten in die Küche. Bernadette verläßt ebenfalls den Salon. Sie schlägt nicht einmal die Tür zu. Kann man Jean-Marc die Türe vor der Nase zuschlagen? Mit einer wütenden Bewegung fegt Cécile die Schachfiguren vom Brett und wirft sie dann geräuschvoll in die Schachtel.

„Ein Garten ... wozu ist er gut, wenn man darin nicht einmal ein Pferd halten kann, das man liebt!"

„Zu Tisch!" sagt Papa mit müder Stimme. „Lassen wir Mutter nicht warten."

Das Abendessen verläuft in düsterem Schweigen. Es gibt Käsesoufflé, Bernadettes Lieblingsgericht. Alle bemerken, daß sie kaum davon nimmt. Cécile, die immer das Recht beansprucht, die Schüssel auszukratzen, schiebt sie noch halbvoll zurück, wobei sie Papa mit dem Ausdruck einer rächenden Gottheit ansieht. Später kommt sie zu mir und fragt mich, was in aller Welt denn ein Phallokrat sei.

„Das sind die Männer, die glauben, daß sie stärker seien als die Frauen, weil sie das haben, woran du denkst", sage ich.

„Dann ist es ja ganz einfach", meint sie. „In meiner Klasse sind alle Jungen Phallokraten. Außer Nicolas. Ich werde ihn wegen Germain fragen. Wetten wir, daß ihm etwas einfällt?"

13

Germain auf der Anklagebank

Es riecht nicht nach Weihnachten, es riecht nach Regen. Man empfindet keine Freude, man wartet nur. Alle warten! Claire wartet auf Papas Ultimatum, indem sie bis zu Mittag im Bett bleibt, über den Lärm, die Kälte, die Gesellschaft schimpft und sich wie eine beleidigte, unverstandene Prinzessin benimmt.

„Ihre Launen!“ beklagt sich Cécile, die ihr dennoch heimlich Gefälligkeiten erweist, zu viele Gefälligkeiten, wie für einen Verurteilten. Sie hat ihr sogar eine Mahlzeit ans Bett gebracht. „Sie soll wenigstens ihre Ruhepause genießen können!“

Bernadette wartet auf das Ablaufen der Frist, die das Scheusal Germain zugestanden hat: die Ankunft eines gewissen Palsangris, der Germains Box bekommen soll. Inzwischen sucht sie überall nach einer Koppel und nach einer fabelhaft bezahlten Arbeit, bei der sie innerhalb weniger Tage das „Lösegeld“ verdienen kann.

„Auf der Suche nach einem Wunder“, seufzt Mama, die jeden Abend ihre Tochter fragend ansieht. Hat sie etwas gefunden? Aber Mama wird sich nie, um ihr zu helfen, Papas Willen widersetzen, obwohl wir alle ein wenig böse auf ihn sind. Außerdem besitzt Mama kein eigenes Geld; sie haben eine gemeinsame Kasse.

Und ich warte auch! Diese Sehnsucht in mir, ich weiß nicht, wonach, die mich manchmal schmerzhaft überfällt, der neue Duft, der seit einigen Wochen in der Luft liegt, voll von Verheißungen, die ich noch nicht richtig deuten kann, die aber da sind; ich fühle sie im Wind, dem ich mein Gesicht noch mehr als sonst aussetze, in den Gerüchen, gegen die ich mich nicht mehr wehren will; das ist ganz gewiß die Erwartung! Jeden Tag schlinge ich den Schal langsam dreimal um den Hals, als würde diese Geste eine Pforte öffnen. Aber welche Pforte? Er ist zwanzig Jahre älter als ich. Er hat eine Frau und ein Kind. Er ist nicht wiedergekommen. „Du hast mir gefehlt, es war wundervoll!" Das besagt eigentlich gar nichts! Dennoch habe ich das Gefühl, daß ich auf dem Ende eines Astes sitze, der jeden Augenblick abbrechen kann.

Cécile ist die einzige, die auf den Weihnachtsabend wartet. Geheimnisvolle Miene, heimliches Gekicher. Hat sie ihren Freund Jean-Marc bereits vergessen? Sieht sie nicht, wie Bernadette den Kalender überwacht? Noch nie hat sie ihren Transistor so oft laufen lassen. Unser aller Trommelfelle sind schon so gut wie geplatzt, und wenn sie ihn einmal abstellt, fängt sie an zu singen! Aber man läßt sie gewähren. Wenn im Augenblick jemand für Leben im Haus sorgt, so ist es Cécile. Unser Quälgeist.

Was erwarten die Eltern?

Weihnachten! Bald explodiert dieses Wort in mir wie ein Feuerwerk und übersprüht mich mit Funken. Bald scheint es mir entzaubert, als wäre die „Weihe" der „Nacht" verlorengegangen. Wenn man die erste Silbe wegläßt, ist es nur ein alltägliches Wort wie alle anderen.

Und dennoch gewinnt unsere Tanne mehr und mehr Leben. Dank den Lamettaketten, den Sternen, dem Behang, den Klementinen sieht sie, das behauptet zumindest Bernadette, wie das Lager einer Pfandleihe aus. Für Bernadette ist ein Paket mit der Post gekommen, es ist ein bißchen länger als meine Hand und halb so breit. Weil alle es abgetastet haben, hat sich die goldene Verschnürung gelöst.

Céciles Patin, eine alte Dame, hat angefragt, ob sie lieber eine Handarbeit oder ein Werk der klassischen Literatur möchte. Cécile hat eiskalt geantwortet: „Am liebsten möchte ich Geld."

Man kann die Schuhe von Jean-Marc nicht mehr sehen, weil sie unter den Geschenken begraben sind. Dennoch sind sie es, mit denen man sich am meisten beschäftigt. Papa sagte: „Ich werde alles menschenmögliche tun, damit er die Feiertage zu Hause verbringen kann."

Ich denke: „Was nützt das?" An Jean-Marcs Stelle würde ich mich weigern, das Spital zu verlassen. Ich würde mich am Heiligen Abend verbarrikadieren. Für ihn ist es ja doch kein Fest. Wenn der letzte Ferientag angebrochen ist, pflege ich meine Koffer schon am Morgen zu packen. Ich stecke die Nase nicht mehr vor die Türe. Man kann ebensogut gleich Schluß machen, wenn es kein „Morgen" mehr gibt!

Nein, man hat nicht das Gefühl, daß Weihnachten vor der Tür steht, und dennoch ist am Abend des 23. Dezember, einen Tag zu früh, Bescherung!

Wie beginnt eine Weihnachtsgeschichte? Mama, wie würdest du anfangen? Es war einmal ... Schnee? Nicht eine einzige Flocke ist gefallen! Weihnachtslieder! Man hört nur die aus Céciles Transistor. Nein, wahrhaftig, nichts Besonderes an diesem Samstag, den 23., außer den geheimnisvollen Gerüchen, die aus der Küche dringen, in der Mama sich von Zeit zu Zeit einschließt.

Es ist beinahe acht Uhr. Papa ist auf Zehenspitzen nach Hause gekommen und hat auf Mamas Schuhen ein großes Paket deponiert, das in das Weihnachtspapier vom Supermarkt eingewickelt ist. Im Augenblick hat er seinen alten Hausanzug an und liest die Zeitung. Mama näht. Wir lesen. Nur Cécile fehlt.

Um fünf Uhr hatte sie Papier, Klebstoff und Schere verlangt und sich in ihrem Zimmer eingeschlossen, wobei sie erklärte, daß man sie unter gar keinen Umständen stören dürfe. Alle waren froh, Ruhe zu haben, und so wagte es niemand, ein Verbot zu übertreten, das allen gelegen kam. Wir wollen sie gerade zum Abendessen rufen, da klingelt das Telefon.

Mama geht an den Apparat. Das Telefon steht in der Nähe der Tür auf einem Tischchen. Es ist verboten, es anderswo hinzustellen, seit Claire den Draht abgerissen hat, als sie versuchte, den Apparat mit in ihr Zimmer zu nehmen. Man braucht sich keinerlei Hoffnung zu machen, jemals in Ruhe telefonieren zu können.

Mamas Gesichtsausdruck wechselt von erfreuter Zärtlichkeit – es handelt sich demnach entweder um ein Familienmitglied oder um Aliette, ihre beste Freundin – zu Ungläubigkeit, dann zu Bestürzung. Man hört sie nur mehr „Ja, ja“ sagen, oder „Gut, gut“. Neugierig geworden, blickt Papa von seiner Zeitung auf. Mama beendet das Gespräch: „Gut, danke, auf morgen“, und legt auf.

Sie bleibt einen Augenblick lang bewegungslos stehen, dann kommt sie mit einem seltsamen Gesichtsausdruck zu uns zurück.

„Was ist los?“ fragt Papa.

„Es war Aliette.“

Mamas Tonfall klingt anders als sonst. Fast, als zweifelte sie daran, daß es wirklich ihre Freundin war.

„Und weiter?“

„Sie hat im Auftrag von Cécile angerufen!“

Wir schauen alle zur Decke hinauf. Man hört von oben den Transistor im Zimmer unseres Quälgeists.

„Sie ist nicht da?“

„Anscheinend nicht“, sagt Mama. „Das ist eine verrückte Geschichte! Pauline, geh trotzdem hinauf und schau nach!“

Das Zimmer ist leer. Das Papier, der Klebstoff und die Schere sind unbenützt. Ich weiß nicht, warum, aber ich versuche, die Schublade mit den Pilzen aufzuziehen. Sie ist versperrt, also im Prinzip voll. Ich stelle den Transistor ab und gehe wieder hinunter.

„Sie ist nicht in ihrem Zimmer!“

Papa wendet sich wieder Mama zu. Man spürt, daß er zornig ist, sich aber beherrscht, zweifellos angesichts des Weihnachtsbaums. Der liebe Weihnachtsbaum hat uns schon etliche Diskussionen erspart, obwohl er bereits beginnt, die Nadeln zu verlieren – trotz des Düngers.

„Was macht sie bei Aliette?“

„Sie ist auch nicht bei Aliette“, gesteht Mama mit jämmerlicher Miene.

Charles läßt die Zeitung geräuschvoll auf den Teppich fallen.

„Wenn du endlich aufhörtest, chinesisch zu sprechen, würden wir vielleicht begreifen, worum es geht."

„Cécile hat Aliette angerufen. Sie hat sie gebeten, uns anzurufen und uns zu sagen, daß wir uns keine Sorgen machen sollen", sagt Mama, ohne Luft zu holen. „Sie hat ihnen auch mitgeteilt, daß sie bei ihnen schlafen wird und daß wir ihr einen Schlüssel unter den Schuhabstreifer legen sollen."

Verblüffte Stille. Cécile ist noch nie allein nach Paris gefahren. Papa nimmt seine Brille ab und beginnt sie zu putzen.

„Wenn sie aber weder hier noch bei Aliette ist, wo ist sie dann?" fragt Claire.

„Anscheinend", sagt Mama, immer noch mit der gleichen ungläubigen Stimme, „müssen wir uns heute abend eine Fernsehsendung, die ‚Noten und Lieder' heißt, ansehen. Im ersten Programm um neun Uhr."

Jeder blickt auf die Uhr. Um Zeit zu gewinnen? Um sicherzugehen. Erst acht Uhr zwanzig.

„‚Noten und Lieder'", wiederholt Papa verständnislos.

„Ich glaube, ich weiß, was das ist", unterbricht Bernadette. „Ein Quiz. Cécile hat es sich seit Monaten regelmäßig angesehen. Es findet vor Zuschauern statt. Sie hat offensichtlich eine Einladung ergattert."

Papa steht auf. Er ist ganz rot im Gesicht. Er sieht Mama vorwurfsvoll an. „Also", explodiert er, „wenn deine Tochter beschließt, an einer Fernsehsendung teilzunehmen, sagt sie niemandem ein Wort. Sie geht einfach!"

Mama macht eine hilflose Handbewegung.

„Vielleicht ist Nicolas mitgegangen", meint Claire.

„Dieser Nicolas“, brüllt Papa, „beginnt wirklich, mir auf die Nerven zu gehen! Der Junge muß komische Eltern haben, wenn er alles tun kann, was er will! Ruf die Leute an!“

„Ich habe ihre Telefonnummer nicht“, sagt Mama verwirrt. „Um die Wahrheit zu sagen, ich kenne nicht einmal ihren Familiennamen. Cécile ist in bezug auf ihren Freund sehr verschlossen.“

„Natürlich! Das ermöglicht es ihr, mit ihm in aller Ruhe ihre Streiche auszuhecken!“

Mama widerspricht nicht. Claire verläßt den Salon und kommt sofort wieder zurück.

„Ihr Anorak hängt nicht in der Garderobe“, erklärt sie. „Aber merkwürdigerweise sind ihre Schuhe und Stiefel da!“

„Ich vermute, daß sie in Strümpfen dorthin gegangen ist“, sagt Papa in einem schrecklich blasierten Tonfall. „Warum nicht gleich im Nachthemd?“

Er verschwindet seinerseits im Flur und kommt mit seiner Pelzjacke ins Zimmer zurück. „Ich gehe sie suchen“, erklärt er unheilverkündend.

„Wo?“ fragt Mama sanft. „Wir wissen nicht einmal, wo die Sendung aufgenommen wird. Und du wirst erst hinkommen, wenn sie begonnen hat. Man wird dich keinesfalls hineinlassen!“

„Es gibt eine Möglichkeit, sie wiederzusehen“, sagt Bernadette, indem sie den Fernsehapparat einschaltet. „Ich schlage ein Fernseh-Dinner vor!“

Bis wir Charles so weit haben, daß er uns die Pelzjakke wieder überläßt, bis wir Céciles Schule angerufen haben, um Informationen über den berühmten Nicolas zu erhalten (natürlich ist die Schule geschlossen, es sind ja Ferien), bis wir mit Aliette telefoniert haben, in der Hoffnung, daß sie doch noch weitere Angaben machen könne, ist es neun Uhr! Wir werden erst später zu Abend essen. Übrigens hat niemand Hunger. Wir haben uns alle vor dem Fernsehapparat versammelt. Noch nie ist eine Nachrichtensendung in einer ähnlich unheilschwangeren Atmosphäre abgelaufen.

„Noten und Lieder!" kündigt endlich die Sprecherin an.

Der Präsentator der Sendung erscheint: ein gewisser Arthur, ein gut aussehender Mann.

„Idiotisch", brummt Papa.

Ungefähr fünfzig Personen, hauptsächlich Jugendliche, sitzen auf bunten Kissen in dem Studio. Wir suchen unter ihnen Cécile und einen kleinen Jungen in ihrem Alter. Vergeblich! Die Kamera gleitet zu rasch über sie hinweg. Sie sitzen zu eng beisammen. Außerdem bewegen sie sich ununterbrochen, unterhalten sich – es klingt wie Meeresrauschen.

Es gelingt Arthur, die Meute zu beruhigen. Er stellt zuerst das Orchester vor, dann nacheinander die Kandidaten. Papa sagt kein Wort.

Zunächst ist da eine dicke Dame mit violetten, gekräuselten Haaren und einer prallgefüllten Bluse, die von einer Brosche zusammengehalten wird, die Steine glitzern im Licht der Scheinwerfer. Mehr sieht man nicht, denn sie sitzt hinter einem Tisch, auf dem eine Tischdecke liegt. Dann schwenkt die Kamera den Tisch entlang und hält bei einem langen Lulatsch namens Roland, der sich mit seiner wilden Mähne und dem schreiend bunten Hemd neben der dicken, ordentlichen Dame richtig grotesk ausnimmt. Sie sieht ihn auch an, als könne sie nicht glauben, daß es so etwas gebe. Genauso ängstlich reagieren manche Leute in der Métro, wenn sich ein Hippie mit Gitarre und Stiefeln in Freizeitkleidung neben sie setzt.

Die Kamera schwenkt von Roland weiter und erfaßt den dritten Kandidaten. Unter dem Schock erstarrt die Familie wie gelähmt. Der dritte Teilnehmer ist Cécile!

Unser Quälgeist trägt eine der besten Blusen von Claire, die sich prompt verschluckt. Der durchsichtige Stoff, etwas wie Flor, kann die zwei gelblichen Baumwollpullis nicht verdecken, die Cécile bei kaltem Wetter immer unter ihren Blusen trägt. Die Manschetten fallen bis auf die Hände, der Kragen wirft Falten. Mit der zu großen und zu eleganten Bluse wirkt sie wie ein Mittelding zwischen Rotkäppchen und dessen Großmutter. Zu allem Überfluß hat man sie auch noch geschminkt.

„Na also“, schnauft Papa, der als erster wieder zu sich kommt, „das ist eine schöne Bescherung.“

Mama hat sich vorgebeugt. Sie sagt nichts, aber ich fühle, daß in ihrer Kehle das gleiche Lachen steckt wie in meiner, so unwiderstehlich, daß es schon beinahe ein Schluchzen ist.

Obwohl Cécile so aufgedonnert ist, kann man nicht übersehen, daß sie sich in ihrer Haut nicht wohlfühlt, denn sie fixiert den Bildschirm, als wolle sie durch ihn flüchten. Die Kamera bringt die dicke Dame wieder ins Bild.

„Mademoiselle Pinot“, verkündet Arthur, „Schneiderin von Beruf.“ Die Schneiderin enthüllt dem Publikum ein silbern glänzendes Gebiß.

„Mademoiselle Pinot läßt ihre Nähmaschine seit dreißig Jahren zu den Rhythmen unserer Sendung rattern“, sagt Arthur, „das verdient ganz großen Applaus.“

Obwohl die Sendereihe erst seit zwei Jahren läuft, entsprechen die Zuschauer willig seiner Aufforderung, sogar die Musiker klopfen auf ihre Instrumente. Cécile stimmt in das Konzert ein, dann wird ihr klar, daß man das gar nicht von ihr erwartet; sie hört sofort auf und beginnt Nägel zu kauen.

Jetzt ist der lange Lulatsch an der Reihe. Er arbeitet als Laufbursche in einem Verlag.

„Herr Roland“, erklärt Arthur, „hat den fabelhaften Einfall gehabt, auf dem Benzintank seines Mopeds ein Transistorradio zu befestigen, wodurch er während seiner Fahrten durch die Hauptstadt über die neuesten Schlager auf dem laufenden bleibt.“

Ich habe das Gefühl, daß diese Idee bei Cécile eingeschlagen hat, ein Transistorradio auf dem Moped... Rolands Gesichtsfarbe spielt ins Violette, als er aufsteht und das Publikum begrüßt. Er hat die Lippen so fest zusammengepreßt, daß man sich unwillkürlich fragt, ob er überhaupt sprechen können wird. Die Menge im Saal bricht in Beifall aus, pfeift und johlt. Die Familie wagt nicht mehr zu atmen. Jetzt kommt der dritte Kandidat an die Reihe.

„Und hier unsere Jüngste“, sagt Arthur und wendet sich zu unserem Quälgeist, den die Kamera in Großaufnahme zeigt. „Wir haben uns gedacht, daß man am Vorabend des Festes die Kinder besonders berücksichtigen sollte; ihre Mama war so liebenswürdig, ihre Einwilligung dazu zu geben!“

Papa dreht sich zu Mama um, deren bestürzte Miene ihre Unschuld beweist. Man wird das später aufklären.

„Cécile", fragt Arthur, „was machst du denn?"

„Schülerin", antwortet die Kleine mit dem Lächeln einer Präsidentschaftskandidatin.

Arthurs Gesicht strahlt auf. „Was lernst du denn?"

„Für die Matura. Ohne Latein. Das war übrigens nicht das einzige, worin ich mit meinem Vater nicht einer Meinung war."

Es gibt Gelächter, Applaus. Bernadette klatscht ebenfalls und Charles sieht sie vorwurfsvoll an.

„Und du schaffst es?" fragt Arthur.

„Wenn Sie vom Rechnen absehen, geht es", sagt die Kleine.

Der Animator gibt dem Orchester ein Zeichen, und mit einem großen Trommelwirbel beginnt das Quiz. Es ist recht einfach. Man spielt den Kandidaten einige Takte eines Musikstücks vor. Danach müssen sie den Titel, den Interpreten, die Plattenfirma und das Erscheinungsjahr der Platte herausfinden. Am Anfang geht es schnell. Bekannte Schlager und Sänger. Die Schneiderin summt immer einige Takte, bevor sie antwortet. Von Rolands zusammengepreßten Lippen gleiten die Antworten wie geschmiert. Cécile antwortet wie aus der Pistole geschossen. Sie sieht enttäuscht und blasiert aus. Zu leicht, denke ich.

Dann werden die Fragen schwieriger. Ältere oder weniger bekannte Titel. Mademoiselle Pinots Brosche hebt und senkt sich immer schneller und sie zeigt den Zuschauern ihr silbernes Gebiß immer seltener. Der Laufbursche verliert den Kopf, er verwechselt einen

Platten- mit einem Buchverlag. Gelächter. Cécile ist unschlagbar. „*Vent, tais-toi!* 1973. Decca, gesungen von Anatole." „*A nous, les copains, le monde!* Philips. 1975. Von der Gruppe X." Rot wie eine Tomate – das muß die Scheinwerferhitze sein – wild an ihren Nägeln kauend, antwortet sie noch bevor die Musiker den letzten Takt gespielt haben. Sie sammelt Punkte, was sie aber nicht daran hindert, ihre Gegner mit Blicken zu erdolchen, wenn auch die ein paar Zähler einheimsen. Zum Glück kommt das immer seltener vor.

Charles ist k.o. „Wo hat sie das alles nur her?"

Dabei macht er es wie die anderen. Jedesmal, wenn ein Kandidat hängenbleibt, schaut er seine Tochter an. Das ganze Publikum ist für Cécile, deren Gesichtsausdruck immer bescheidener wird. Letzte Frage! Sie dürfte schwierig werden. Vier Takte. Vollkommene Stille. Aufregung in der Familie! Das wäre zu dumm! Nachdem sie so weit gekommen ist! Endlich hebt Cécile den Finger.

„*Vive la rentrée!* 1973. Decca." Sie fügt hinzu: „Man merkt, daß der Typ, der das geschrieben hat, ausgeflippt war. Die Platte war ein absoluter Reinfall."

Begeisterung im Saal. Sie hat gewonnen! Arthur überreicht den beiden Verlierern je ein Plattenalbum. Dann reicht er unserem Quälgeist die Hand und zieht sie in die Mitte des Podiums. Jetzt klärt sich auch das Geheimnis der Schuhe. Cécile trägt Bernadettes neue Holzschuhe, und da sie darin gleichsam schwimmt, ist das Getöse im Publikum unvorstellbar. Sie bemerkt es und zieht eine ärgerliche Grimasse.

„Wenn ich gewußt hätte, daß ich in den Ring muß", sagt sie, „hätte ich Tennisschuhe angezogen."

Die Zuschauer jubeln. Ich glaube, daß Cécile auch nicht die Hose mit dem kaputten Reißverschluß genommen hätte, wenn sie daran gedacht hätte, daß es beim Fernsehen auch Großaufnahmen gibt ...

Arthur legt ihr die Hände auf die Schultern. „Wir konnten feststellen, daß du eine Koryphäe auf dem Gebiet des Schlagers bist", sagt er. „Unter allen denen, die du heute abend gehört hast, hast du sicherlich einen Lieblingssänger?"

„Guy Béart", antwortet Cécile. „Er reicht zwar nicht an Beethovens Sechste heran, aber er ist nicht schlecht."

Der Klavierspieler ist entzückt und schlägt einige Akkorde daraus an.

„Wenn du über Beethoven genauso gut Bescheid weißt wie über Unterhaltungsmusik", stellt Arthur fest, „wirst du im Konservatorium landen."

„Ich habe nichts gegen klassische Musik", meint Cécile, während sie der Kamera einen Blick zuwirft, von dem ich annehme, daß er für unseren Vater bestimmt ist. „Ich bin keine Rassistin!"

Der Saal applaudiert. Papa muß unwillkürlich lächeln.

„Und jetzt", ruft der Präsentator, „ist der große Augenblick gekommen! Du weißt, daß der Gewinner oder die Gewinnerin am Abend vor Weihnachten das Recht hat, einen Wunsch zu äußern. Wenn es T.F.1 * möglich ist, erfüllt es diesen Wunsch."

„Ich weiß", sagt Cécile. „Das ist der Hauptgrund, weshalb ich das Risiko auf mich genommen habe, mich von meinem Vater verhauen zu lassen."

* T.F.1 – das Erste Programm des Französischen Fernsehens.

Angesichts der enthusiastischen Zurufe der Zuschauer wird der Vater ganz klein.

„Was macht denn dein Vater?“ fragt Arthur, der sich mühsam das Lachen verbeißt.

„Arzt“, antwortet Cécile stolz. Und mit einem Unterton des Bedauerns: „Krankenkassenarzt.“

„Ich erlaube mir“, sagt Arthur und schaut dabei Papa direkt in die Augen, „Herrn Doktor Moreau zu bitten, seiner Tochter gegenüber Nachsicht walten zu lassen.“

„Danke“, sagt Cécile.

„Also“, sagt Arthur, „was wünscht du dir?“

Das Lächeln unseres Quälgeists ist wie weggewischt. Einen Augenblick lang sagt sie nichts, sondern sieht nur Bernadettes Holzschuhe an. Zum ersten Mal wirkt sie wirklich aufgeregt. Wir sehen einander an. Was ist da los? Im Saal ist es plötzlich still geworden. Alle warten gespannt.

„Germains Leben“, sagt Cécile, hebt den Kopf und sieht Arthur herausfordernd an.

„Germains Leben?“ wiederholt Arthur verständnislos.

„Also“, sagt Cécile. „Er ist alt. Er ist zu nichts mehr nütze, und damit er nicht liquidiert wird, brauchen wir bis zum 1. Januar zweitausend Francs!“

Die Zuhörer begreifen nichts, wagen aber angesichts Céciles Gesichtsausdruck nicht, etwas zu unternehmen.

Arthur wischt sich die Stirne. Er beugt sich zu unserer Schwester herab. „Wer ist Germain?“ fragt er sehr sanft.

„Jemand, der als Hackfleisch enden könnte“, erwidert Cécile mit rauher Stimme. „Ein rotbrauner Wallach, aber dennoch nicht zu schwer, Sie können sich selbst davon überzeugen; den hat so ein Phallokrat zum Tode verurteilt, wenn man nicht das Lösegeld und den Futterplatz für ihn bezahlt. Und weil der Zahltag mit Riesenschritten näherkommt und wir einen Freund haben, dem es schlecht geht, hat sich mein Vater für den Freund entschieden, woraus ich ihm keinen Vorwurf machen kann. Aber ich habe mir vorgestellt, daß T.F. 1 zweitausend Francs flüssigmachen und vielleicht ein Tierfreund, der uns zuhört, den Futterplatz zur Verfügung stellen könnte, wenn möglich nicht zu weit von La Marette entfernt, weil meine Schwester Germain dann weiterhin reiten könnte."

Sie hat das alles in einem Zug heruntergerasselt. Sie hatte diese Rede offensichtlich vorbereitet. Gelegentlich brach kurz Gelächter aus, aber es ist jedesmal sofort verstummt, denn über Céciles Wangen fließen echte Tränen. Und diese Dreckskerle benützen das auch noch, um sie in Großaufnahme zu zeigen. Dabei ist meine kleine Schwester schrecklich anzusehen, wenn sie weint: ihre Nase schwillt an und beginnt zu laufen. Und plötzlich springt das Publikum auf, als würde es erst jetzt alles begreifen, trampelt, brüllt, schreit: „Germain, Germain, Germain ..."

Cécile sieht sie ungläubig an und ein Lächeln strahlt auf ihrem Gesicht auf. Sie sieht mit leuchtenden Augen Arthur an, der den Tumult dazu benützt hat, um ihr sein Taschentuch in die Hand zu drücken.

Er hebt die Arme. Der Lärm verstummt. „Was die zweitausend Francs betrifft, das geht in Ordnung", sagt er. „Wir werden sogar einige Monate Kostgeld bezahlen, wenn niemand einen Futterplatz anbietet."

Der Saal brüllt wieder. Cécile steckt Arthurs Taschentuch ein, fällt ihm um den Hals, verliert einen Holzschuh. Papa lächelt, Mama hat die Hände vor das Gesicht geschlagen; es ist idiotisch, aber ich glaube, daß Claire, Bernadette und ich in schöner Eintracht weinen.

„Fröhliche Weihnachten, kleine Cécile", sagt Arthur mit unsicherer Stimme, ganz und gar nicht telegen.

„Fröhliche Weihnachten", sagt Cécile.

14

Ein Lied oder ein Pilz

Es kommt vor, daß man im voraus weiß, was zu einer bleibenden Erinnerung werden wird. Das kann etwas sehr Unbedeutendes sein: ein Geräusch, ein Geruch, ein Augenblick. Bei mir wird das ferne Brummen eines Flugzeugs an einem Sommertag immer die Erinnerung an die Siesta im hohen Gras des Gartens meiner Großmutter wecken, als ich träumend an Fenchelstengeln knabberte. Wenn so ein silberner Punkt am Himmel auftaucht, spüre ich wieder den warmen Duft und höre das Summen und Brummen der Insekten. Ich dachte damals ängstlich und entzückt: „Es gibt Reisen!" Ich konnte glücklicherweise meinen Entschluß, mir den Genuß einer solchen Reise zu verschaffen, auf später verschieben.

Diese Nacht vom 23., das „Fröhliche Weihnachten" von Cécile, ist eine solche Erinnerung. Wir konnten alle nicht einschlafen. Wäre Cécile noch in derselben Nacht nach Hause gekommen, hätten wir sicherlich die Pakete geöffnet. Sie kehrte aber erst am nächsten Tag gegen Mittag unter dem Schutz von Aliette heim. Wir waren alle im Salon, wo schon seit dem Morgen das Feuer im Kamin brannte. Und diesmal war auch Claire anwesend!

Als Cécile in den zu großen Holzschuhen erschien, die

Bluse unter dem Anorak verborgen, wären wir ihr alle um den Hals gefallen, wenn Papa nicht gewesen wäre. Wir wagten es nicht, wegen der vorhergegangenen Auseinandersetzung.

Es kommt selten vor, daß unsere Eltern streiten, und ich muß zugeben, daß beinahe immer wir die Ursache sind; was beweist, daß Kinder nicht immer als Band zwischen den Eltern fungieren. Wenn Claire an nichts denkt, wenn Bernadette nur an ihr Pferd denkt, wenn ich nicht weiß, was ich denke, wenn man nur zu genau weiß, was Cécile denkt, dann kommt das anscheinend daher, weil die Autorität in diesem Hause gefehlt hat! Und er, Charles, hat wirklich keine Zeit! Er ist überlastet. Er verbraucht seine Autorität ununterbrochen in seinem Beruf, um die Leute davon zu überzeugen, daß sie gesund werden müssen; also zu Hause, nicht wahr, hat er das Recht auf Ruhe.

Mama antwortete so gut wie nichts.

„Im Grunde genommen“, schloß er, „bist du mit allem einverstanden, was deine Töchter tun!“

„Ich muß zugeben“, sagte sie vorsichtig, „daß jede auf ihre Art ganz nach meinem Geschmack ist.“

Lassen wir es bei diesem Satz bewenden!

Cécile kam herein und ging geradewegs auf Bernadette zu, die – o Wunder! – beinahe verlegen war. Sie überreichte ihr einen Umschlag mit dem blauen Aufdruck T.F.1. Dann hat Bernadette sie beim Schopf gepackt und mit aller Kraft an sich gedrückt. „Du darfst mich nicht mit Germain verwechseln“, röchelte die Kleine.

Papa erklärte einfach, daß er diesmal nichts sagen werde, daß er aber keine Wiederholung dieses Abenteuers wünsche. Ich hörte, wie Cécile erleichtert aufatmete. Claire hatte dann eine wunderbare Idee: sie zündete die Kerzen auf dem Weihnachtsbaum an. Die glitzernden Ketten, Kerzenlicht: das war ihre Art, unserem Quälgeist „Bravo" zuzurufen.

In dem Umschlag war außer dem Scheck über zweitausend Francs eine Liste der Leute, die angerufen hatten, um ihre Koppel anzubieten. Zu Bernadettes großer Überraschung fand sie darauf den Namen einer Person, an die sie sich vor der Sendung vergeblich gewendet hatte.

„Arthur hat gesagt", erklärte Cécile, „daß du rasch handeln mußt, denn nichts erkaltet so schnell wie der gute Wille."

Sie fügte auch hinzu, daß Bernadette Germain weiterhin als ihr Eigentum betrachten könne, auch wenn sie, Cécile, ihn gekauft habe. Ich spürte dahinter bereits künftige Erpressungen. Als unser Quälgeist den Scheck Papa übergab, da er auf seinen Namen ausgestellt war, sagte sie etwas besorgt, sie vertraue voll und ganz darauf, daß er den Betrag auf das Konto des Scheusals überweisen werde.

Aliette blieb zum Mittagessen. Mama und sie sprachen von der guten alten Zeit, als sie nicht allein mit einem Jüngling essen gehen durften, als Flirt noch als Todsünde galt, lange Hosen nicht ratsam und es Mädchen ausdrücklich untersagt war, Schimpfworte zu gebrauchen. Das hat Papa anscheinend ein wenig aufgeheitert. Cécile benahm sich wie ein Engel. Sie stützte die Ellbogen nicht auf den Tisch, machte keine unpassenden Bemerkungen, brach kleine Stückchen von ihrem Brot ab, wischte sich die Lippen vor dem Trinken ab, bestand darauf, daß Claire die Brotkruste bekam.

Bevor sie ging, lud mich Aliette zu der Silvesterparty ihrer Tochter France ein. Ich werde am Vorabend hinkommen, ihnen helfen, das Buffet vorzubereiten und dann bei ihnen schlafen. Im Laufe des Nachmittags erhielten wir den Anruf einer Dame mit schriller Stimme. Zum Glück war Mama am Apparat. Die liebenswürdige Nachbarin und Patientin unseres Vaters bedauerte, daß man es so einem frechen kleinen Ding gestattete, sich zur Schau zu stellen. Was für ein schlechtes Beispiel für ihre Kinder! Mama sagte ihr höflich, sie solle sich zum Teufel scheren; während sie den Hörer auflegte, erklärte sie, daß Papa den Verlust dieser Patientin nicht bedauern werde, denn es handle sich um eine Brunnenvergifterin. Das Wort schien Cécile zu gefallen.

Am Abend begleiteten Cécile und ich Mama in die Kirche. Es ist eine Landkirche, die wir wegen ihrer schlichten Schönheit besuchen. Wir blieben im Hintergrund, um nicht jene abzulenken, die die Fernsehsendung gesehen hatten. Aber Cécile sang so laut, daß es unmöglich war, sie nicht zu bemerken. Die Messe war sehr schön und sehr kurz, weil es kalt war. Das Wasser im Weihwasserbecken war gefroren. Ich erinnerte mich an das, was Mama mir über die Seele gesagt hatte, daß man sich nicht nur mit dem Körper beschäftigen solle, der ja wieder Erde wird. Wie dem auch sei, selbst wenn man keine Gewißheit hat, steht dafür, den Versuch zu wagen.

Als wir heimgekommen sind, war der Tisch bereits gedeckt. Wir haben gleich Weihnachten gefeiert, denn nach diesen Aufregungen sind alle vor Müdigkeit beinahe umgefallen. Nur Claire wollte bis Mitternacht warten. Sie hält auf Tradition; weil sie tagsüber nichts tut, ist sie am Abend nie müde.

Als alle zu Bett gegangen waren, besuchte mich Cécile. Ich habe sie gefragt, ob Nicolas mit ihr zu der Fernsehsendung gegangen sei. Sie hat „ja" gesagt. Er war es, der diese Idee gehabt hatte. Allein hätte sie nicht den Mut gehabt. Sie gestand mir, daß sie sich in Arthur verliebt habe und glaube, daß er für ihren Charme nicht unempfänglich gewesen sei, denn er habe ihr gesagt „auf bald".

Als ich meiner Freude wegen Germain Ausdruck verlieh, antwortete sie: „Das war die eine Möglichkeit, die andere war ein Pilz."

Ich habe einen Augenblick gebraucht, um zu begreifen, daß sie vom Scheusal sprach. Es gibt Augenblicke, in denen sie mir Angst einjagt.

Was ist vom 25. Dezember zu sagen? Für mich war er bereits vorbei. Das schönste Geschenk hatte es bereits gegeben. Ich werde die der anderen nicht im Detail aufzählen. Claire hat etwas für ihre Eitelkeit bekommen, Bernadette etwas für ihr Pferd, ich etwas zum Träumen und Schreiben, Cécile etwas zum Spielen, Jean-Marc etwas für alles.

Das geheimnisvolle Paket Bernadettes enthielt eine Pfeife. Keine Pfeife für eine Dame: eine ordentliche dikke Tabakspfeife für einen alten Raucher, mit einem Meerschaumkopf. Sie hat daran gerochen, sie in der Hand gewogen, sie zwischen die Zähne genommen. Sie schien zufrieden zu sein. Papa las nochmals den Adreßzettel, mit der Behauptung, daß das Paket dem Falschen zugeteilt worden sei.

„Ich habe nichts dagegen, daß du mir hilfst, sie anzurauchen“, bot ihm Bernadette großzügig an. „Bedingung ist allerdings, daß wir uns bezüglich der Tabaksorte einigen.“

Sie findet Charles' Tabak zu süßlich.

Der Spender der Pfeife ist selbstverständlich Stéphane.

„Das ist wichtiger, als ihr glaubt“, erklärte Bernadette. „Wir haben nämlich neulich gestritten, weil ich in Anwesenheit seiner Mutter Pfeife geraucht habe.“

So erfuhren wir, daß Stéphane sie seinen Eltern vorgestellt hat. Mama ist blaß geworden.

„Und was hast du ihm geschenkt?“ fragte Claire.

„Ein Eau de Cologne! Es heißt ‚Manège'...“

Sie lacht! Sie lacht! Für Bernadette ist das Leben unter anderem auch ein Spaß.

Cécile brachte mit Papa die gefüllten Schuhe zu Jean-Marc, der schließlich doch nach Hause fahren hatte können. Unter anderem hat sie ihm eine Krawatte mit phosphoreszierendem Muster gekauft. „Damit er sich mit etwas beschäftigen kann, wenn er keinen Schlaf findet“, hat sie erklärt. Ich habe nicht gewagt, sie darauf aufmerksam zu machen, daß man beim Schlafen keine Krawatte trägt. Es wurde, scheint's, nur von Céciles Fernsehauftritt gesprochen.

„Aber das war nur, um mich hinters Licht zu führen“, erklärte Cécile. „Er wollte mir Weihnachten nicht mit seinem Tod verderben.“ Sie fügte hinzu: „Was die Entscheidung betrifft, hat Papa recht gehabt. Hätte ich Arthur um Jean-Marcs Leben bitten können, glaub mir, dann hätte ich nicht gezögert; denn *er* weiß, was ihn erwartet!“

Das Wetter hat sich plötzlich entschlossen, kalt zu werden. Sehr kalt! Zu kalt, als daß es schneien könnte. Die Landstraßen sind vereist, und alles erstarrt in Schweigen.

France, Aliettes Tochter, zu der ich zu Silvester gehen werde, wohnt in der Rue Christine, nicht weit vom Odéon. Von ihren Fenstern aus kann man ein Stück der Seine sehen.

15

Die Seelen der ertrunkenen Seeleute

Am Lüster im Salon hängt ein Mistelzweig. Wir haben die Möbel in die Schlafzimmer geschoben. Geblieben ist nur der Tisch, auf den wir, zwischen die Lautsprecherboxen, den Plattenspieler gestellt haben. Wir haben den Eltern verboten, die Küche zu betreten.

Das Buffet wird ländlich sein, mit verschiedenen Salaten und allerlei Torten. Getränke? Kein Whisky, zu teuer für das Familienbudget, aber zwei Fäßchen. Eines mit Cidre, den ein Onkel in der Normandie selbst erzeugt, eines mit Wein aus der Bourgogne.

Seit heute früh probiere ich Frances Garderobe durch. Sie hat ein Kleid mit Volants und Puffärmeln, im Stil der amerikanischen Pionierfrauen, das ich rasend gern tragen würde. Der lange Rock und die Bluse, die Claire mir geliehen hat, gefallen ihr wieder sehr gut. Wir werden tauschen!

Wie ist das Wetter draußen? Gibt es denn ein Draußen? Gibt es sie überhaupt, diese traurigen Felder, die der Winter erdrückt? Die grauen Straßen voll verbitterter Gesichter? Ich kenne kein Draußen. Ich kenne nur Lichter, Lachen, das Fest, das wir vorbereiten wie ein Theaterstück, den gelockten Bart von André, dem Mann Aliettes und Vater Frances, Englischprofessor. Um diesen Bart gehen wir ihm zehnmal täglich, damit er uns erlaubt, im Kamin im Salon Feuer zu machen. Wir werden auf die Glut, auf Funken, auf das Zusammenfallen der Scheiter achtgeben. Bei einem Kaminfeuer braucht man keine weitere Beleuchtung! Wie kann er nur zögern? Er würde dadurch nur Strom sparen.

Alain, Paul, Bruno werden kommen, die ganze Bande. Und noch einige andere, die ich nicht kenne. Besonders die einigen anderen interessieren mich. Wie werden sie sein? Werde ich ihnen gefallen? Während ich die Oliven entkerne, stelle ich mir allerlei vor: Der Abend beginnt. Ich sitze in einer Ecke des Salons, nicht weit vom Feuer, und die Flammen erhellen ganz zart mein Gesicht. Ich blicke in eine unbestimmte Ferne. Ich sehe geheimnisvoll interessant aus. Und dann tritt jemand zu mir, ein schöner Mann, der mich sofort versteht: Die Reise beginnt.

Heute abend hat mir France – ich teile das Zimmer mit ihr – von Alain erzählt: Er ist zwanzig und im vierten Semester seines Medizinstudiums. Sie lieben einander.

„Wirklich?"

„Wenn du damit meinst, ob wir wirklich miteinander schlafen: ja!" lacht France. Sie schaut mich fröhlich an. „Stell dir nicht weiß Gott was vor. Es ist auf keinen Fall so wie im Kino. Die Seufzer, das Jammern, dazu bist du nicht verpflichtet."

„Wann ... macht ihr es?"

„Untertags bei ihm. Oder am Abend hier, wenn die Eltern ausgehen."

Ich betrachte ihr schmales Bett. Ich wage nicht zu fragen, wo. „Und das stört dich nicht?"

„Was soll mich stören?“

„Ihn hierherzubringen, ohne daß sie es wissen.“

Sie lacht. „Aber sie wissen es ja! Ich habe es ihnen gesagt.“

„Und?“ Mein Herz klopft. Merkwürdigerweise habe ich das Gefühl, daß ich angegriffen werde.

„Es ist ihnen lieber hier als wer weiß wo, und lieber mit einem als mit zehn. Ich habe gehört, wie Mama das zu Papa gesagt hat. Zum Schluß haben sie einander beglückwünscht. Ich bin ein anständiges Mädchen des Jahres 1976! Sie gehen mit der Zeit.“

Ich höre, wie sie unter der Decke verschwindet, ihren behaglichen Seufzer. Ich kann sie mir nur schwer in den Armen ihres Alain vorstellen. Sie hat sich nicht verändert. Ihr Körper sieht unberührt aus. Sie verstreut noch immer ihre Kleidungsstücke überall und sagt vor dem Zubettgehen ihren Kinderfotos auf dem Kaminsims gute Nacht. Gute Nacht. Nicht auf Wiedersehen!

Wir haben das Bett aufgeteilt, und ich habe die Matratze auf dem Fußboden gewählt. Der Teppich riecht zwar ein wenig, aber es ist nicht unangenehm. Ich entdecke die Füße der Kommode, die Fransen des Fauteuils, den Saum des Vorhangs, die ganze Welt von unten. Das Licht ist gelöscht, und ich bleibe ganz gerade liegen, ganz steif, wie die Steinfiguren auf den Gräbern der Toten. Und ich? Ich, die noch niemals die Liebe kennengelernt hat, die gleichzeitig Angst davor und Sehnsucht danach hat? Ich, die träumt, gehe ich mit der Zeit?

„Bald ist es morgen!“ sagt France.

Ja, bald ist es morgen!

Zu dem Pioniersfrauenkleid passen Sandalen am besten. Wir haben unter den Sommersachen ein Paar gefunden. Es waren noch einige Sandkörner drin, und das Leder ist spröde, weil sie irgend jemand zum Baden im Meer getragen hat.

Ich schlüpfe mit bloßen Füßen hinein. Ich habe versucht, mir einen altmodischen Haarknoten zu machen, oben auf dem Kopf, mit tollen Schleifen, und Löckchen über den Ohren. Eine Katastrophe! Meine Augenbrauen ziehen sich in die Höhe, und ich sehe aus, als hätte ich zwei Pingpong-Bälle in den Wangen. Ich lasse das Ganze fallen. Aliette schlägt uns vor, ein wenig Make-up aufzulegen, denn wir haben – sagt sie – die typische Stubenhockerfarbe. André macht mir den Hof. Er versichert mir, daß bärtige Männer besonderen Charme besitzen.

Dann gehen die beiden fort, zu einer Silvesterfeier der „Ruinen", wie sie es nennen, gleichzeitig teilen sie uns mit, daß sie nicht spät zurückkommen werden und daß wir nicht mündig sind. „Paßt auf das Feuer und auf die Cowboys auf", empfiehlt André.

Um 8 Uhr rufe ich in La Marette an. Natürlich meldet sich Cécile. Man hat den Eindruck, daß sie immer eine Hand auf dem Apparat liegen hat. Sie erzählt mir geradezu wollüstig, daß es wegen Bernadettes Kleid ein Drama gegeben habe. Stéphane hat sie zu einer Feier in Abendkleidung eingeladen. Unsere Reiterin wollte nichts von einem Abendkleid wissen. Mama, die zweifellos die Schlappe mit der Pfeife wiedergutmachen möchte, hat ihr erklärt, es sei ein Gebot der Höflichkeit, nicht in Alltagskleidung zu erscheinen. Sie einigten sich schließlich auf einen Hosenrock und Mokassins. Claire geht zu

Freunden. In einigen Minuten führen die Eltern Cécile zu einem Souper mit Kabarettprogramm aus. Sie hat Angst vor dem Kuß um Mitternacht, der immer von liebevollen Ratschlägen begleitet ist, wobei sie es nicht übers Herz bringt, nein zu sagen.

Mama kommt zum Apparat, um mir einen schönen Abend zu wünschen, und dann fügt sie, beinahe ein wenig ängstlich, hinzu: „Sei vernünftig!" Ich höre den ersten Besucher klingeln.

Man nennt das „Erfolg haben"! Ich lasse keinen Tanz aus. Paul, Christian, Bruno und die anderen. Der Cidre, wunderbar herb, riecht so gut nach Äpfeln. Die hausgemachten Torten finden reißenden Absatz. Die Stimmung ist glänzend. Ein Unbekannter namens Gérôme, ein Freund von Frances Alain, beansprucht mich für sich. Seit einigen Tänzen weicht er mir nicht mehr von der Seite.

„Sie gehen ins Lyzeum nebenan? Wir könnten in den nächsten Tagen einmal ins Kino gehen! Ihr Kleid gefällt mir ... France hat nie von Ihnen erzählt!"

Er redet fades Zeug. Sein Mund kommt mir zu nahe. Ein Schweißbächlein rinnt ihm in den Kragen. Sein Knie drängt sich unangenehm zwischen meine Knie, die glücklicherweise durch etliche Schichten Baumwollstoff geschützt sind. Ich presse instinktiv die Schenkel und die Lippen zusammen. France geht vorbei, eng an Alain geschmiegt, Mund an Mund, die Augen halb geschlossen. Ein Paar hat sich vor dem Kamin niedergelassen. Erst elf Uhr.

Und plötzlich bricht es über mich herein: Auf einmal bin ich ganz allein. Die Musik ist weit weg, diese Leute sind mir fremd, und ich, die ich ihr Spiel mitmache, kenne mich selbst nicht mehr. So möchte ich nicht ins nächste Jahr hinübergehen. Ich fühle mich hier nicht wohl. Ich habe mir diesen Abend schöner erträumt, als ich Oliven entkernt und Kleider probiert habe; gestern, als France das Licht ausgemacht hat und ich mich auf meinem Lager auf dem Teppich so bedrückt fühlte.

Ein tiefes, schmerzliches Verlangen, als bekäme ich keine Luft, bemächtigt sich meiner: Ich möchte wieder in La Marette sein, die Geräusche des Hauses hören, meinen Garten riechen, auch wenn ihn der Winter in Schlaf versenkt hat. Ich will nicht zu Mama gehen, es würde mir genügen, sie nahe zu wissen. Ich würde wissen, daß sich nichts geändert hat, daß ich dort meinen Platz habe und daß mir dort nichts geschehen kann.

Aber in dieses Verlangen mischt sich die Angst: Bin ich dazu bestimmt, immer enttäuscht zu werden? Habe ich in meinen Träumen zu viele schöne Reiter vorüberziehen sehen? Es hat für mich immer Geheimtüren gegeben; einen zusätzlichen Knopf in den Fahrstühlen, der mich ins Paradies brachte, eine Métrostation nach der Endstelle nur für mich allein. Aber all das gab es nur in meinem Bett. Und immer wenn ich mir gesagt habe, daß alles möglich sei, habe ich die Decke über das Gesicht gezogen. Pierre hat recht: Ich habe Angst, und ich verstecke mich; ich warte auf etwas, das es vielleicht gar nicht gibt.

Gérôme rückt von mir ab und schaut mich ernst an. Hat er meine Verwirrung bemerkt? Aber nein! Er hat es nur getan, um mich noch fester an sich drücken zu können; als sein feuchter Mund sich jetzt auf mein Ohr preßt, weiche ich zurück. Ich empfinde Abscheu. Er rückt verärgert zur Seite. Elf Uhr dreißig. Er zeigt mir den Mistelzweig. In einer halben Stunde wird das Licht ausgemacht und alle küssen einander! Warum so lange warten?

Und dann, ich weiß nicht wie, finde ich mich auf der Straße wieder. Es ist sehr kalt und hell, als wäre es Tag, überall Lichter. Viele Leute. Etwas Geheimnisvolles liegt in der Luft. In den weiß besprühten Schaufenstern tanzen große Buchstaben, die das „Neue Jahr" ankündigen. Neues Jahr. Beginnen wir neu. Die Buchstaben verfolgen mich. Beginnen wir ein neues Leben! Beginne neu! Ich weiche den Menschengruppen aus, die mir fröhlich entgegenkommen. Ich wechsle auf die andere Straßenseite. Ich suche eine ruhigere Gasse. Ich komme mir komisch vor mit dem Dufflecoat über dem Pioniersfrauenkleid, verloren, verwundbar, aufgeschreckt aus einem Traum, den ich lange geträumt habe. Ein Kind, das sich als Frau verkleidet hat. Die Fotos auf dem Kaminsims in Frances Zimmer verfolgen mich. Ich gehöre dorthin. In bin am Strand und backe Sandkuchen. Ich gehe zwischen meinen Eltern, halte ihre Hände. Ich überrasche mich dabei, wie ich mit aller Kraft den Schlüssel von La Marette in meiner Tasche umklammere. Claire, Bernadette, Cécile, kommt! Wenn ich mein Mofa hier hätte, würde ich nach Hause fahren.

Ich behaupte nicht, daß ich mich zufällig plötzlich vor Pierres Haus befinde. Aber in einem gewissen Sinn ist er an allem schuld. Er hat eine Bresche geschlagen, eines

Tages, einfach so. Es war ganz leicht. „Wovor haben Sie Angst? Warum verstecken Sie sich?“ Mamas Worte, die mir Sicherheit gegeben hatten, sind zu weit weg. Und dann gab es auch das: „Du hast mir gefehlt. Es war wundervoll.“

Ich hebe die Nase in die Höhe. Da oben ist sein Atelier, und hinter den Fenstern brennt Licht. In diesem Augenblick erfaßt mich eine heftige Erregung. Das muß der Cidre sein, ich habe schließlich einige Gläser getrunken, es war schrecklich heiß und letzten Endes hat sich das Kaminfeuer als Fehldisposition erwiesen. Niemand hat etwas davon. Ein Feuer ist etwas Beschauliches. Es fordert beinahe zum Beten auf. Sonst lohnt sich die Mühe nicht. Ich zwinge mich nachzudenken. Was würde geschehen, wenn ich hinaufginge? Pierres Frau, deren Namen ich vergessen habe, ist mit ihrer Tochter und Béa zum Skilaufen gefahren. Aber das will nicht unbedingt besagen, daß er allein ist. Er wird die Türe öffnen, und ich werde Musik hören! Menschen! Was werde ich sagen? „Ich bin zufällig vorbeigekommen ... ich hatte genug von den Festen ... ich habe bei Ihnen Licht gesehen.“ Was wird er antworten? Und wenn er mit einer Frau allein ist? Nichts hindert ihn daran! Er ist nicht einmal verheiratet. Er geht eben mit der Zeit!

Ich stoße das Haustor auf. Wenn eine Frau bei ihm ist, um so schlimmer! Oder um so besser! Dann werde ich Klarheit haben. Ich trete mit etwas wie Wut ein. Um so besser, ja! Ich finde den Lichtschalter nicht sofort. Das Haus schläft. Weißgescheuerte Stufen, abblätternder Verputz, rostiges Treppengeländer. Ob ein neues Jahr kommt oder nicht, was ändert das schon? Und wer ist dieses lächerliche Mädchen, als Pioniersfrau verkleidet, das immer zögernder die sechs Stockwerke hinaufsteigt?

Ja, die Türe ist offen, und hinter seiner Schulter werde ich eine Frau sehen. „Das Profil einer Frau zeichnete sich ab", würde es im Roman heißen. Gewiß, schönes Dekolleté, Parfum, Selbstsicherheit, das genaue Gegenteil von mir!

Da ist seine Türe. Ich klingle.

Wenn er nicht sofort die Türe geöffnet hätte, wäre ich wahrscheinlich davongelaufen, denn die Klingel hat mich ganz plötzlich aufgeweckt. Aber er hat geöffnet und mich mit einer weitausholenden Handbewegung begrüßt.

„Pauline! Was machen denn Sie da?"

Er sah aus wie immer: altes verwaschenes Hemd, Bastschuhe, strubbeliges Haar und ganz und gar nicht jung. Älter, als ich ihn in Erinnerung hatte. Ich konnte nichts sagen. Die Erleichterung kam plötzlich. Ich hatte einen Kloß in der Kehle, und meine Beine zitterten.

Er streckte mir die Hand entgegen. „Kommen Sie!"

Er brauchte beide Hände, um mich weiterzuziehen. Wir waren allein im Atelier. Ich bin zum Ofen gegangen, der krachte und dröhnte, zu den Bildern, dem Meer, der Vase, den toten Schiffen, den Felsen, dem Sturm. Ich war erfüllt von Dankbarkeit und Staunen. Ich habe nicht gewußt, daß ich alles so gut im Gedächtnis behalten hatte. Ich hatte Lust zu lachen, als ich Einzelheiten wiedererkannte. Die Möwe auf dem Wrack, das Dach eines Hauses, den Ginsterbusch.

Ich habe gestottert: „Eine Silvesterfeier, die Einsamkeit ... Ihr Licht hier. Ich bin eben heraufgekommen."

Auf dem Zeichentisch liegen Skizzen von Schiffen. Pierre stellt sich hinter mich und legt eine Hand auf meine Schulter.

„Die alten Schiffe", sagt er, und sein Gesicht ist dem meinen so nah, daß ein elektrischer Funke auf meine Wange überspringt, „man müßte ihnen Ehrenbezeugungen erweisen, sie auszeichnen, sie mit großem Prunk dem Meer und den Krabben übergeben. Ihr Holz kennt so viele Geschichten! Und weißt du, daß die Vögel, die sich auf ihnen niederlassen, die Seelen der ertrunkenen Seeleute sind?"

Ich betrachte die Rümpfe, die Planken, die Bäuche dieser Schiffe, ihre zerbrochenen Träume. Ich fühle mich leicht und sanft, wie ein Nebelschleier. Ich hätte nie geglaubt, daß man angesichts einiger Pinselstriche, beim Hören einiger Worte so viel Glück empfinden kann.

Dann zieht er mich auf das Sofa: „Willst du etwas trinken?" Ich sage „nein", und daß ich schon zu viel getrunken hätte, worauf er mich ganz komisch ansieht. Ich bemerke, daß sein Atelier abgeschrägte Wände hat, genau wie mein Zimmer in La Marette. Ich teile ihm das mit. Er antwortet, daß er eben deshalb gern mein Zimmer kennenlernen würde. Er hat versucht, es zu zeichnen, nach dem Eindruck, den er von mir hatte. Er hat eine ganz eigene Vorstellung davon.

„Warum haben Sie gesagt, daß ich Angst hätte und daß ich mich verstecke?"

Er lacht über den Groll in meiner Stimme. „Stimmt es denn nicht?"

„Ich weiß nicht."

Er legt seine Hand auf die meine.

„Ich habe einen Vogel gezähmt. Er lebt in der Dachrinne. Früher fürchtete er sich vor allem. Das ist jetzt vorbei. Er klopft mit dem Schnabel an mein Fenster. Ich wollte Sie nicht verletzen. Ich glaube, daß wir einmal darüber gesprochen haben. Es war eine aggressive Reaktion einem behüteten kleinen Mädchen gegenüber."

Und dann höre ich mich sagen, obwohl ich eine Minute vorher nicht daran gedacht habe: „Warum haben Sie mich nicht angerufen?"

Sein Blick ändert sich, schweift ab. Ich bin überrascht. Ich bin auf etwas gestoßen. Es gibt einen Grund für dieses Schweigen, es war weder Vergessen noch Gleichgültigkeit. Aber statt zu antworten, beugt er sich vor und stößt einen Schrei aus.

Ich schaue auch hin. Es handelt sich um meine Füße. Sie sind blau.

„Du bist ja verrückt!"

Er zieht mir die Sandalen aus und hebt meine Füße auf seine Knie, worauf ich nach hinten falle. Er umschließt sie mit den Händen, drückt sie, reibt sie, haucht sie an. Sie sehen wirklich eisig aus. Es tut weh, als sie wieder warm werden.

„Ich werde sie auf einem Strand malen", sagt er. „Ich werde sie hinter einem Felsbrocken verstecken. Ich werde sie mit Algen bekleiden. Ich werde sie der Obhut der Fische anvertrauen. Versprich mir, Pauline, niemals, niemals Lack auf die Nägel! Bemalt man denn Muscheln?"

Eine Welle von Wärme durchflutet mich. Ich schließe die Augen. Die Kissen riechen nach den alten Samtstoffen, die man in Koffern auf dem Dachboden findet. Er sagt mit einer sehr sanften Stimme: „Ein glückliches neues Jahr!“ Ich sehe auf meine Uhr. Es ist soweit! Dort unten sind sie dabei, unter dem Mistelzweig durchzugehen. Ganz Frankreich marschierte unter dem Mistelzweig durch. Ich möchte lachen. Das rührt mich. Bestimmt ist der Cidre daran schuld! Pierre legt mir die Hände auf die Schultern und dreht mich zu sich um. „Ein glückliches neues Jahr!“ Und dann fängt es an. In mir wirbelt etwas und reißt mich fort. Und ich fühle, wie ich emporschwebe. Der Augenblick, wenn man auf der Schaukel ganz oben ist, bevor es wieder hinuntergeht. Wenn man ruft: „Nicht höher!“ Ich weiß nicht, ob es schmerzhaft ist. Es ist eine Leere, eine Erwartung. Ich sehe Pierres Mund, und es ist doppelt so schlimm: noch höher, noch schwindelnder. Ich reiche ihm meine Lippen.

Ich habe schon Jungen geküßt, ohne sonderliches Vergnügen. Eine feuchte, unangenehme Erinnerung. Die Notwendigkeit, sich sofort der suchenden Hände zu erwehren.

Pierres Hände umfassen meine Schultern. Seine Lippen legen sich ganz leicht auf die meinen. Seine Zunge ist sanft, ganz leicht und zärtlich. Es ist ein Aufbruch, eine Reise, eine schwindelerregende Süße. Es ist ein Durst, der immer größer wird. Es ist eine Sehnsucht, die mein ganzes Sein erfaßt. Es ist zuviel. Ich höre mich seufzen, als er sich von mir löst.

Er sieht mich an. Ich will wieder zu ihm. Ich will, daß er mich weiter küßt. Er sagt: „Mein Liebes, mein Liebes, beruhige dich.“

Ich bemerke, daß ich immer noch den Dufflecoat

anhabe, weil ich den Druck der Holzknöpfe spüre, die sich in meine Brust gebohrt haben, als er mich an sich drückte. Ich möchte, daß er mein amerikanisches Pioniersfrauenkleid sieht. Ich stehe auf und lasse meinen Mantel fallen. Hier, mein Herr! Ich bin heute nicht in Jeans und Rollkragenpullover. Ich verstecke mich nicht.

Er sieht mich an. Seine Hand legt sich auf meinen Hals, streicht den Puffärmel entlang, sinkt herab. Ich habe die Augen geschlossen. Eine große Müdigkeit erfaßt mich. Ich sehne mich danach, daß er mich in die Arme nimmt. Ich friere ohne ihn, ich fühle mich leer.

„Pauline", sagt er. „Du mußt gehen."

Es ist wie eine Ohrfeige. Ich öffne die Augen. Sein Gesichtsausdruck hat sich verändert. In seinen Zügen ist etwas Niedergeschlagenes und Hartes, das mir Angst machen müßte, aber mich anzieht: eine Niederlage. Ein Sieg für mich. Er reicht mir meine Sandalen. Er hebt meinen Mantel auf und hilft mir wortlos hinein.

Ich sterbe beinahe vor Scham, mich friert. Ich hasse ihn. Warum hat er mir die Türe geöffnet? Warum hat er mir von den Seelen der ertrunkenen Seeleute erzählt? Er legt mir die Hand auf die Schulter und schiebt mich zur Türe. Ich fühle so etwas wie Zorn in seinen Fingern. Er fragt mich: „Hast du einen Schlüssel, damit du ins Haus kannst?"

Ich ziehe den Schlüssel aus der Tasche, um ihn ihm zu zeigen. Alle Worte ersterben mir in der Kehle. Wenn mir eines entschlüpft, kommt es zu einem Zusammenbruch. Die Tür fällt hinter mir zu. Ich stehe allein im Treppenhaus.

Ich will nicht darüber sprechen, was nachher war.

16

Der Tod eines Apfelbaumes

Heute morgen, am 3. Januar, ist ein Apfelbaum in der Allee umgestürzt. Wir haben es bemerkt, als wir uns zum Frühstück versammelten. Er lag auf dem Kies und versperrte den Weg zwischen Garage und Tor.

„Das also war der Krach von heute nacht", sagte Cécile.

Wir versammelten uns alle im Pyjama um das Opfer. Papa hockte sich nieder. Als er den Baum berührte, zerbröckelte Holz zwischen den Fingern.

„Das ist unbegreiflich", sagte er, während er die fünf übrigen, gesunden Apfelbäume betrachtete. „Die Erde ist die gleiche; der Standort auch, und dieser da ist vollkommen verfault!"

„Wie Jean-Marc", sagte Cécile.

Der Baum war zu schwer, als daß wir, auch wenn alle Hand anlegten, den Weg hätten frei machen können. Papa sagt von sich selbst, daß er einen Rücken wie eine alte brüchige Mauer habe. Als Mama vom Küchenfenster aus sah, daß er sich bückte, stieß sie warnende Schreie aus.

Er hat uns vorwurfsvoll angesehen. „Ich will ihn gerne dort liegenlassen, wenn ihr mir sagen könnt, wie ich zur Arbeit fahren soll!"

Wir begriffen, daß er wegen des Baumes traurig war, und Bernadette ist auf den Gedanken gekommen, den Nachbarn um Hilfe zu bitten. Monsieur Tavernier, Spitzname „Grosso-modo", weil er das dauernd sagt, hat seinen Kramladen aufgegeben. Sein Haus, das in der gleichen Straße wie das unsere liegt, ist von einem Garten umgeben, der wie eine gestickte Tischdecke aussieht, auf der er alle Arten von Stichen ausprobiert hat.

Er rückte mit einem Minitraktor an und sein zurückhaltender Gesichtsausdruck zeigte, wie sehr er sich freute und wie stolz er darauf war, helfen zu können. Er hat jede Unterstützung abgelehnt. „Nicht Sie, Herr Doktor: schonen Sie Ihre Hände für Ihre Kranken ..." Wir sahen zu, wie er den Apfelbaum festband und ihn dann zum Holzschuppen schleifte; seine Wurzeln hinterließen Spuren im Kies, die an die Hufe eines toten Tieres erinnerten.

In der aufgewühlten Erde ringelten sich dicke Würmer. „Regenwürmer!" hat Cécile gerufen und sie rasch wieder mit Erde bedeckt, weil diese Tiere anscheinend das Licht scheuen. Sie machte sich ein Vergnügen daraus, uns zu belehren, daß die Hauptschwierigkeit bei Regenwürmern darin bestehe, daß man den After kaum vom Kopf unterscheiden könne; nachdem diese Wissenslücke geschlossen war, wies unsere Wissenschaftlerin abschließend darauf hin, daß diese lieben Tierchen das Glück hätten, Zwitter zu sein.

Bernadette hat die Erlaubnis erhalten, den Apfelbaum mit der elektrischen Säge in Stücke zu zerschneiden. Sie liebt solche Arbeiten; ich stelle mir den Geruch des frischen Holzes vor, sehe das feine Sägemehl vor mir.

Grosso-modo nahm die Einladung, bei uns eine Tasse Kaffee zu trinken, an, und wir versammelten uns alle um den Küchentisch. Die Prinzessin hat es natürlich nicht lange im Garten ausgehalten. Der Duft von geröstetem Brot stieg aus den Servietten auf; man spürte die Wärme, wenn man die Hand darauflegte. Unser Nachbar erklärte, daß das bereits sein zweites Frühstück sei. Obwohl er sich zur Ruhe gesetzt hat, steht er jeden Morgen um sechs Uhr auf, um in Form zu bleiben.

„Wenn Sie mich fragen", hat er gesagt, „geht es mit einem bald zu Ende, wenn man, grosso-modo, den halben Tag im Bett verbringt."

Ich muß wohl nicht erwähnen, daß sich Claire dazu nicht äußerte.

Durch ihren Eiskakao gestärkt und zweifellos durch den Tod des Apfelbaumes und die Anwesenheit des Nachbarn angeregt, unterzog uns Cécile einem unerwarteten Verhör.

„Ihr kommt nach Hause. Es riecht nach Gas. Ihr habt die Eingangstür noch nicht geöffnet, was macht ihr?"

„Ich gehe hinunter und rufe die Feuerwehr an", antwortete Claire, die ungern ein Risiko eingeht.

Cécile drehte sich zu ihr um; sie leckte sich die Lippen. „Drinnen ist dein Sohn, und du darfst keine Minute verlieren!"

„Ich gehe hinein."

„Du bist tot", triumphierte der Quälgeist. „Du hast die Schuhe anbehalten; du hast Eisenplättchen auf den Absätzen; Eisen leitet die Elektrizität. Explosion!"

„Ich habe die Schuhe ausgezogen", griff Bernadette ein. „Ich gehe hinein und rufe die Feuerwehr an!"

„Kaputt!“ sagt Cécile. „Rühr nur das Telefon an und alles geht in die Luft.“

Grosso-modo ist sichtlich beeindruckt. Er berührt Papa leicht am Ellbogen. „Die wissen heutzutage Sachen!“

Papa hat bescheiden beigepflichtet. Ich glaube nicht, daß Monsieur Tavernier ein Fan der Sendung „Noten und Lieder“ ist, deshalb war Céciles Gelehrsamkeit neu für ihn ... Seit dem 23. Dezember zerfällt die Welt in zwei Teile: diejenigen, die sie gesehen haben, und die anderen.

„Ich rufe niemanden an“, habe ich gesagt. „Ich ziehe die Schuhe vor dem Betreten der Wohnung aus, packe meinen Sohn und schleppe ihn hinaus.“

„Du bist tot“, hat Cécile gesagt. „Nachdem du die Schuhe ausgezogen hast, mußt du den Zähler ausschalten. Der Eisschrank schaltet sich ein, und alles explodiert.“

„O.k.“, meinte Claire. „Ich bin tot, mein Sohn auch, die Bude ist in die Luft geflogen, alles ist erledigt. Können wir jetzt in Ruhe frühstücken?“

Cécile lächelte herablassend und nahm mich aufs Korn. „Du findest beim Nachhausekommen nicht jemanden mit einer Gasvergiftung, sondern jemanden mit Verbrennungen. Was tust du?“

„Ich wickle ihn in eine Decke.“

„Klassisch blöde Antwort“, sagte Cécile. „Die Decke nur, wenn er raucht. Wenn er nicht mehr brennt, rührst du ihn nicht an.“

„Vielleicht könntest du den Tag mit einem fröhlicheren Gesprächsthema beginnen?“ schlug Mama vor, und schenkte Monsieur Tavernier ein strahlendes Lächeln, um ihm zu beweisen, daß wir eine geistig völlig normale Familie sind.

„Man kann aber grosso-modo sagen, daß sie geistig sehr aufgeschlossen sind“, stellte der Gast fest; er betrachtete dabei unschlüssig ein Butterbrot – anscheinend war ihm der Appetit vergangen.

„Wo hast du das alles her?“ fragte Papa.

„Aus dem Handbuch für erste Hilfe!“ Cécile fixiert den Nagel des kleinen Fingers, den einzigen, den sie nicht abgeknabbert hat, weil sie ihn feierlich Mama geweiht hat, und fügt hinzu: „Leider, gegen Krebs habe ich nichts gefunden.“

Bernadette hat heute nachmittag den Baum zersägt, als sie vom Reitstall zurückkam. Sie hatte Stéphane mitgebracht, dem sie eine alte Pelzjacke von Charles aufoktroyierte, damit er seinen schönen Jagdrock nicht kaputtmache. Er geht auf die Jagd!

Sie sägten abwechselnd, und vom Salon aus hörte ich sie lachen. Bernadettes Lachen klingt lauter, freier, das von Stéphane zurückhaltender. Als sie nach beendeter Arbeit ins Haus kamen, fragte ich sie, warum sie so fröhlich waren.

„Wir stellten uns vor, das Scheusal zu zersägen“, erklärte Bernadette. „Die Zehe, die Nasenspitze, das, woran du jetzt denkst … Aber noch schöner war es für mich, als ich ihm den Scheck gegeben habe! Das war ein echter Schlag für ihn. Du hättest sein Gesicht sehen sollen!“

Glücklicherweise lebt dieser alte Kommißknopf ganz zurückgezogen und hält nichts vom Fernsehen …

Claire hat den Tee zubereitet. Wir saßen lange am Kamin und tranken Tee. Es schien Stéphane zu gefallen. Er erzählte uns, daß er nur einen Bruder hat. Wir haben ihn bedauert. Ich mag die Art, wie er Bernadette ansieht; sein Gesicht hellt sich auf, als habe er etwas Besonderes entdeckt. Ich schätze ihn deshalb um so mehr. Plötzlich fiel mir ein, daß Bernadette uns eines Tages verlassen wird; ich konnte es nicht glauben.

Wir kamen in den Genuß eines großen Auftritts von Cécile; sie wollte unserem Gast das Herz brechen. Minirock, ausgeschnittene Bluse, Hippi-Emblem, grüne Strumpfhose. Cécile versucht automatisch, jedes männliche Wesen zu verführen, auch wenn es schon in festen Händen ist. Sie hat es schließlich geschafft, daß ihr Stéphane, beeindruckt, eine Zigarette anbot. Sie schob das Päckchen zur Seite: „Ich habe beschlossen, das Rauchen aufzugeben!"

Ich liebe ihn! Ich liebe seinen Blick, seine Stimme, seine Falten, seine grauen Haare, seine freudlose Kindheit, seine Hand auf meinem Nacken, seine Hand auf meiner Schulter, seine Art, guten Tag zu sagen, seine Art, die Türe zu öffnen; und seine Lippen ... seine Lippen ...

Die Leidenschaft, die mich zu ihm getrieben hat, das Schwindelgefühl, als er mich küßte; es genügt, daß ich seinen Namen ausspreche, um alles aufs neue zu empfinden. Pierre.

Ich habe Angst gehabt, als ich jene Bilder sah; dennoch habe ich mich ihnen gestellt. Das ist der Sturm. Das ist das Unbekannte. Ich liebe ihn wider Willen, ohne zu begreifen, es reißt mich fort. Ich liebe ihn und werde ihn nicht wiedersehen. „Ein kleines behütetes Mädchen ...“; das also war ich für ihn. Ich habe mich ihm an den Hals geworfen. Ich habe alles falsch gemacht. Er hat mich hinausgeworfen.

Seine Frau dürfte heute zurückgekommen sein. Morgen gehe ich wieder in die Schule.

17

Der Beruf einer „Installateurin“

Sorgenfalten auf Mamas Stirn. Man hat sie heute am frühen Morgen aus der Bourgogne angerufen. Großmutter ist krank. Am Anfang war es nur eine Grippe; aber das Fieber will nicht fallen. Großmutter ist alt, gebrechlich; jedesmal hat man Angst.

Als ich klein war, glaubte ich, daß sie schon immer alt gewesen sei. Ich stellte mir vor, daß eine Großmutter schon als Großmutter geboren wird, mit weißen Haaren, dunklen Kleidern und sanftem Wesen. Daß sie hauptsächlich dazu da ist, um einen zu küssen, in den Schürzentaschen Keks oder Bonbons mitzubringen und den Kindern beim Gute-Nacht-Kuß gleichzeitig ein kleines Kreuz auf die Stirne zu zeichnen.

Es war erst ihr Ring, der mich auf dem Gedanken brachte, daß sie auch einmal jung gewesen ist. Ein Goldring mit einer Perle, den ihr ihre Mutter zu ihrem fünfzehnten Geburtstag geschenkt hat. Die Perle, anfangs prächtig, wurde mit den Jahren abgenutzt und gelblich, wie Großmutter selbst. Man hatte das Gefühl, daß sie nicht mehr jung genug war, um ihrem Schmuckstück die Jugend zu erhalten. Ich bin sehr oft mit dem Zeigefinger über diesen lebenden Tropfen gefahren, der fest mit ihrem Finger verbunden war. „Sie wird vor mir sterben“, sagte Großmutter beinahe boshaft, obwohl sie sonst nie boshaft war; beinahe so, als hätte sie mit der Perle eine Wette abgeschlossen.

Großmutter sprach auch oft von Gott. Eigentlich war er immer bei ihr, und wenn sie sich an ihn wandte, drehte sie den Kopf zur Seite, zur Seite des Herzens hin, als könne sie ihn so besser hören.

Papa hat darauf bestanden, daß Mama morgen den ersten Zug nimmt. Nach dem Abendessen sehen Cécile und ich ihr zu, während sie ihre Reisetasche packt.

„Hat Großmutter Angst vor dem Sterben?“ fragt Cécile; sie erwartet die mütterliche Reaktion halb herausfordernd, halb ängstlich.

Mama bleibt ruhig: „Sie hat sich nie vor dem Tod gefürchtet, aber sie sagt, daß sie es für keinen Nachteil hält, wenn er noch ein wenig wartet.“

„Wirst du weinen?“ bohrt Cécile, ohne auf meine stummen Zeichen zu achten.

„Jeder weint um seine Mutter.“

„Auch wenn sie nicht nett war?“

„Vielleicht dann erst recht. Weil man weiß, daß es für immer zu Ende ist! Man kann nicht mehr auf Liebe hoffen.“

Unser Quälgeist wird für einen Augenblick nachdenklich. Aber nicht für lange. „Werden wir die Schule versäumen dürfen, um zum Begräbnis zu gehen?“

Das ist zuviel. Ich stoße sie hinaus.

„Das hättest du nicht tun dürfen“, sagt Mama. „Es ist wegen Jean-Marc. Sie beschäftigt sich mit dem Tod. Ich glaube, daß von uns allen sie am meisten an ihn denkt.“

Mama ist abgereist und das Haus versinkt in Winterschlaf. Es ist wie ein Körper ohne Seele. Man kommt nach Hause und sagt sich: „Sie ist nicht da." Auch wenn man nicht immer sofort zu ihr zu laufen pflegte. Man könnte genausogut in ein beliebiges anderes Haus zurückkehren. Etwas ändert sich an Bernadettes Verhalten, die die Situation nutzt, um das Heft an sich zu reißen.

Heute beim Abendessen wirkt Papa, der mit seinen vier Töchtern allein ist, plötzlich mehr wie ein Freund, nicht wie ein Vater. Er spricht über seinen Beruf, was selten vorkommt. „Eine Krankheit, die immer mehr um sich greift", erklärt er, „ist die Stadtkrankheit." Sie wird durch die Einsamkeit und die Hetzjagd übertragen. Man verlernt das Miteinanderleben. Man kann nicht mehr stehenbleiben. In einem großen Warenhaus in Paris zum Beispiel hat es vorgestern gebrannt; einige Stunden später brachen zwei ähnliche Brände an anderen Punkten der Hauptstadt aus. Dies ist seiner Meinung nach nicht auf Böswilligkeit zurückzuführen. Im Augenblick der Katastrophe hielten die Leute zusammen, sie hatten Kontakt miteinander, sie nahmen an demselben Ereignis teil. Sie waren glücklich. Dann hat einer von ihnen, um das alles noch einmal zu erleben, schnell einen neuen Brand gelegt. Es ist eigentlich ein Aufschrei: „Ich bin allein, niemand sieht mich, Hilfe!"

„Etwas von sich selbst verschenken", schloß Papa und sah Claire an, „ist das sicherste Mittel, um nicht allein zu sein."

„Also werde ich Missionarin", erklärte Cécile, „ich werde die Leprakranken und die Verhungernden pflegen!"

Wir haben neulich im Fernsehen einen Film mit einer reizenden Nonne als Heldin gesehen. Alle waren in sie verliebt. Das hat unseren Quälgeist sehr beeindruckt.

„Vielleicht solltest du dir vorher darüber klar sein, was du den Unglücklichen bringen willst, die sich an deine unwiderstehliche Person wenden werden", sagt Claire in ihrem Prinzessinnen-Tonfall.

„Das Glück", sagt Cécile. „Ich werde ihnen sagen: ‚Schüttelt alles ab, das Leben ist schön!' "

„Das wird die Leprakranken ungeheuer freuen", meint Claire.

Cécile zuckt die Achseln. „Übrigens", fährt sie fort, „Marie-Agnès hat beschlossen, Installateurin zu werden."

Papa fragt: „Wer hat dir das erzählt?"

„Sie!" sagt Cécile. „Ich habe sie gefragt, was sie tun wird. Da hat sie gesagt: ‚Ich werde weitermachen.' Sie hat kein Geld, um die Schulden zu bezahlen. Es ist die einzige Möglichkeit: die Geschäftseinrichtung muß sich amortisieren. Sie besucht heimlich Abendkurse."

Papa ist nachdenklich. „Sie hat mir nichts davon gesagt."

„Streng geheim", legt ihm Cécile ans Herz. „Wenn Jean-Marc eine Ahnung davon hätte, würde er es ihr verbieten."

„Hut ab", sagt Bernadette, „das ist eine Frau!"

Claire hat sich in Mamas Fauteuil zusammengeringelt und wendet den Blick nicht vom Fenster. Seit Beginn des Abends scheint sie sich nicht wohlzufühlen. Sie schaut uns an, als wollten wir sie angreifen.

Das Holz raucht ein wenig, wahrscheinlich ist es noch nicht richtig trocken. Ich erkenne die Zweige der Buche, die wir im letzten Frühjahr ausgeästet haben. Nächsten Winter wird uns der Apfelbaum Wärme spenden. Das Gespräch kehrt wieder zu Marie-Agnès zurück.

„Sie ist sicherlich sehr mutig", gesteht Papa, „aber es ist nicht sicher, ob sie es schafft."

„Warum?" begehrt Cécile auf.

„Es ist kein Frauenberuf."

„Und was ist ein ‚Frauenberuf'?"

„Ein Beruf, den die Männer nicht wollen", fällt Bernadette ein. „Und natürlich alle Berufe, die mit Kindererziehung, Wäschepflege und den empfindlichen Mägen der Herren der Schöpfung zusammenhängen."

Papa sieht seine Zweitälteste wie immer mit einer Mischung aus Verwunderung und Stolz an.

„Bei Stéphane und dir frage ich mich oft, wer der Herr im Haus ist", sagt er boshaft.

„Ich hoffe sehr, daß es keiner von beiden ist", erwidert Bernadette. „Jeder respektiert die Neigungen des anderen."

„Nehmen wir einmal an", fährt Papa bedächtig fort, „daß du einen Mann liebst, der es nicht gern sieht, wenn sich seine Frau mit Pferden beschäftigt."

„Ich würde darauf warten, daß es vorübergeht."

„Die Pferde oder der Mann?" fragt Cécile.

„Der Mann natürlich!"

„Und wenn er Pferde mag, aber seinen Beruf in der Stadt ausüben muß?" bohrt Cécile weiter. „Wie zum Beispiel Stéphane. Das soll keine Anspielung sein!"

„Er könnte sich hoch zu Roß ins Büro begeben", kontert Bernadette schlagfertig.

„Jedenfalls", erklärt Cécile, „würde ich lieber Frau

Installateur sein als Tankwärterin. Ich habe heute eine bei Esso gesehen, ein Kunde sagte ihr, daß ihre Laken wahrscheinlich nach Super röchen! Mir hätte das keinen Spaß gemacht. Ihr hat es anscheinend gefallen."

Bernadette platzt fast vor Lachen.

„Man sagt ‚Tankwartin' ", korrigiert Papa verlegen.

„Ich habe heute entschieden meinen schlechten Tag", seufzt Cécile.

„Um wieder auf Marie-Agnès zurückzukommen", sagt Bernadette, „ich sehe nicht ein, warum es ihr nicht gelingen sollte. Falls es eine Frage der Körperkraft ist – sie stellt einen Haufen Männer in den Schatten. Und den Abfluß eines verstopften Waschbeckens reinigen oder eine Heißwasserleitung installieren ist mehr eine Frage der Praxis. Sie hat Jean-Marc ja oft geholfen."

„Sie hat fast ganz allein die Senkgrube der Grossomodos gebaut", triumphiert Cécile. „Ich habe gesehen, wie sie riesige Steine transportiert hat; angeblich ist es die schönste Senkgrube der Gegend geworden. Die Leute haben einander angerufen und gesagt, daß sie sich angesichts des Alters der Taverniers nicht mehr amortisieren werde und daß es Verschwendung sei."

„Noch dazu, wo die Sozialversicherung keine Zuschüsse zu so etwas gibt", witzelt Bernadette.

„Jeder leistet sich seinen eigenen Luxus", murmelt Claire, die immer die Wasserspülung betätigt, bevor sie etwas macht, damit man bloß nicht merkt, was es ist.

„Ich habe nicht gesagt, daß sie nicht imstande wäre, es zu lernen", sagt Papa, „oder daß sie keine ordentliche Arbeit leisten kann. Ich befürchte nur, daß sie keinen Erfolg haben wird."

„Weil sie eine Frau ist?"

„Hört einmal!" sagt Charles. Man merkt, daß er ein bißchen gereizt ist, weil er mit seinen Ansichten so allein dasteht. „Bei manchen Berufen haben die Frauen selbst, von sich aus, mehr Vertrauen zu Männern als zu ihresgleichen. Ich denke zum Beispiel an die Chirurgen. Das ist nun einmal so!"

„Es muß aber nicht so sein", sage ich. „Wir müßten ihnen nur beweisen, daß wir es genauso gut können."

„Das ist ein Wort, Paul", stimmt Bernadette zu. „Wir werden es ihnen zeigen."

Ich spüre plötzlich die Kraft in mir, ein genialer Chirurg zu werden. Es würde genügen, wenn man mich durch Blicke dazu ermutigt.

„Entschuldigt bitte", greift Cécile ein. „Aber ich nehme an, daß das wieder so ein Vorurteil der Phallokraten ist."

„Sie ist schon merkwürdig, die Kleine", bemerkt Bernadette. „Das, was sie für die Schule auswendig lernen soll, geht verteufelt schwer in ihren Kopf hinein, aber es gibt Ausdrücke, die sie sich von selbst merkt!"

„Also, weil sie mit so einem Ding geboren werden und wir nicht, haben sie das Recht, Installateure zu werden? Das ist zu arg", entrüstet sich Cécile.

Papa kann das Lachen nicht verbeißen.

Cécile fixiert ihn streng. „In meiner Klasse spielen die Mädchen, die schon einen Busen haben, Fußball; aber ich scheiße drauf."

„Du wirst nicht die gleichen Rechte erlangen, indem du die gleichen Ausdrücke wie sie verwendest", sagt Papa, „sondern nur, indem du eine Fußballmannschaft aufstellst, die die ihre schlägt und ihnen Lust macht, bei euch zu spielen."

„Ich werde darüber mit Nicolas sprechen", beschließt Cécile.

Das Telefon klingelt. Mama? Cécile ist schon dran.

„Wer ist am Apparat?"

Sie wendet sich mir zu. Hält mir den Hörer hin. „Für dich! Ein Typ namens Pierre."

18

Das Meer in Schwierigkeiten

Er sagt mir: „Ich habe zwei Tage lang mit mir gekämpft." Er sagt außerdem: „Ich habe nicht arbeiten können. Ich bin mit dem Meer nicht weitergekommen." Er sagt mir: „Du hast gewonnen."

Ich halte den Telefonhörer mit aller Kraft fest. Ich drehe mich zur Wand, um mein Gesicht zu verbergen. Ich versuche daran zu glauben. Meint er wirklich mich? Als ob da Marette, meine Schwestern, mein Vater nicht existierten. Als ob ich allein wäre, frei, nur mir selbst verantwortlich, sagt er zu mir: „Komm."

Ich starre die blaue Blume auf der Tapete an und murmle: „Wann?"

Er sagt: „Jetzt." Ich antworte: „Morgen, halb eins." Am Montag komme ich schon zu Mittag aus dem Lyzeum. Er seufzt: „Beeil dich." Nichts weiter. Er hat aufgelegt.

Es hat kurz geklingelt; sie wissen also, daß das Gespräch zu Ende ist. Ich muß zu den anderen zurückgehen, als ob nichts geschehen wäre. Papa erklärt Cécile etwas, aber Bernadette und Claire sehen zu mir herüber.

Ich kann nicht. Ich gehe zur Türe. Ich bin mir jedes meiner Schritte bewußt. Im Flur ist es finster; es riecht nach dem Abendessen; es riecht so wie früher, als ich noch nichts wußte und als Pierre wie eine Wunde in mir pochte.

Nachdem ich die Türe endlich ins Schloß gezogen habe, lehne ich mich mit dem Rücken daran und schließe die Augen. Das ist eine typische Filmpose, ich weiß, aber Pierre hat angerufen und ich bin anders geworden. Ich fühle mich „beobachtet". Die Stufen knarren. Im Salon höre ich keine Stimme mehr. Was denken sie von mir? Daß ich hinaufgegangen bin, um etwas zu holen und daß ich wieder hinunterkommen werde? Ich werde nicht hinunterkommen. Ich könnte nicht lügen. Morgen!

Das Zimmer strahlt Frieden aus, Beständigkeit. Meine Hefte liegen aufgeschlagen auf dem Tisch. Bevor ich zum Abendessen hinuntergegangen war, hatte ich die Lektion noch einmal wiederholt. Mechanisch schaue ich auf den Stundenplan, den ich mit einem Reißnagel an einem Dachbalken befestigt habe. Morgen: Biologie mit praktischen Übungen, Geschichte, Geographie. Ein dikker Strich über den Nachmittag. Frei. Frei? Cécile hat gesagt: „Es ist Pierre!" Ich habe zuerst an einen Scherz gedacht. Zunächst habe ich seine Stimme nicht wiedererkannt: unruhig, erregt. „Komm." Damals am Abend hat er seine Hand auf meine Schulter gelegt, um mich aus seiner Wohnung zu stoßen. Jetzt öffnet er mir die Tür weit. Komm!

In meinen Träumen habe ich den Anfang am liebsten, den Augenblick, in dem „Er" mich unter allen anderen erkennt, wenn sein Blick, der schon die schönsten, die begehrenswertesten Mädchen gestreift hat, auf mir haften bleibt: er kommt durch die erwartungsvolle Menge zu mir und ergreift meine Hand. Ich lasse diese Szene mindestens zehnmal vor meinem geistigen Auge abrollen. Also, er betritt den Saal. Er sieht mich zunächst nicht; ich unternehme nichts, um ihn auf mich aufmerksam zu machen. Ich bleibe auf meinem Platz. Unbeweglich. Und seine Augen leuchten auf. Er muß nur noch zu mir kommen. Pierres Blick ist auf mir liegen geblieben; er hat mich auserwählt. „Ich bin mit dem Meer nicht weitergekommen. Du hast gewonnen."

Ich lasse mich auf mein Bett fallen. Also warum? Eine Minute zuvor glaubte ich, vor Glück ersticken zu müssen. Ich fühle plötzlich ein tiefes Unbehagen. Ich rufe mir den 1. Januar ins Gedächtnis; oder vielmehr jenen Augenblick an seiner Brust, als seine Lippen auf den meinen lagen und wir gemeinsam diesen Tag begannen. Ich schwebe ein bißchen. Wie er meine Füße wärmte ... Wie er mein Kleid berührt hat ... Es war Mitternacht, ich hatte zu viel Cidre getrunken, ringsum wurde gefeiert und ich war so allein.

Ich erinnere mich an sein Gesicht. Ich sehe nicht mehr, wie alt, wie erfahren er ist, ich vergesse Brigitte. Wie recht er hatte! Ich habe solche Angst. Ich weiß nichts. Ich weiß nichts mehr. Gestern bin ich auf dem Kopfkissen in seinen Armen eingeschlafen. „Du hast gewonnen ..." Ich habe was gewonnen?

Kleine Daunenfedern dringen aus den Nähten meines Federbetts. Ich sammle sie in der hohlen Hand. Das Polster ist schon ganz flach, und das Rosa geht in ein kränkliches Grau über. Es trifft sich wirklich gut, daß Mama zu Großmutter gefahren ist! Ich weiß, daß ich ihr nichts sagen werde; aber vielleicht verleiht mir ihre Abwesenheit den Mut, eine Entscheidung zu treffen. Ich will und ich will auch wieder nicht. Der Satz, den France gesagt hat, fällt mir wie eine Warnung ein: „Seufzer, Jammern, dazu bist du nicht verpflichtet ..."

Morgen habe ich, Pauline, siebzehn Jahre alt, Rendezvous mit der Liebe.

„Es ist acht Uhr", sagt Cécile von der Tür her. „Was ist los? Willst du das Thermometer?"

Ich öffne die Augen. „Nein, danke. Ich bin schon wach."

„Kaum zu glauben!" Sie kommt ins Zimmer. „Papa hat gefragt, was du gestern hattest. Ich habe gesagt, du müßtest einen Aufsatz durchsehen. Er hat gemeint, daß das kein Grund ist, nicht gute Nacht zu sagen."

Ihre Stimme hat einen fragenden Unterton, sie sieht mich an wie ein Verschwörer. Sie wartet. Ich stehe auf, um sie loszuwerden und gehe unter die Dusche. Dann ziehe ich die Sachen an, die ich gestern getragen habe. Da ist sie schon wieder!

„Du gehst so?"

„Wie soll ich denn sonst gehen?"

„Du hast ein Rendezvous", erinnert sie mich. Und sie fügt versuchsweise hinzu: „Mit Pierre, um halb eins!"

Ich würde sie am liebsten umbringen; es gelingt mir, ruhig zu bleiben. „Ich bin nicht wie du! Ich ziehe nicht ein langes Kleid an unter dem Vorwand, daß ich mich mit einem Freund treffe."

Sie schaut mich verärgert an. „Dir tut es leid", sagt sie rachsüchtig. „Es tut dir immer leid! Das ist der schwache Punkt bei den Mädchen. Nicolas tut niemals etwas leid."

Sie verläßt das Zimmer, ohne überzeugt zu sein.

Papa trinkt Kaffee in der Küche und hört dabei die Nachrichten. Er gehört keiner Partei an, aber er findet, daß man auf dem laufenden sein muß. Ihn interessieren weniger die innenpolitischen Fragen, weil er sagt, daß wir ein glückliches Land seien, sondern eher die Gegenden, in denen man kämpft und hungert. Ich habe oft erlebt, daß er sich über die schlechte Stimmung unter den Franzosen und über die Bemühungen, sie zufriedenzustellen, aufregte. Das ist so, als kümmere man sich um das Wehwehchen eines Bruders, während man den Nachbarn sterben läßt, weil er nicht zur Familie gehört.

Cécile hat ihre Eisschokolade in den beinahe leeren Honigtopf gegossen. Keine Claire weit und breit. Später, wenn alle fort sind, wird sich die Prinzessin ihren Tee hinauf ins Bett nehmen. Bernadette taucht auf; sie schneidet sich die Nägel.

„Bitte nicht in der Küche", stöhnt Papa. „Willst du, daß man sie im Essen wiederfindet?"

„Es ist alles eine Frage der Einstellung", sagt Bernadette. „Du ißt doch auch die Knorpel eines Rochen."

Papa begreift anscheinend den Zusammenhang nicht.

Bernadette legt mir die Hand auf die Schulter. „Wirst du zum Mittagessen nach Hause kommen?"

„Ich glaube nicht."

Ich fühle, daß ich krebsrot werde. Als ob ich alles zugeben würde. Natürlich hat Cécile jedes Wort gehört. Bernadette und sie sehen einander an. Sie werden über mich reden. Bernadette zögert eine Sekunde, dann stellt sie ihre Milch auf den Ofen. Papa hat nichts bemerkt: er hört die Auslandsnachrichten.

19

Die Liebe und die Sonne

Auf dem Treppenabsatz angelangt, sah ich, daß seine Türe halb offenstand. Er beugte sich über seinen Zeichentisch und arbeitete. Er trug die gleichen Sachen wie immer: eine Leinenhose und ein offenes Hemd mit aufgekrempelten Ärmeln. Sofort war er an der Tür. Er lächelte nicht. Er schloß die Tür und hielt mich mit ausgestreckten Armen von sich.

„Ich kann es nicht glauben! Ich war sicher, daß du nicht kommen würdest!"

Das bedeutet, daß er es gewußt hatte: er hatte meine Angst vorausgesehen, mein Zögern. Ich habe mich ihm an die Brust geworfen. Er hat mich einen Augenblick lang an sich gedrückt, wie ein Freund, wie ein Vater, ohne die Situation auszunützen.

„Ich wollte gerade Kaffee machen. Willst du welchen?"

„Nein, danke."

„Dann setz dich. Ich kümmere mich um das Feuer."

Sein Tisch war mit Skizzen bedeckt; immer Schiffe; eingedrückte Rümpfe, gebleichte Knochen; eine Wüste mit verdurstenden Tieren. Ich habe mich davor hingesetzt und sie lange betrachtet. Anscheinend ist das Zeichnen irgendwie mit dem Schreiben verwandt! Man fühlt die gleiche Erwartung, ist glücklich und ängstlich zugleich, wie bei einem wichtigen Rendezvous.

Hinter mir polterte eine Kaskade von Eierbriketts.

„Ich füttere gern meinen Ofen", sagte Pierre. „Du kannst dir nicht vorstellen, wie wichtig es ist, selbst warm zu werden. Diese Wärme dringt dir ins Herz. Die unpersönliche Zentralheizung wärmt dich nur äußerlich."

Dann verschwand er in der Küche, und ich begriff, daß er mir Zeit ließ, mit dem Zimmer vertraut zu werden.

Ich ging zum Sofa und setzte mich hin. Aber in die Ecke. Nicht hingegossen wie Bernadette. Vielleicht würden wir nur einfach miteinander sprechen. Ich empfand kaum mehr etwas. Ich hatte solche Angst gehabt. Jetzt war ich wie betäubt. Er setzte sich mit einer großen Tasse schwarzem Kaffee neben mich, und ich war zufrieden, weil er dadurch die Hände nicht frei hatte und mir noch Zeit ließ. Er begann zu trinken, und beobachtete mich dabei.

„Schau mich an!"

Ich versuchte es.

Er lachte. „Noch nie habe ich jemandem solche Angst eingeflößt! Was stellst du dir denn vor? Daß ich dich vergewaltigen werde, weil ich dich begehre?"

Ich spürte, wie ich dunkelrot wurde. Die Worte: „Ich begehre dich" brachten mich ganz durcheinander. Ich nahm meinen ganzen Mut zusammen: „Sie verstehen ... Noch nie ..."

Sein Gesicht wurde ernst. Beinahe wie am Abend des 1. Januar, bevor er mich vor die Türe gesetzt hatte. Er stellte die Tasse hin, die noch nicht leer war, und zwang mich, ihm ins Gesicht zu sehen.

„Warum glaubst du, daß ich so lange gezögert habe?" Jetzt sah er zu meiner Schulmappe hinüber. „Diese Schulmappe ... und dein Schal ... Ich wünschte und fürchtete mich davor, daß du so kommen würdest ... als Schülerin."

Wir haben eine Weile nicht miteinander gesprochen, aber es war nicht mehr peinlich. Ich hatte das Gefühl, daß ich das Wesentliche gesagt hatte. Ich legte den Kopf auf die Rückenlehne des Sofas und fühlte mich wohl. So merkwürdig es klingt, ich fühlte mich beschützt.

„Brigitte ist in den Bergen geblieben", sagte Pierre. „Angèle ist krank."

Ich wußte es. Béa hatte es mir heute morgen gesagt. Angèle hat Mumps.

„Ich muß mit dir über sie sprechen. Du mußt wissen, daß ich sie liebe. Sie ist sehr wichtig für mich. Sie ist wirklich eine Gefährtin. Was auch geschieht, ich will nicht, daß sie darunter leidet. Ich würde mich deswegen verachten. Verstehst du mich?"

Ich verstand. Ich war eher glücklich darüber. Es hat mich wieder beruhigt. Ich war erstaunt, weil ich nicht eifersüchtig war. Ich wollte ebenfalls nicht, daß Brigitte litt.

„Ich liebe sie", wiederholte er. „Und trotzdem habe ich mich in dich verliebt! Mögen die rechtschaffenen Leute sich darüber das Maul zerreißen, soviel sie wollen; ich habe mich in dich verliebt, als ich dich zum erstenmal sah." Er lachte: „Na ja, um genau zu sein, ich habe mich in deinen Schal verliebt. Er war so oft um deinen Hals geschlungen, und nur die Nase guckte heraus! Als du in das Atelier hereinkamst, hatte ich den Eindruck, mein Vogel komme herein. Wie in einem Märchen verwandelte sich der Vogel in ein Mädchen. Ich erwartete, unter deinem Dufflecoat Federn zu sehen."

Ich konnte nicht lachen. Also liebt er mich ... Ich glaubte es nicht. Ich hätte es schon vorher gespürt! Als sein Name mir weh tat, als ich ihn nachts rief ...

Er sagte auch: „Ich habe gezögert, weil ich vierzig bin, und weil es keine Zukunft für uns gibt. Es kann ein Abenteuer daraus werden, das ist alles. Das Wort hat nichts Abwertendes für mich. Auch ein Abenteuer kann Liebe sein. Warum nicht? Aber auch dir will ich nicht weh tun."

Er redete, als sei er sicher, daß auch ich ihn liebe. Ich habe mir eine Liebeserklärung anders vorgestellt. Mit ernstem Gesicht zog er die Bilanz der Situation! Ich bemerkte wieder die Falten. Eigentlich steht er Papa näher als mir, das kam mir komisch vor. Mit dem Finger zeichnete er meine Lippen nach. Sein Gesicht war gespannt.

„Was du willst, Pauline ... Wann du willst. Du allein befiehlst."

Ich wußte nicht, daß man das sagen kann. Ich hatte mir die Liebe immer wie eine Eroberung vorgestellt. Und vor der Eroberung mußte es notwendigerweise einen Kampf geben. „Was du willst, wann du willst ..." Ich konnte gehen. Ich konnte bleiben. Es gab keine Probleme. Dankbar betrachtete ich den Mund, der mir diesen Frieden beschert hatte. Ich richtete mich auf. Er ließ mich näher kommen, ohne eine Bewegung zu machen, und nahm mich erst in die Arme, als meine Lippen den seinen begegneten. Es tat gut, wie damals am Abend, und es nahm kein Ende. Ein Moment der Ewigkeit verstrich.

„Ich würde dich gerne sehen“, murmelte er.

Ich verstand erst, als seine Hände begannen, die Knöpfe meines Cardigans zu öffnen. Ich wurde stocksteif. Ich bin bestimmt weniger schön als die Frauen, die er gekannt hat, dachte ich; sicherlich Dutzende, stellte ich mir vor. Meine Schenkel sind zu kräftig. Ich habe sehr große Füße, wie kleine Kähne, sagt Claire. Mein Busen … Als er die Bluse aufknöpfte, kreuzte ich instinktiv die Arme vor der Brust.

„Jetzt siehst du plötzlich aus wie eine beleidigte Möwe …“

Ich ließ ihn meine Hände beiseite schieben und den Büstenhalter abnehmen. Was übrigens nicht ohne Schwierigkeiten vor sich ging. Ich wagte nicht, ihm zu helfen. Ich fühlte mich idiotisch. Ich zitterte, weder vor Kälte noch vor Lust; einfach wegen dieser Situation. Er beugte sich vor und küßte meine Brüste, bevor er sie betrachtete. Ich fühlte die Liebkosung seiner lockigen Haare unter meinem Kinn.

„Du bist noch ganz neu!“

Er schob ein Kissen unter meinen Rücken, griff nach meinen Beinen und legte sie auf das Sofa. „Lehne dich zurück. Ich will, daß du dich wohl fühlst.“ Er saß auf der Kante des Sofas, wie ein Arzt, und seine Hände glitten über mich, berührten kaum meinen Körper. Ich schloß die Augen. Ich schwebte. Ich sagte mir: „Ich habe die Hose an, die Brust ist frei …“ Draußen schien eine fahle

Sonne, eine bleiche Wintersonne. Mir war, als wäre ich zu Hause. Ich spürte den Geruch meines Gartens. Wieder verging eine kleine Ewigkeit; als ich dann Pierre ansah, hatte sich die Farbe seiner Augen verändert.

Ich wehrte mich nicht, als er den Reißverschluß meiner Jeans öffnete und sie mir über die Beine hinunterzog. Ich lag nackt auf dem dicken Stoff des Sofas. „Du bist schön." Er drückte meine Knie hinunter, weil ich versuchte, sie anzuwinkeln. „Gib nach." Ich gab nach. Um so schlimmer. Jetzt kannte er mich wirklich ganz. Oder beinahe. Er hatte noch nicht meinen Rücken gesehen. Und der ist nicht meine Schokoladenseite, sagt Cécile.

„Ich habe geschworen, es dir nicht zu sagen ... aber mein Liebling, mein Liebling ..."

Seine Hände begleiteten seine Worte. Ich wußte nicht, daß man in diesem Augenblick spricht. „Du bist das Fest, das ich nie erlebt habe. Du bist alles, wovon ich immer geträumt habe ..."

Im Grund sind wir einander sehr ähnlich. Jeder von uns hoffte. Ich dachte eigentlich nicht an die Zärtlichkeiten. Ich träumte von der Süße und von Bildern, die vorüberziehen; mich erfüllte das Verlangen, größer zu sein, weiter, das Zimmer auszufüllen, um den Genuß mit noch mehr Fasern meines Körpers auszukosten.

Aber er?

Ich überwand meine Schüchternheit und streckte die Hand aus, um ihn zu liebkosen. Er hielt sie fest. „Nein! Hör zu, Pauline, hör zu ... Ich nehme an, daß ich in diesem Augenblick zu sehr an dich gedacht habe. Ich habe Angst. Nicht heute. Sei mir nicht böse."

Ihm böse sein? Weswegen? Und wie könnte ich es

sein? Er legte den Kopf auf meinen Bauch und sagte: „Es gibt viele Arten zu lieben. Im Augenblick machen wir es, weil wir ineinander verliebt sind. Man kann es mit den Augen machen. Man kann sich einfach nur küssen ..."

Dann hörte ich, wie ich zu ihm sagte: „Ich habe schon geliebt, Pierre. Ich habe schon geliebt ..." Ich halte seinen Kopf auf meinem Bauch fest; so ist es leichter. Es war im letzten Sommer gewesen, in der Bourgogne. Es war sehr heiß, hinten im Garten, wo das Gras noch nicht gemäht war und wo ich mich versteckt hatte, um zu lesen. Um mich herum war ein einziges lebenerfülltes Summen. Bis dahin hatte ich nie daran gedacht, braun zu werden, aber beim Mittagessen hatte ich gehört, wie ein Onkel zu Bernadette sagte, daß sie doppelt so gut aussehen würde, wenn sie braun wäre. Im hohen Gras verborgen zog ich meinen Rock hoch, entblößte die Beine, setzte mich der Sonne aus. Zuerst war es nur angenehm, aber die Buchstaben tanzten schon vor meinen Augen, die summende Welt ringsum machte mich schwindeln, und das Bedürfnis, mehr von meinem Körper der Sonne darzubieten, drängte sich mir auf: eine Notwendigkeit, ein Zwang. Ich entkleidete mich hastig, öffnete mich der Sonne. Ihr Brennen drang in mich ein, und ich war gleichzeitig Quelle und verbrannte Ebene; ich war wie jetzt: ein Schrei. Ich habe die Sonne geliebt.

Pierre nahm mich in die Arme. Er wiegte mich. Er lachte. „Alle lieben die Sonne, aber du sprichst es aus." Jetzt liebkoste mich sein Mund. Ich wollte von den Landschaften, den Eindrücken erzählen, die an mir vorüberzogen. Ich hatte trockene Lippen und mein Herz klopfte. „Laß dich gehen, öffne dich." Es gefiel mir, daß er angekleidet war. Ich fühlte mich nackter. Er sagte, daß man Liebe lernen könne, daß er mich lehren werde, meinen Körper zu erkennen, und auch seinen. „Wir haben Zeit." Vor mir lag ein wunderbarer Augenblick.

Er legte eine Platte auf, der Himmel verdüsterte sich. Er schürte das Feuer, wir tranken Coca-Cola, ich spazierte nackt im Atelier herum. Er machte mich schließlich darauf aufmerksam, wie spät es schon war, und half mir beim Anziehen. „Ich begleite dich nicht. Ich will hierbleiben, mit dir."

Die Straße war nicht mehr dieselbe, auch die Passanten waren nicht mehr die gleichen. Es war wie ein flimmerndes Band. In der Métro lächelte ich den Leuten zu. Ich liebte sie alle. Ich stellte mir alle möglichen intimen Fragen über sie.

Auf dem Mofa weinte ich in meinen Schal. La Marette war hell beleuchtet. Und Bernadette lief mir fassungslos entgegen, gefolgt von Cécile, die es einmal nicht wagte, etwas zu sagen. Großmutter?

„Claire ist getürmt! Ich habe es mir genau überlegt. Wir müssen sie um jeden Preis zurückholen, bevor Mama zurückkommt. Sie hat auf ihrem Kopfkissen einen Brief für Papa hinterlassen. Ich habe ihn benachrichtigt. Er wird gleich da sein."

20

Claire trotzt allem

Die Prinzessin, die Feine, die Stolze, die Schönste von uns vieren, Claire! Claire, die wir lieben, „trotz allem“, oder vielmehr „weil“... Trotz ihres Schweigens, ihres Hochmuts, ihrer Launen. Claire ist fort!

Das ist nicht möglich! Claire ohne La Marette, ohne uns, weit weg von den kleinen Streitereien, ihrer Gewohnheiten beraubt: die Brotkruste, die Weintrauben ohne Haut, das Fruchtjoghurt, die Crèmes für die Augenpartie, für die Hände, das Bad. Claire ist verloren, schutzlos. Ein Nichts kann daran schuld sein, ein Windhauch.

Ich erinnere mich an den „großen Kopfsprung“, wie er in der Familie genannt wird. Es war im Schwimmbad von Deauville, Claire war damals zwölf Jahre alt. Wir waren mit Freunden dort. Schon damals hat sie sich abgesondert; sie war sich selbst genug, sie schwamm immer weiter hinaus... traf ihre Entscheidungen selbst... An diesem Morgen, nach dem Kraul-Kursus, ruhten wir uns am Rand des Beckens aus, als jemand, ich weiß nicht mehr wer, auf den sehr hohen Sprungturm zeigte, den für die Meisterspringer, auf dem sich gerade ein Berufssportler zum Sprung fertigmachte, und zu ihr sagte: „Wetten, du getraust dich nicht!“

Claire ist aufgestanden. Sie hatte Beine, die kein Ende nahmen, wodurch sie noch zarter wirkten. Sie ging um das Becken herum, bis zum Sprungturm, und begann, die Leitern hinaufzuklettern. Wir dachten an einen Scherz, aber das war ganz und gar nicht ihre Art, und ich erinnere mich, daß ich, obwohl ich mit den anderen lachte, Angst hatte. Die erste Leiter, die zweite; schließlich die, die zur obersten Plattform führte und schmäler war, weil es dort kein Gedränge gibt.

Bernadette war aufgestanden. Sie wollte zu Claire, um sie zurückzuhalten; aber es war viel zu spät, und da oben, so hoch oben, ging Claire weiter, und das lange Sprungbrett des Turmes vibrierte. Sie hatte nicht einmal ihre Badehaube aufgesetzt. Die hielt ich krampfhaft fest. Die Haube war der Beweis. Es war ganz und gar ihre Art, in Schönheit sterben zu wollen.

Jetzt waren wir alle aufgestanden, mir steckte ein Schrei in der Kehle. Sie versuchte nicht, zu bluffen; sie marschierte bis ans Ende des Sprungbretts, und dann ließ sie sich einfach fallen. Der Schwimmlehrer war wütend. Er sagte uns, daß das gefährlich sei.

Und nun ist Claire wieder gesprungen!

Papas Gesicht ist grau; seine Augen hinter den Brillengläsern, die er seit kurzem zum Lesen braucht, wirken größer; er liest den Brief immer wieder. Er sitzt auf dem Sofa. Wir haben ihm nicht einmal Zeit gelassen, den Mantel auszuziehen. Vor ihm steht Cécile und fixiert ihn wie damals, als es galt, Germain zu retten; hoffnungsvoll, herausfordernd. Ich zwinge mich, ihn anzusehen, und was ich entdecke, tut mir weh. Charles, das Oberhaupt der Familie, der Felsen in der Brandung, mein

Vater, und darüber hinaus der Arzt, dem sich so viele Leute anvertrauen, ist erschüttert. Ich habe erwartet, daß er die Angelegenheit in die Hand nimmt, daß er Entscheidungen trifft und Ruhe ausstrahlt; er starrt den Brief an, und seine Hand zittert. Claire hat ihn getroffen. Und in diesem Augenblick bin ich der Prinzessin böse.

Bernadette streckt die Hand aus. Er gibt ihr den Brief. Während sie ihn laut vorliest, sehe ich den Fauteuil der Ausreißerin an:

„Ich gehe fort. Ich bin schon einige Tage länger geblieben, einige Tage zu lang. Ich bitte dafür um Entschuldigung.“

„Die Närrin“, sagt Papa, nimmt die Brille ab und reibt sie wütend. „Die verdammte Närrin.“

„Ich werde nicht in die Sekretärinnenschule gehen. Ich werde mich nicht in einem Büro verkriechen, wenn mir die ganze Welt offensteht. Ich werde nicht wie diese schrecklichen Leute sein ...“

Diese schrecklichen Leute! Danke! Wir! Ihr! Alle, die es für richtig halten, mit ihren zehn Fingern etwas zu tun; trotz der weiten Welt! Aber was weiß die Prinzessin schon von der Welt? Sie hat sie immer nur aus der Sicht ihres angenehmen Lebens gesehen.

„Diese blöde Kuh“, sagt Bernadette. „Sie hätte uns wenigstens warnen können.“

Es ist sehr einfach! Sie hat ihren Vertrag eingehalten. Man hatte ihr eine Frist bis zum nächsten Jahr gesetzt, um sich irgendwo einschreiben zu lassen. Das nächste Jahr ist da. Sie ist gegangen.

Ich murmle: „Eigentlich hätten wir es uns denken können.“

Papa läßt die Nase hängen. Das ewige Schweigen, der schuldbewußte Gesichtsausdruck, die vielen Stunden, die sie sich in ihrem Zimmer eingeschlossen hatte ... „Man muß das Tor des Schweigens aufbrechen", hatte Mama gesagt. Wir haben zugelassen, daß sie sich darin völlig einmauerte.

Cécile zog plötzlich ein tragisches Gesicht. „Es ist mein Fehler! Ich hätte niemals sagen dürfen, daß ich Missionarin werden will! Ich habe sehr genau gesehen, daß meine Idee sie erschüttert hat. Und dann ist sie mir so auf die Nerven gegangen, als sie von meiner unwiderstehlichen Person redete, daß ich justament von der Installateurin gesprochen habe!"

Fortsetzung des Briefes! Ein zu gut geschriebener Brief; sie hat sicherlich einige Entwürfe gemacht, sie hat überlegt ...

„Ich bin in einer bürgerlichen Familie geboren, einverstanden! Aber schließlich habe ich nichts verlangt. Ich habe Glück gehabt, daß ist wahr; ich bin dankbar dafür ..."

Bernadette unterbricht sich. Sie sieht uns ungläubig an. Sie schäumt. „ ‚Ich bin dankbar dafür!' Ausgerechnet heute fällt ihr das ein. Habt ihr sie schon einmal sagen hören, daß sie dankbar sei? Ein einziges Mal?"

„*... Und ich werde mich nicht, nur weil ich zu nichts Lust habe, in die Gefangenschaft begeben; in die eines Chefs, in die eines Büros, einer Schreibmaschine.*"

Papa hat die Augen geschlossen. Bernadettes Stimme wird beim letzten Satz leiser: *„Macht Euch keine Sorgen. Ich werde es schon schaffen.*"

„Wie?" donnert Charles, „klärt mich doch darüber auf, wie sie es schaffen will? Mit welchem Geld? Unter welchem Dach? Was kann sie denn? Wenn eure Mutter da wäre ..."

„Claire ist nicht zufällig gerade heute fortgelaufen", stellt Bernadette fest. Als sie Charles' unglückliches Gesicht sieht, fügt sie hinzu: „Ich sage das nicht deinetwegen. Wir sitzen alle im gleichen Boot. Keiner von uns hat etwas bemerkt."

„Aber mein Leben besteht darin, etwas zu bemerken; das ist mein Beruf", sagt Papa mit dumpfer Stimme. Da sitzt der Stachel. Er versteht seine Kranken. Er hat seine Tochter nicht verstanden.

„Hier steht ein Postskriptum", verkündet Bernadette.

Sie wendet sich an Cécile. *„Cécile kann meinen Kassettenrekorder haben, Pauline meine Seifen. Ich glaube nicht, daß etwas von meinem Besitz Bernadette gefällt, aber wenn ihr in ihrem Keller zu kalt ist, kann sie mein Zimmer nach dem Duschen als Ankleideraum benützen."*

Cécile ist krebsrot geworden. „Ich will ihren Kassettenrekorder nicht! Und ihre Seifen wird sie selbst brauchen, wenn sie wieder da ist."

Bernadette legt den Brief hin. Sie geht durch den Salon, nimmt zwei Pfeifen, reicht eine Papa, und beginnt die ihre zu stopfen.

Dann wendet sie sich an ihn. „Was beschließt du?"

Charles bleibt die Sprache weg. „Selbstverständlich suchen wir sie."

„Wir suchen sie", sagt Bernadette. „Wir finden sie. Und dann?"

Papa sieht uns unglücklich an. „Also ..."

„Weil ich", sagt Bernadette, „sie nachher in Ruhe lasse. Ich ziehe einen Strich unter das Ultimatum. Sonst lasse ich es bleiben, sonst hat es keinen Sinn, sie zu suchen."

„Ich werde ihr sagen: ‚Ich rate dir nur, mach das nicht

noch einmal'", sagt Cécile laut. „Das ist widerlich. Man macht die Familie nicht kaputt. Wir waren zu verzweifelt. Bernadette, bitte laß mich einen Zug aus der Pfeife machen."

Mein Herz ist schwer wie Blei. Papa starrt seine Füße an. Dann legt er seiner Tochter, die hoch aufgerichtet vor ihm steht, die Hand auf die Schulter.

„Finden wir sie", sagt er. „Schnell!"

Bernadette rief alle Freunde Claires an, die ein Telefon besitzen. Die meisten wohnen in Paris. Sie war perfekt. Sie sagte gleichmütig, daß wir unserer Schwester etwas zu bestellen hätten. Nichts Ernsteres, aber daß man uns bei Tag und Nacht anrufen möge, wenn sie vorbeikomme – wenn möglich, ohne daß sie es wisse. Aber niemand hatte sie gesehen!

Ich stieg in das Zimmer der Prinzessin hinauf. Bei der Tür standen zwei Koffer mit ihren Sachen: die alten Koffer, die wir im Keller hatten, weil sie nicht mehr schließen. Der Kassettenrekorder stand gut sichtbar auf der Kommode, daneben lagen die Seifen, die Laken hatte sie am Bettende zusammengefaltet. Alle ihre Crèmetiegel waren verschwunden; und das traf mich am schwersten. Das bewies am deutlichsten, daß sie für immer gegangen war.

Ich schloß die Augen und befahl Claire mit aller Kraft, wiederzukommen. Aber nur Bernadette kam herein. Sie setzte sich auf den Stapel Bettwäsche.

Ich fragte: „Glaubst du, daß sie mit jemandem durchgegangen ist?"

Sie schüttelte den Kopf. „Wenn Claire irgend jemanden hätte, hätte sie ihr Leben nicht hier verbracht."

„Aber die Pille?"

Bernadette stieß einen schweren Seufzer aus. „Versprichst du mir, niemandem etwas zu erzählen?"

„Ich verspreche es."

„Die Pille ist für den Teint, und um den Busen zu vergrößern!"

Wir gingen in unsere Zimmer. Aber ich konnte mich nicht hinlegen. Der gestrige Abend, als ich überlegte, ob ich zu Pierre gehen solle, lag so weit zurück. Claire war noch da. Bei dem Tempo, in dem sie arbeitet, hatte sie sicherlich schon begonnen, die Koffer zu packen. Sie sagte sich: „Das ist die letzte Nacht." Oh, wie bin ich auf mich böse, weil ich nichts bemerkt habe!

Ich habe versucht, ein bißchen zu schreiben. Das Schwierige am Schreiben ist die Frage, was alles man schreiben soll. Alles ist wichtig. Alles zählt. Jedes Gesicht, jedes Wort, jedes Detail einer Landschaft. Alles verblaßt und verändert sich gleichzeitig und verschwimmt und stößt den gleichen Schrei aus. Wie kann man zur gleichen Zeit von der Abwesenheit Claires, den Händen Pierres und von Jean-Marc erzählen, vom Tod, der seinen Weg weitergeht und sich in Erinnerung bringt, wenn man nicht darauf gefaßt ist, so daß das Herz ganz dunkel wird. Und wie soll man dieses Loch im Garten schildern, wo der Apfelbaum stand, dieses Loch, das mir jetzt, rückblickend, wie ein Vorzeichen vorkommt, wie die Badehaube am Tag des „großen Kopfsprungs".

Ich legte das Papier weg. Ich glitt in mein Bett und rief Pierre zu Hilfe. Ich sah alles wieder, erlebte alles noch einmal. Seine Zeichnungen auf dem Arbeitstisch, das Füllen des Ofens, den rauhen Velourstoff auf dem Sofa; und den Augenblick, als er meine Bluse aufknöpfte; und den, als er mir die Jeans auszog; und als er meine Beine öffnete und mich liebkoste, da! Ich dachte an seine Hände, und es war wie damals die Sonne.

Dann habe ich das Licht gelöscht. Ich bin in sein Schiff gestiegen, ohne daß die Möwen davongeflogen wären. Ich habe mich auf dem Boden ausgestreckt, den Kopf auf die Bretter gelegt und dem Geräusch der Wogen gelauscht.

Und es war, als würde mir jede Welle Pierre näherbringen.

21

Eine Sternschnuppe fällt vom Himmel

Frühstück zeitig und rasch. Niemand hat Hunger. Keine von Mama vorbereiteten und unter einer Serviette warmgehaltenen Toasts und keine Prinzessin, die sich hinter ihren Haaren versteckt und mit Cécile um die Brotrinde streitet. Bernadette in Stadtschuhen, entschlossenes Gesicht.

„Zuerst rufen wir Mama an, um zu erfahren, wie es Großmutter geht, und natürlich kein Wort über Claire. Ich fahre nach Paris. Stéphane holt mich ab. Wir gehen zu allen Freunden. Pauline, du fährst direkt aus der Schule nach Hause, im Falle, daß . . ."

„Und ich mache nichts . . .", sagt Cécile gekränkt.

„Du unterstützt uns ungeheuer, wenn du dich nicht vom Fleck rührst!"

„Ich könnte vielleicht . . .", beginnt Papa.

„Nein!" unterbricht ihn Bernadette. Sie fügt etwas sanfter hinzu: „Wenn wir bis heute abend nichts erreicht haben, werden wir weitersehen."

„Falls euch das weiterhilft", schnappt Cécile, durchbohrt Bernadette mit den Blicken und schleudert ein Heft auf den Tisch. Es ist ein altes Tagebuch von Claire. Es enthält einige Namen, Adressen und Telefonnummern.

„Wo hast du es gefunden?"

„Auf dem Spülkasten im WC."

Zwischen Claire und Cécile hat es immer einen Wettstreit um Verstecke gegeben. Claire versteckt alles. Cécile findet alles.

Bernadette blättert in dem Tagebuch. „Aber es ist ja mindestens drei Jahre alt", bemerkt sie enttäuscht.

„Freundschaften halten länger, soviel ich weiß! Besonders bei Claire, die konservativ ist!"

Bernadette steckt das Tagebuch in die Tasche.

„Ich werde jedenfalls mit Nicolas darüber sprechen", brummt die Kleine in ihren Schokoladeschnurrbart. Entsetzte Stille. Wir dachten alle an den 23. Dezember, als wir Cécile nach ihrer Ankündigung, mit Nicolas zu sprechen, auf dem Bildschirm wiedersahen.

„Hör mir gut zu", sagt Bernadette und packt sie bei den Schultern, „du hältst Nicolas aus dieser Sache heraus. Das sind Familienangelegenheiten, das geht Freunde nichts an. Du kommst direkt aus der Schule nach Hause und rührst dich nicht weg." Sie fügt listig hinzu: „Wir brauchen jemanden, der sich meldet, falls Claire anruft."

„Claire wird anrufen? Glaubst du wirklich?"

Plötzlich bekommt das Leben für Cécile wieder einen Sinn. Claire ruft an, und sie ist es, die mit ihr spricht ... Sie sieht schon, wie sie uns alle mit ihrem Bericht in Spannung hält. Sie schließt entzückt die Augen.

„Außerdem", fügt Bernadette noch hinzu, „bist du heute mit dem Abendessen dran!"

Cécile öffnet die Augen wieder; sie blitzen vor Empörung. „Ich könnte vielleicht auch noch dein Bett machen."

„Du könntest wirklich Claires Bett wieder beziehen. Und gib ihr die geblümten Laken."

„Mit den geblümten Laken bin ich an der Reihe!"

Bernadette besteht nicht darauf. Claire wird die geblümten Laken bekommen. Das ist sicher. Das Frühstück ist beendet. Papa sieht hilflos aus. Ich habe das Gefühl, daß wir ihn beschützen.

„Was haltet ihr von Crepes mit Huhn und Käse zum Abendessen?" schlägt Cécile vor, während wir abräumen.

„Wir haben nichts dagegen", antwortet Bernadette etwas zu rasch. Als ihr einfällt, daß die Crepes ein Lieblingsgericht von Claire sind, meint sie: „Geniale Idee!"

Großmutter geht es besser. Sie hat wieder Bouillon verlangt und sagt, daß man sich wegen der Erbschaft noch etwas gedulden müsse. Bevor ich ging, gab ich Papa einen Kuß. Er hatte sich beim Rasieren am Kinn geschnitten und ungläubig den Schnitt betupft, so, als wäre er böse darauf.

Ich hatte einen Satz vorbereitet, um ihn zu beruhigen, aber ich habe ihn nicht herausgebracht und schließlich war er es, der zu mir sagte: „Mach dir nichts draus! Wo sie auch ist, riecht sie das geröstete Brot und vermißt das Haus!"

In Paris rief ich Pierre von einer Telefonzelle aus an. Mein Herz krampfte sich zusammen, als ich seine Stimme hörte. Vor meiner Nase war eine schmutzige Zeichnung. Ich erzählte Pierre von Claire und sagte, daß ich diesen Nachmittag nicht kommen könne. Durch die beschlagenen Fensterscheiben sah ich den Luxembourg-Park, Gefangener seiner Gitter, des Winters und des niedrigen Himmels. Die Leute gingen an der Telefonzelle vorbei, mit starrem Blick, als gehörten sie nirgendwo hin. Ich hatte das Gefühl, weit weg zu sein.

Pierre sagte einfach: „Ruf mich an, wenn du mich brauchst." Und dann: „Beeil dich, mein Liebling."

Auf der Straße war plötzlich alles in Ordnung, friedlich. Pierre versteht alles. Wenn er darauf bestanden hätte, mich trotz Claires zu sehen, hätte ich ihn, ich weiß nicht warum, weniger geliebt.

Naturgeschichte, Experimente, drei fehlen, wegen Grippe. Mathe. Um alle möglichen Sitzordnungen für die dreißig Schüler unserer Klasse durchzuspielen, würden wir Milliarden Jahre brauchen. Als ich das begreife, möchte ich weinen. Ich fühle mich ganz klein. Weiter nichts. Milliarden Jahre ... Und Claire mitten drin.

Mittags, nach dem Essen in der Kantine, kann ich nicht anders, ich muß unseren Kummer Béa anvertrauen.

Sie lacht. „Aber deine Schwester ist doch großjährig! Und sie hätte die Türe schon längst zuknallen sollen! Sie hat die Nase von euch voll gehabt, das ist alles! Und sie ist ja nicht gleich tot, nur weil sie fortgegangen ist! Was für ein Theater ihr darum macht!"

In der Stimme meiner Freundin klingt etwas wie Triumph mit. Aber sie ist nicht mehr meine Freundin. Ich kehre ihr den Rücken. Worüber triumphiert sie? Uber die Familie? Über das Glück? Ich habe genug von ihrer blasierten Art, wenn man von der Liebe redet; von ihrem Grinsen, wenn ich die Worte „Freiheit" oder „Gerechtigkeit" oder „Frieden" ausspreche, als wären sie Kitsch, Sandkuchen, Kindergeplapper.

Und wenn ich während meiner wenigen Lebensjahre innerhalb der Milliarden Jahre an diese Worte glauben will? Wenn gerade sie es sind, auf denen ich mein Leben aufbauen will, das kurz ist wie das Aufleuchten einer Sternschnuppe? Nein, meine liebe Béa, die Kraft kommt nicht aus dem Zweifel, der Empörung oder dem Grinsen, sondern aus der Liebe. Da bin ich sicher!

22

Der Anteil der Prinzessin

Als ich nach La Marette zurückkam, war der Maulwurfsfänger da. Um ihn zu finden, hatte Papa zweimal in der Zeitung inserieren müssen, und wir warteten seit einer Ewigkeit auf ihn. Ausgerechnet den heutigen Tag hatte er sich für seinen Besuch ausgesucht. Das ist sonderbar!

Klein, grauhaarig, krumm, mit spitzem Gesicht, Lederflecken an den Ellbogen und Knien, untersucht er, gefolgt von Cécile, mit sachkundigen Blicken gründlich den Rasen. „Der Beruf stirbt aus“, erklärt er ihr. „Die Jungen interessieren sich nicht mehr dafür, und die Maulwürfe nützen es aus und bringen ihr Schäfchen ins trockene.“

Obwohl er die Stirne runzelt, zeigt sein Gesicht einen vergnügten Ausdruck, als er bei einem kleinen Erdwulst zwischen zwei Hügeln stehenbleibt.

„Da ist es!“

Mit der Fußspitze tritt er auf den Wulst, der einstürzt.

„Das Wichtigste ist, die richtige Röhre zu finden. Die lieben Tierchen sind schlau; sie verwischen ihre Spuren!“

„Und wenn Sie die richtige Röhre gefunden haben?“ fragt Cécile.

Der Mann hat den großen Ledersack geöffnet, den er an einem Schulterriemen trägt, und daraus kleine Gabeln mit spitzen Zacken hervorgezogen, sie sehen aus wie die, die man an den Unterwasserharpunen befestigt.

„Ich befestige dieses niedliche Instrument darin. Die Herrschaften sind blind. Ihre Nase ist dran! Und da sie Bluter sind ..."

„Was sind Bluter?"

„Sobald sie eine Wunde haben, fließt ihr Blut unaufhaltsam bis zum letzten Tropfen", erklärt der Maulwurffänger, fällt auf seine ledergeschützten Knie und steckt die Gabel in die Maulwurfsröhre.

Cécile sieht seinen Nacken mit einem Ausdruck an, als wolle sie ihn erschlagen. Aber sie sagt nichts, und zu meinem Erstaunen hilft sie ihm bei der Arbeit. Der Maulwurfsfänger fühlt sich so geschmeichelt, daß er ihr anbietet, selbst eine Falle aufzustellen.

„Ich fürchte, daß ich dafür nicht genügend Erfahrung habe", antwortet Cécile bedrohlich sanft.

Aber das alles hat Claire nicht zurückgebracht!

„Wir müssen eure Mutter benachrichtigen", sagt Charles und starrt den unberührten Stapel Crepes an, den Anteil der Prinzessin.

„Damit sie heute nacht kein Auge schließt?"

Papa sieht Bernadette ernst an. „Damit sie uns nicht vorwirft, wir hätten ihr nichts gesagt."

„Ich würde mir die ganze Nacht vorwerfen, sie in tausend Ängste gestürzt zu haben", sagt Bernadette. „Wir werden sie morgen früh anrufen."

„Darf ich mithören?“ bettelt Cécile.

Papa gibt den Vernünftgründen seiner Tochter nach. Auch mein erster Gedanke wäre gewesen, Mama anzurufen. Um die schlechte Nachricht nicht allein tragen zu müssen. Bernadette nimmt es auf sich. Das versteht man wahrscheinlich unter „die Verantwortung tragen“. Sie hält als einzige durch.

Das Abendessen verläuft in düsterem Schweigen. Wir sind so wenige. Es ist merkwürdig, wenn jemand fehlt ... Als Claire noch da war, warfen ihr alle vor, daß sie anders sei.

Aber ihr Anderssein – das verstehe ich heute abend – gehörte auch irgendwie zu uns. Mit ihrer Art, sich nicht einzufügen, tauchte sie alles in ein gewisses Licht ... das nun fehlt.

Die Crêpes werden in Papier gewickelt, damit sie warm bleiben, für den Fall, daß ... Sobald die Küche in Ordnung ist, finden wir uns im Salon ein. Wöhrend Bernadette das Feuer anzündet, lege ich eine Platte auf. Papa, der keine Zeitung gekauft hat, um schneller zu Hause zu sein, sieht hilfloser aus denn je. Ich lasse mich auf dem Hocker nieder. Pierre! Pierre! Ich lehne mich an seine Brust. Seine Stimme habe ich den ganzen Tag in mir getragen. „Beeil dich, mein Liebling.“ Aber mitunter glaube ich nicht mehr daran. Ich bin niemals in seinen Armen gelegen! Er hat mir niemals gesagt, daß er mich liebt! Und in anderen Augenblicken wieder, wenn ich seinen Namen ausspreche, ist es, als stieße mich jemand mit aller Kraft zu ihm.

„Ich“, meckert Cécile, „hätte an Claires Stelle angerufen! Nur um zu sagen ‚mir geht es gut‘. Ich hätte mich an den Apparat holen lassen, weil es mit mir keine Schwierigkeiten gibt. Und natürlich von einer Telefonzelle aus, damit man mich nicht finden kann ..."

„Es gibt noch eine Hoffnung", sagt Bernadette. Stéphane soll heute abend bei den Freunden vorbeischauen, die wir nicht erreichen konnten. Wenn es etwas Neues gibt, wird er anrufen."

Sie sieht uns einen nach dem anderen an. Sie nimmt sich vielleicht ernst!

„Könnten wir jetzt von etwas anderem reden?"

Charles hat einen schweren Tag hinter sich. An den Markttagen kommen die Patienten ohne Voranmeldung, und der Strom reißt nicht ab. Aber eigentlich wollte er genau das. Haufenweise Arbeit. Keine schönen Damen im Sprechzimmer. An diesen Abenden holt er tief Luft; er riecht nach Knoblauch, nach Käse, kurz, nach Arbeit.

Cécile ist sehr stolz auf ihr Gut in Geographie. Wenn sie nicht behauptet hätte, daß Kuwait eine Blume sei, hätte sie ein Sehr gut bekommen. Ich erzähle von der Mathematikstunde. Die Milliarden Jahre. Cécile erklärt, daß der Lehrer verrückt sei, und hält sich die Ohren zu. Bernadette läßt es kalt. Papa wußte es schon lange. Ich bin empört, weil er mir eine so wichtige Tatsache verschwiegen hat. Ist Mama eigentlich auf dem laufenden?

Eben ruft sie an. Sie kommt morgen zurück. Bernadette hat das Gespräch geführt. Ihre Stimme klang sehr fest: „Ja, alles ist in Ordnung!" Es gibt keine Probleme, nur das Licht über der Freitreppe, das nicht mehr funktioniert. Man sieht nichts mehr, wenn man durch den Garten geht, und es ist keine Sicherung ausgefallen. Mama empfiehlt, vor allem nicht zu versuchen, es zu reparieren! Sie wird es morgen ansehen. Als Papa einmal einen Kurzschluß reparieren wollte, fielen im ganzen Dorf die Sicherungen aus. Mama küßt alle in ihrem und in Großmutters Namen. Großmutter lößt mich speziell grüßen, und Cécile schaut mich eifersüchtig an. Aber schließlich bin ich ja ihr Patenkind! Jetzt ist Papa an der Reihe, und seine Stimme ist voll beherrschter Erwartung. Mama merkt etwas und fragt, was los ist. Alle zittern. Aber er sagt mit ziemlich normaler Stimme: „Nichts."

Als er zurückkommt, verkündet er leichthin: „Sie wird morgen zum Abendessen hier sein", aber das nützt ihm nichts; wir fühlen, daß für Doktor Moreau die Welt wieder in Ordnung ist.

„Wenn du ihr die Sache mit Claire am Bahnhof erzählst, will ich mitkommen", erklärt Cécile.

In diesem Augenblick klingelt jemand am Tor. Vier Menschen zucken zusammen. Claire? Unmöglich! Sie hat einen Schlüssel. Vier Menschen zucken erschreckt zusammen. Es ist nach zehn Uhr!

„Wenn es die Polizei wäre", sagt unser Quälgeist, „hätten wir die Sirene gehört, nicht wahr, Papa? Und das Sanitätsauto fährt direkt zum Spital, es fährt nicht bei der Familie vorbei, nicht wahr, Papa?"

Papa ist aufgestanden. Er ist blaß geworden. „Ich öffne."

„Ich komme mit", sagt Bernadette.

Sie schließt die Türe hinter sich. Cécile sieht mich an, und ich merke, daß ihre Großtuerei im Grunde nur Angabe ist. Sie kommt zu mir, und ich lege ihr die Hand auf die Schulter.

„Vielleicht ist es ein Kranker ... ein dringender Fall."

Unsere Hoffnung konzentriert sich in diese Richtung und die Milliarden des Mathematikprofessors zählen weniger als die Sekunden, die jetzt vergehen. Flüsternde Stimmen im Flur. Endlich geht die Türe auf!

Es ist Stéphane! Ich sehe sofort das Licht in Bernadettes Augen. Stéphane, immer korrekt, reicht mir und Cécile die Hand.

„Er hat sie vielleicht gefunden", verkündet Papa mit freudig erregter Stimme.

Freunde von Freunden im Quartier Latin.

„Man hat mir gesagt, daß sie heute nachmittag dort war. Ich habe es vorgezogen, nichts auf eigene Faust zu unternehmen. Ich glaube, daß es Bernadette tun sollte."

Bernadette lacht aufgeregt und sagt: „Wenn sie noch dort ist, kann ich euch gleich sagen, daß sie dort nicht alt wird!"

„Willst du, daß ich euch begleite?" schlägt Papa vor.

„Stéphane ist mit dem Wagen hier", sagt Bernadette. „Wir fahren beide hin."

Sie schaut Stéphane an. Dann legt er ihr die Hand auf die Schulter, wie ich es vorher bei Cécile getan habe, und er sieht glücklich aus.

„Macht schnell, meine Kinder!" murmelt Charles.

„Einen Augenblick!" schreit Cécile. Sie läuft um Bernadettes Pfeife und gibt sie ihr.

Bernadette steckt die Pfeife in den Mund. Sie zieht den Quälgeist an den Haaren. „Ich hoffe, daß das Bett gemacht ist!"

„Du willst vielleicht, daß ich ihr noch Blumen draufstreue?" protestiert Cécile.

Ich begleite Bernadette und Stéphane zum Auto.

„Hindere sie daran, sich zu viele Sorgen zu machen", empfiehlt Bernadette. „Und daß Claire nicht in einer Familienversammlung landet. Das wäre zu arg! Alle sollen in ihren Zimmern sein, wie gewöhnlich."

Der Wagen fährt weg. Die roten Stopplichter verschwinden in der Kurve. Ich liebe das Geräusch des Tores, wenn man es schließt. Das tiefe Stöhnen, als wollte es dem Garten etwas anvertrauen. Ich bleibe einen Augenblick lang stehen. Es ist eine richtige Winternacht. Man kann die Stille greifen. Das Loch an der Stelle, wo der Apfelbaum stand, darf nicht so bleiben. Zu sehr gleicht es einem frischen Grab. Man muß rasch einen neuen Baum pflanzen. Ich gehe zur Freitreppe zurück und lausche dabei dem Geräusch meiner Schritte auf dem Kies. Und plötzlich ist die Gewißheit da. Bald wird das gleiche Geräusch ertönen, und es wird Claire sein! Ihr Fenster wird hell werden; ihr schönes Gesicht wird dem Spiegel in ihrem Zimmer wieder Leben einhauchen. Etwas ungeheuer Großes erfüllt mich, mein Herz wird weit und schwer zugleich. Sie kommt zurück! Wie ich sie lieben werde!

Als sie das Zimmer betraten, das nicht versperrt war und aus dem sehr zarte Musik erklang, wie eine vertrauliche Mitteilung, hatten sie sie zuerst gar nicht gesehen.

Es war ein Dienstmädchenzimmer, und beinahe überall saßen oder lagen Jungen und Mädchen, die nicht miteinander sprachen, die aber ein Etwas vereinte, ein so starkes Etwas, daß man es beinahe greifen konnte, wie man manchmal in einer Kirche Gott greifen kann.

Anscheinend war niemand darüber erstaunt, daß zwei Neuankömmlinge da waren, und sie rückten sofort zusammen, um Platz zu machen. Erst dann, als sich ihre Augen an das Halbdunkel gewöhnt hatten – denn das Zimmer war kaum beleuchtet – sahen sie Claire. Sie lag an der Rückwand des Zimmers, hatte sich zur Wand gedreht und eine Decke über sich gezogen, die sie ganz verdeckte bis auf eine Locke, die kokett hervorlugte.

Bernadette bedeutete Stéphane, zu warten, und ging zu ihr hin. Claire lag mit offenen Augen da und war anscheinend überhaupt nicht erstaunt, als Bernadette sich zu ihr auf die Matratze setzte. Sie sah sie sogar an, als wollte sie sagen „endlich!" und ihr vorwerfen, daß sie sich so lange Zeit gelassen hatte; die Prinzessin macht immer dieses Märtyrergesicht.

Bernadette hatte sich geschworen, bei ihr zu bleiben, falls Claire sich weigern sollte, mit ihr zu kommen. Wenn es notwendig gewesen wäre, hätte sie sich eher acht Tage lang auf der Matratze eingenistet, als Claire aufzugeben. Aber anscheinend stand Claire bereits bei der ersten Aufforderung auf. Sie war ganz angekleidet und wirkte krank. Später, nach dem mysteriösen Verschwinden der Crêpes, begriffen wir, daß es einfach Hunger gewesen war.

Anscheinend ist Bernadette dann während der Heimfahrt explodiert. Ich nehme an, daß sich seit dem Brief in ihr eine schreckliche Wut angesammelt hatte, und daß sie sich nicht mehr beherrschen konnte. Sie sagte Claire, daß man sich nicht so von einem Tag auf den anderen aus dem Staub macht, von einem Ort türmt, an dem man sein Leben lang behütet, ernährt und geliebt worden ist. Daß die Höflichkeit zumindest ein Auf Wiedersehen und ein Danke erfordere; daß Papa auf der ganzen Linie nachgegeben habe, daß sie bis zum Pensionsalter faulenzen könne, daß sie das nirgends sonst finden würde, und daß, was noch schlimmer sei, niemand jemals darüber sprechen würde; daß Elternsein der scheußlichste aller Berufe sei; daß sie gar nicht sicher sei, ob sie Kinder haben wolle, weil man dann vor unmögliche Entscheidungen gestellt werde, sie überlasse wahrscheinlich anderen die Freuden der Mutterschaft.

Dann wandte sie sich an Stéphane, der ziemlich still geworden war, und sagte zu ihm, er sei bei dieser ganzen Geschichte wirklich auf der Höhe gewesen, und daß sie froh sei, ihn im Reitstall aufgenommen zu haben, obwohl das Reiten und er zwei verschiedene Dinge seien und sie wenig Hoffnung habe, daß er es je schaffen werde. Sie ist dann noch einmal explodiert und hat gesagt, sie wisse genau, daß seine Eltern sie nicht mögen, daß sie ihnen zu Silvester mit ihrem Hosenrock und den Stiefeln, die sie ohne Mamas Wissen heimlich angezogen hatte, nicht gefallen habe; aber daß sie eben so sei, sie werde niemals den Mädchen gleichen, die seine Eltern eingeladen hatten und die alle dufteten, als hätten sie in Parfüm gebadet.

Stéphane hütete sich wohlweislich zu antworten. Die Prinzessin lehnte den Kopf an die Scheibe und blickte in die Nacht hinaus. Zuerst waren die Lichter von Paris zu sehen, dann die ausgestorbenen Straßen der Vororte. Jetzt waren da die dunklen Landstraßen, die schlafenden Häuser, das freie Land und die Wege, an deren Rand sich schon heimlich der Frühling regte.

Und dann, als sie die Oise auf der provisorischen Brücke überquerten, die sich dort seit dem Krieg befindet, sagte Bernadette schließlich Claire, daß, ob sie es nun wahrhaben wolle oder nicht, mit ihr das Leben aus dem Haus gegangen sei; und anscheinend hat Claire zu weinen begonnen, leise, lächelnd, als wäre sie glücklich.

23

Öffne mir das Meer

„Erzähle", sagt Pierre, „erzähl weiter. Von Claire, von der stolzen Bernadette und ihrem sanften Stéphane. Sprich von eurem Quälgeist; ich habe Lust, sie an den Haaren zu ziehen. Ich möchte La Marette kennenlernen, deinem Vater die Hand drücken, von deiner Mutter eingeschüchtert werden ..."

Er sieht hungrig aus. Er sieht glücklich aus. Als ich kam, lachte er. Seit unserem Abschied hat er die Tür offen gelassen, um mich schneller wiederzuhaben. Er hat mich sofort auf das Sofa getragen, sich zu mir gekniet und mich sehr zärtlich, ohne zu warten, entkleidet.

„Du warst niemals fort. Du bist immer da gewesen. Du wirst immer da sein."

Das Feuer prasselt. Manchmal leuchtet es auf wie die Sonne.

„Wie warst du, als du klein warst? ... Erzähle, warst du zornig? Hast du Bonbons gestohlen? Bring mir Fotos. Ich liebe dich seit zehn Jahren. Ich gehe an deiner Seite. Ich halte deine Hand fest. Gib mir die Kindheit, die mir gefehlt hat, mit Freude, mit Kummer und Versöhnungen, mit dem Zauberkreis der Zärtlichkeit."

Unter meinem Rücken fühle ich den warmen Samt des Kissens, das er dorthin geschoben hat; seine Hände, die meinen Körper erforschen, sind zart. Er hat das Licht gelöscht und nur das schwache Tageslicht erhellt den Raum; es ist wie damals im *Café des Beaux-Arts*, als er mich mit Versprechungen einhüllte; damals hat alles begonnen, ohne daß ich es merkte. Die Tische werden wohl besetzt sein, das junge Mädchen schreibt vielleicht mit seiner Füllfeder; ich werde heute abend nicht dort sein, weil ich die Liebe kennenlerne; weil ich die Liebe kennenlerne; weil ich die Liebe kennenlerne.

Er zieht sich aus. Ich möchte ihm helfen, aber ich wage es nicht. Ich weiß nicht, ob seine Schultern breit sind. Ich weiß nicht, ob er ein schöner Mann ist. Über seinen nicht ganz flachen Bauch zieht sich eine Narbe; er hat etwas plumpe Schenkel, Waden wie ein Fischer mit aufgekrempelten Jeans, und komische häßliche Füße. Ich wage es nicht, seinen Geschlechtsteil anzusehen. Du mußt mich lehren, keine Angst davor zu haben, dich zu liebkosen, nicht eingeschüchtert zu sein. Du mußt meine Hand führen. Du mußt es mir sagen.

„Mein Liebling", sagt er. „Mein Liebling. Ich habe gefürchtet, daß du mich zu sehr liebst! Ich wollte nicht, daß du leidest. Und schau, ich bin es, der verliebt ist; ich bin es, der verrückt ist."

Was ist geschehen? Bin ich es wirklich, die er so sehr liebt? Bin ich so schön, so süß wie er sagt? Ist er in mein Alter verliebt? Warum habe ich plötzlich Angst, daß er nicht mich meint? Daß genausogut eine andere in seinen Armen liegen könnte?

„Die Mädchen kamen und gingen", sagt er, „ich nahm sie. Das zählt nicht. Ich wußte ja nicht, daß ich auf dich wartete, nur auf dich. Ich wußte nicht, daß ich eines

Tages bereit sein würde, mich einem braven kleinen Mädchen auszuliefern.“

Das war doch wohl ich. Das konnte keine andere sein.

„Wenn man dir sagt, daß es die Liebe nicht gibt, daß es nur die körperliche Anziehung gibt, glaube es nicht. Glaub nicht an die Bilder, die man dir zeigen wird, hör nicht die falschen Seufzer, schließ die Bücher wieder, die nur die Haut zeigen, erinnere dich an uns in diesem Augenblick, hier, jetzt, während ich dich ansehe. Ich liebe das, was ich auf dem Grund deiner Augen sehe, meine Schüchterne, meine Furchtsame, meine Reine, ebenso sehr wie die Farbe deiner Augen, zwischen ängstlichem Grau und feurigem Grün. Ich liebe die Worte, die du sagst, so spärlich, aber immer so richtig, ebenso wie die Süße deiner Zunge. Ich trinke dein Lächeln von deinen Lippen. Ich habe Verlangen nach allen deinen Bewegungen: ich will dich am Morgen aufstehen sehen, dir den ganzen Tag über folgen, mich neben dich in die Klasse setzen, deine Bücher mit dir teilen, an deiner Seite essen... Als ich dich damals Coca-Cola trinken sah, als du dich bemühtest, es nicht zu rasch zu leeren, mein kleines, wohlerzogenes Mädchen, habe ich mich in dich verliebt, ich befeuchtete deine Lippen, ich floß durch deine Kehle, ich stillte deinen Durst...“

Ich nehme ihn in die Arme. Ich kann nicht mehr, ich liebe ihn zu sehr. Ich habe das Verlangen, ihn glücklich zu machen, ganz und gar, so wie ich es bin. Zum erstenmal liebkosen ihn meine Hände, und da erschauert er. „Ja“, sagt er, „ja!“

Wer spricht von Herren und Dienerinnen? Von Herrschern und Sklavinnen? Wer spricht von siegen und unterliegen, von gebieten und nehmen? Er ist meinesgleichen an meiner Seite. Er stöhnt, wie ich es tat, und muß die Augen schließen, er, der mich bat: „Schau ... schau mich an ... schau uns an." Sein Gesicht kommt mir jetzt müder vor, da er nackt ist. Er merkt, daß ich ihn ansehe und wirkt plötzlich unruhig. Da sage ich: „Komm!" und fasse seine Hüften mit den Händen, um ihn zu mir zu führen. Er kommt sehr behutsam und sagt mir, daß er mich liebt und fragt mich, ob er mir wehtut.

Ich erkenne den harten Blick wieder, den er am Silvesterabend hatte, und ich begreife, daß das das Verlangen ist, es gibt nichts Besseres auf der Welt als diese Kraft, die uns zusammenführt. Und es geschieht etwas Seltsames. Ich erwartete, mitgerissen, hinweggefegt zu werden von der Lust oder der Leidenschaft oder dem Schmerz. Ich erwartete die Dunkelheit, und es ist das Licht.

Ich sehe diesen Mann auf meinem Bauch, seine grauen Haare an meinem Hals, seine Hände, die sich an meine Schultern klammern, seine Anstrengung, seinen Schmerz vielleicht. Und ich biete ihm diesen Riß, der der Lust gleicht, diese Zärtlichkeit, die der Liebe gleicht, mein Schweigen, meine offenen Augen, diesen Beginn, dieses erste Geschenk.

Dann, nachher, liegt er auf mir, und ich küsse sein feuchtes Gesicht, wiege seinen schweißgebadeten Körper; und ich bin die Frau, und er ist das Kind.

24

Der Arzt und nicht der Vater

Ich bin spät am Nachmittag in Pontoise angekommen. Alles troff vor Nässe. Im Licht der Straßenlaternen sah man den Regen fallen wie feinen und dichten Staub. Wenn es in Paris regnet, riecht es nach schmutzigen Gehwegen; hier ist es der Geruch der Erde. Man fühlt, daß das Land ganz nahe ist.

Es ist schon lange her, seit ich das letzte Mal in dieser Straße war: eine ansteigende, enge Straße mit kleinen Läden, die zweimal wöchentlich ihre Ware auf der Fahrbahn ausstellen. Papa mußte wegen des Lärms in seinem Ordinationszimmer Doppelfenster einbauen lassen.

Ich blieb vor der Tafel stehen: „Dr. Moreau, Ordination Dienstag und Freitag von zwei bis sieben." An diesen Tagen habe er wirklich das Gefühl, daß man ihn braucht, sagt er. Viele Leute würden ihn niemals aufsuchen, wenn sie sich vorher anmelden müßten. Mir war zumute, wie anderen bei einem Kirchenbesuch: die Türe steht offen, da fühlt man, daß man es braucht, und tritt ein.

Der Vorraum ist eng und weiß, mit einer Reihe strohgeflochtener Stühle, die nebeneinander an der Wand stehen. Ich sehe die Pendeluhr wieder, die aus der Bourgogne stammt und die Großmutter uns geschenkt hat. Als

Kind faszinierte sie mich wegen ihres Pendels in Form einer dickköpfig wirkenden Sonne, besonders aber wegen ihres Klanges. Sie schlug immer zweimal: einmal traurig, einmal fröhlich. Papa versichert, daß ihr Anblick seine Patienten beruhigt und daß beinahe alle, wenn sie sein Ordinationszimmer betreten, von der Uhr sprechen. Einer von ihnen hatte es sich sogar in den Kopf gesetzt, sie ihm abzukaufen; er behauptete, daß er sich besser fühlen würde, wenn er sie bei sich im Zimmer hätte. Ich sah sie also wieder und ich verstand; sie zähmt die Zeit. Sie macht daraus etwas Sicheres, auf das man sich stützen kann.

Drei Personen warteten bereits: eine korpulente Dame mit ihrem Sohn, einem ängstlichen Jungen, der ununterbrochen in der Nase bohrte, und eine schwangere Frau. Die Schwangere strickte und las gleichzeitig eine Zeitschrift. Hätte sie außerdem noch ihre Beine betätigen können, hätte sie es sicherlich auch getan. Sie wirkte robust und schien zu wissen, was sie wollte. Sie weckte in mir Neid und Angst.

Ich holte mein Geschichtsbuch aus der Tasche und versuchte zu lernen; aber die Worte prägten sich mir nicht ein. Dort hinten, am Ende des Korridors, ist mein Vater. Ich kann es beweisen. Hören Sie: er mag weder elektrische Rasierapparate noch Rasierschaum mit Menthol. Er ißt die Knorpel des Rochens. Er hat eine Manie, was seine Socken anlangt. Er schläft auf der linken Seite.

Ich hatte befürchtet, daß er selbst die Leute hereinbittet, aber das macht die Schwester. Eine alte Jungfer mit Brille, die er schätzt, weil sie es fertigbringt, am Telefon energisch zu sein. Wenn man nämlich zu Papa sagt:

„Kommen Sie!" läuft er! Einmal wurde er zu jemandem gerufen, der Blut erbrach; er raste hin; es war eine Magenverstimmung durch Tomaten.

Die Schwester erschien am Ende des Korridors und sagte: „Der Nächste!" Als sie die dicke Dame aufrief, begann der kleine Junge zu weinen. „Hab keine Angst, er wird dich nicht fressen", sagte die Mutter. Danach wollte er um keinen Preis mehr hineingehen, und sie mußte ihn hineinschleppen.

Dann kam die schwangere Frau an die Reihe. Und dann war ich dran. Ich befand mich in einem kleinen crèmefarbenen Büro und hörte Papas Stimme durch die Wand. Die Schwester sah mich und meine Schulmappe erstaunt an.

„Name, Vorname, Adresse."

Ich sagte: „Moreau, Pauline, La Marette."

Sie hörte auf zu schreiben und runzelte die Stirn, als wollte ich mir mit ihr einen dummen Spaß erlauben. Ich hielt ihrem Blick stand. Stumm flehte ich sie an, zu verstehen. Plötzlich hatte ich Angst, daß sie mich wegjagen könnte.

„Wollen Sie Ihren Vater sehen?"

„Ich will ihn konsultieren."

„Erwartet er Sie?"

„Nein."

Sie sah die Karteikarte an, auf der sie zu schreiben begonnen hatte, und zögerte.

„Alter, Beruf, ist es das erste Mal, daß Sie den Doktor aufsuchen?"

Ich hätte sie küssen mögen. Alter: siebzehneinhalb! Beruf: Gymnasiastin. Ja, es war das erste Mal! Ich sehe meinen Vater zwar jeden Tag, habe ihn aber noch nie als Arzt konsultiert.

Als wir das Ordinationszimmer betraten, telefonierte er. Er blickte zum Fenster hinaus, in den Regen, der noch heftiger geworden war; er hat mich nicht sofort gesehen, und das war der schlimmste Augenblick! Vor allem wegen seiner Schuhe. Er trug die entsetzlichen Schuhe, die Mama wegwerfen wollte, von denen er aber sagt, es seien alte Kameraden. Sie paßten überhaupt nicht zu dem schönen schokoladebraunen Teppich, bei ihrem Anblick, ich weiß nicht wieso, wurde mir klar, daß meine Mitteilung ihn wie ein Verrat treffen würde. Die Sekretärin legte meine Karteikarte auf den Schreibtisch, und ich hörte noch, wie sie leise die Tür schloß, sicherlich noch leiser als sonst, weil ich es war.

Dann drehte Charles sich um und sah mich.

Es gibt Augenblicke, in denen man mit leiser Stimme spricht, sehr rasch, um nicht denken zu müssen oder um sich Mut zu machen. Ich sagte immer wieder: „Ja, Papa! Ich bin es. Schau. Ich bin es, ich bin es wirklich!" Er sagte nichts. Er betrachtete erst meine Karteikarte, dann mich, auch meine Schulmappe, mit einem Ausdruck, als wisse er nicht, ob er lachen oder ernst bleiben solle. Wahrscheinlich war die Karteikarte schuld daran, daß er ernst blieb.

„Setz dich, Pauline."

Das war ein Schreck, denn bis dahin hatte er mir nie sagen müssen, ich solle mich setzen. Ich hatte das Gefühl, daß er sich an eine andere wandte. Auf der Straße versuchte eben ein Auto einzuparken; trotz der Doppelfenster hörte man alles.

„Ich höre, meine kleine Tochter."

All die schönen Sätze, die ich während der Fahrt auf dem Mofa sorgfältig vorbereitet hatte, wie „Es ist der Arzt und nicht der Vater, an den ich mich wende..." oder „Tu so, als wäre ich eine Fremde", waren weg, als er diesen Satz gesagt hatte. Meine Wangen wurden feuerrot. Ich konnte nur hervorstoßen: „Ich möchte, daß du mir die Pille gibst."

Etwas in seinem Blick veränderte sich, und mir wurde bewußt, daß es für immer sein würde. Für immer wird die Tatsache bestehen bleiben, daß ich ihn aufgesucht und von ihm die Pille verlangt habe. Es war unwiderruflich. In mir ist etwas gerissen, und eine Sekunde lang habe ich es bereut.

„Du hast jemanden kennengelernt?"

„Ja."

„Ist es ernst?"

„Ja."

Seine Stimme klang verhalten. „Warum hast du gerade mich aufgesucht, Pauline?"

Ich hob den Kopf. „Ich wollte es nicht wie Claire machen."

Das heißt, feig sein, heimlich handeln. Aber genau wie sie habe ich ihn schließlich doch in die Enge getrieben. Wenn er sich weigert, mir die Pille zu geben, weiß er sehr wohl, daß ich mich an jemand anderen wenden werde.

„Ihr habt schon...?" fragte er, und sein Blick wurde unsicher.

Ich schloß einfach die Augen. Ja! Wir haben schon.

Er stand auf und ging im Zimmer herum. „Entschuldige, Pauline. Man mag noch so gut darauf vorbereitet sein, es ist lächerlich, aber wenn das der eigenen Tochter geschieht ..."

Ich weiß, ich weiß, denn wenn Pierre mich liebkost hat, war mein Vater irgendwie dabei.

„Und hast du dir nicht gesagt, daß es etwas früh ist?"

„Ich habe nicht daran gedacht. Ich hatte sogar eher Angst. Und dann weiß ich nicht, was geschehen ist. Ich liebe ihn."

„Und er?" Etwas wie Groll war in seiner Stimme.

„Er liebt mich auch."

„Willst du mit mir darüber sprechen?" fragte er, immer mit dieser verhaltenen Stimme, als täte es ihm weh, all das im normalen Tonfall zu sagen.

Ich schüttelte den Kopf. Nein. Ich könnte es nicht so gut, daß er mich versteht. Er holte seine Pfeife aus der Jackentasche. Ich fragte mich, ob jemand im Flur warte. Ich dachte an die Bewegungen des Pendels: die gleichen wie vorher, und morgen auch noch die gleichen. Das gab mir Mut.

„Ich hoffe", sagte Charles zwischen den Zähnen, „daß er sich darüber klar ist, was er getan hat!"

„Er hat nichts getan. Ich war es!"

„Du?"

„Ich habe ihn zuerst geliebt. Ich bin zu ihm gegangen. Ich habe ihn nicht in Ruhe gelassen."

Ich hatte nicht den Eindruck, daß Papa mir glaubte, und dennoch war ich es, die am Silvesterabend zu Pierre gekommen war. „Ich habe gekämpft, ich ergebe mich, komm ..." Meine ganze Liebe war auf einmal da.

„Deine Mutter?" fragte Papa.

„Ich habe ihr nichts gesagt."

„Darf ich mit ihr darüber sprechen?"

„Ich weiß nicht."

Wenn er will, kann er mit ihr darüber sprechen, aber ich will nicht. Nicht jetzt! Ich könnte es nicht.

„Ich verstehe", sagte er.

Er setzte sich neben mich auf den zweiten Fauteuil, dessen Polster verdrückt war, vielleicht von der dicken Dame.

„Hör mir zu ... Du triffst mich völlig unvorbereitet, aber ich werde versuchen, dir zu sagen, was ich denke. Nachher werden wir nicht mehr darüber sprechen. Oder nur, wenn du es wünschst."

Er konzentrierte sich einen Augenblick lang, die Augen auf seine Hände gerichtet. Ich war verlegen.

„Ich habe nichts gegen die Liebe; gegen Geschlechtsverkehr. Wirklich nichts. Es ist ein ganz natürlicher Akt wie das Essen, Schlafen oder Trinken. Aber um zu essen, zu schlafen oder zu trinken brauchst du niemanden, während die Liebe nur zu zweit möglich ist, und das ändert alles!"

Er hob den Kopf und blickte in die Ferne. „Wenn du wüßtest, mein Liebling. Alle diese Leute, die mich aufsuchen! Diese armen Menschen ... woran sie vor allem leiden, ist die Einsamkeit. Schließlich tut man sein ganzes Leben lang nichts anderes, als seine Ergänzung suchen. Ein Wesen, das uns akzeptiert, uns ‚erkennt', uns liebt ... wie sich selbst."

Er senkte den Blick. Er hielt seine Pfeife in der hohlen Hand, und ich wollte diese Pfeife sein, ein Teil seiner selbst, zusammengerollt in seiner Wärme.

„Dieses Wesen, dieser ... Schutz, dieser Bruder, man kommt ihm nie näher als in der Liebe. Unter der Voraussetzung, daß die Liebe das ist, was sie immer sein sollte, eine Vereinigung. Zwei Körper, zwei Seelen, zwei Blicke, die miteinander verschmelzen. Dann, ja, dann ist es sicherlich das Beste, das es auf der Welt gibt!"

Sein Blick lag jetzt auf dem Bild von Mama, und ich wußte, was er sagen wollte; ich war im voraus glücklich. Unser Bild war auch da, in einem Winkel des Ordinationszimmers, alle vier Schwestern, wie die Orgelpfeifen, mit dummen Gesichtern.

„Ich habe das Glück gehabt, dieses Wesen zu finden. Ich kann immer sagen: ‚wir'."

Papa sah mich wieder an. Er war schön. Ich hätte ihn lieben können, auch ihn.

„Gib dich nicht hin, wenn es nur dein Körper fordert. Du würdest dich des Wesentlichen berauben. Und hör nicht auf diejenigen, die das Gegenteil behaupten. Sei wählerisch, stelle hohe Ansprüche. Wähle einzig das Schöne, das sehr Gute."

Das waren Pierres Worte. Frieden war in mir, um mich.

„Wenn man dir sagt, daß es die Liebe nicht gibt, daß es nur die körperliche Anziehung ist, glaub es nicht ..."

Mein Vater hatte mir eben sein Einverständnis gegeben. Ich hätte es ihm sagen wollen, aber als ich sein Gesicht sah, wußte ich, daß er verwundet war und daß ich schweigen mußte.

Er ging zum Schreibtisch, setzte die Brille auf und schrieb das Rezept aus. Ich trat zu ihm. Es ist doch nicht so, daß sich irgend etwas zwischen uns geändert hat, nur weil ich geliebt habe. Alles ist gleich geblieben, und ich liebe dich noch mehr. Alle Eltern sollten diese Tatsache verstehen: noch mehr!

Er sah mich an. „Mein Liebling", sagte er, „meine kleine Tochter."

25

Zwangsläufig „wir“

Ich sagte mir: „Alles ist gut!“ Ich wiederholte es mir ununterbrochen. Jeden Morgen, wenn ich in die Schule ging, durchquerte ich die erstarrte Ebene, den niedrigen Himmel, den die Bäume mit dem Gespinst ihrer Zweige zu tragen schienen, und ich sagte mir: „Alles ist gut!“ Ich setzte mich auf meinen Platz zwischen meinen Kameradinnen, ich nahm meine Hefte und Bücher heraus, ich hörte meinen Professoren zu, ich bildete mich. Alles war gut.

Es war genau das, was eine glückliche Liebe nach sich zieht: das sehr einfache Gefühl, daß die Dinge am richtigen Platz sind, und man selbst ebenfalls. Es ist eine Stütze: überall, in allem. Allein geht es nicht. Papa hatte recht.

Wie die Revolutionäre hätte ich den Kalender ändern wollen. Es hätte ein „vor Pierre“ gegeben; es hätte ein „danach“ gegeben. Aber ich hätte niemanden geköpft. Ich bewahrte alles, vorher und während. „Nach“ hatte keine Bedeutung, es würde zwangsläufig „wir“ heißen.

Ich sah Pierre jeden Tag. Ich ging zu ihm wie zu einer Quelle. Ich kannte jetzt diese vollkommene Erschütterung, diese Lust, die weit über das hinausgeht, was man beschreiben kann. Mama hatte mir einmal erklärt, daß ein Fallschirmspringer sich niemals daran gewöhnt, zu springen. Vor der Türe, angesichts des blauen Luftschachts, erfaßt ihn jedesmal wieder der Schwindel. Genauso war es für mich in der Liebe, jedesmal. Ich war fassungslos angesichts eines so intensiven Glücks.

Ich hatte gewollt, daß es wie das Meer sei, genauso schön, sanft und unwiderstehlich. Es war ganz so, aber in der Tiefe. Es war unter den Wogen, es war in der Schaumkrone; ich fiel auf den Strand, rein, glücklich, befriedigt.

Pierre lehrte mich, die Lust zähmen, beherrschen, verlängern, verfeinern; daß sie gleichzeitig aus der Unwissenheit und der Erfahrung kommt; daß die Worte die Zärtlichkeiten begleiten und sie bereichern und so die Seele erreichen. Ich hatte nicht mehr Angst, ihn zu betrachten, ich schämte mich nicht mehr, mich zu zeigen. Ich hatte das Gefühl, daß wir völlig eins waren.

Ich liebte es auch, diesen Mann – meinen Liebsten – in meiner Gewalt zu haben. Ich wurde so erfahren, daß er vor Lust schrie. Ich wußte da weiter, wo er nicht mehr weiter wußte. Ich verstand es, langsam zu sein. Ich verstand es, mich zu verschließen, und mich dann um so mehr zu öffnen. Alles das war schön und war ein Teil des Geschenks.

Ich ging zu Pierre wie zu einer Quelle, ich kehrte nach Hause zurück wie in eine Wiege. In La Marette war alles in Ordnung. Claire machte von neuem Cécile die Brotkruste streitig. Das Licht beim Eingang war repariert und erwartete mich jeden Abend auf der Freitreppe. Ich stieg die sechs ausgetretenen Stufen hinauf, die Hand auf dem steinernen Treppengeländer, und erinnerte mich an die vielen Male, die ich ahnungslos hinaufgegangen war; und bald wird der Stein warm sein, es wird Tag sein, der Garten wird nach Blumen duften und ich werde, von ihm erfüllt, die Stufen hinaufgehen.

Ich kam immer pünktlich zum Abendessen. Niemals hatte ich mich Mama näher gefühlt, obwohl sie nicht mit mir darüber gesprochen hatte. Wenn Papa mich küßte, galt das jetzt wirklich mir, nicht nur einer seiner vier Töchter.

Ich habe mich offensichtlich verändert. Claire sieht mich von der Seite an und wagt es nicht, Fragen zu stellen. Ich weiß nicht, was Bernadette denkt, aber einmal hat sie mir im Vorübergehen gesagt: „Mach keinen Blödsinn", und ich habe gelacht, ich habe gelacht. Cécile bespitzelte mich, war aber zum Glück durch Stéphane sehr in Anspruch genommen, den sie erobern wollte, „um der schönen Geste willen", hatte sie mir zynisch erklärt.

Er kam oft ins Haus. Seit der Geschichte mit Claire hatte sich zwischen Bernadette und ihm etwas geändert. Irgendwie war er als Sieger aus dieser Prüfung hervorgegangen. Er führte mit Mama langmächtige Diskussionen über alles. Bernadette tat so, als wäre sie eifersüchtig, aber ihre Freude war nicht zu übersehen. Ich fragte mich manchmal, ob sie mit Stéphane schlief. Ich konnte es mir nur schlecht vorstellen. Auf jeden Fall mußte es ganz anders sein als bei Pierre und mir. Sie waren ja so jung.

Auch um Jean-Marc stand es wunderbarerweise besser. Er war nach Hause zurückgekehrt und ruhte sich aus. Unwillkürlich hofften wir wieder und waren beruhigt. Die Geburt stand im April bevor. Cécile sagte, daß

Jean-Marc mit dem Ohr auf dem Bauch von Marie-Angèle schlafe, um das Kind zu hören.

Papa war dem berühmten Nicolas immer ablehnend gegenübergestanden. Er fand, daß er einen verderblichen Einfluß auf Cécile habe und verlangte diesmal energisch, daß er Mama vorgestellt werde.

Cécile leistete Widerstand. „Nächstes Jahr", sagte sie, „müsse Nicolas nach Amerika reisen, es wäre doch sinnlos, sich in Unkosten zu stürzen." So merkwürdig es klingt, diese Abreise schien ihr keinen Kummer zu bereiten.

Und die Maulwürfe gediehen. Der Maulwurfsfänger, den wir eilig wieder geholt hatten, erlebte eine böse Überraschung: er fand keine seiner Fallen wieder und legte sein Amt nieder.

Ich arbeitete besser. Besser als vor der Begegnung mit Pierre. Ich erkannte jetzt, daß mein Körper mir damals eine Last gewesen war. Wenn ich jetzt abends nach Hause kam, fühlte ich mich leicht. Weit davon entfernt, mich müde zu machen, steigerte die Liebe meine Aktivität. Sie weckte in mir das Verlangen, stark zu sein, Erfolg zu haben. Sie machte mir Hunger auf das Leben. Ja, ganz bestimmt war alles gut!

26

Der Baum Brigitte

Gegen Ende Januar, während ich durch den Jardin du Luxembourg zu Pierre gehe, taucht Béa vor mir auf.

„Weißt du, daß Brigitte zurückgekommen ist? Vor acht Tagen!"

Sie sagt das und ist schon wieder fort, eingehüllt in ihren großen mexikanischen Poncho, aus dem nur zwei Jeansröhren hervorgucken, mit ihrer Trappermütze – eine ihrer Verkleidungen. Ich blieb regungslos stehen und schaute ihr nach, bis sie verschwand. Einmal, beinahe auf dem gleichen Fleck, hatte sie mir gesagt: „Brigitte ist im Gebirge geblieben; Angèle hat Mumps." Der Mumps ist eine lange Krankheit, eine, bei der man sich nicht erkälten darf, sagt Papa. Ich hatte mir keine Fragen gestellt. Es hatte sich gut getroffen.

„Brigitte ist zurückgekommen..." Béa hatte diesen Satz gleichgültig hingeworfen, aber ich gab mich keiner Täuschung hin. Sie hatte mich benachrichtigt. Was wußte sie eigentlich?

Ich ging langsam weiter. Seit der Geschichte mit Claire hatte ich Béa gemieden. Ihr Verhalten hatte mich enttäuscht. Aber war es nur wegen Claire, oder weil ich jeden Tag diesen Weg zu ihrem Onkel ging? Es saß niemand auf den Bänken aus rissigem Holz. Die Menschen hatten es eilig und stießen kleine Dunstwolken aus wie Rauchsignale. Was wußte Béa? „Brigitte ist vor acht Tagen zurückgekommen..." Pierre hat mir gesagt, daß sie mit Angèle in einer kleinen Wohnung in der Nähe des Ateliers lebt. Ich wußte, daß er abends zu ihnen ging. Seit acht Tagen waren Brigitte und Angèle da, wenige Schritte von dem Atelier entfernt, in das ich jeden Nachmittag kam, um in seinen Armen zu liegen, und ich wußte es nicht!

„Was ist los?" fragte Pierre sofort.

Er hatte mich bei den Schultern gepackt und suchte meinen Blick.

„Was ist geschehen, mein Liebling?"

„Brigitte!"

Er schien nicht überrascht: „Ich wollte mit dir darüber sprechen."

Er half mir, meinen Dufflecoat und meinen Schal abzulegen. Er sagte mir, ich hätte Pflaumenaugen, eine Himbeernase und Kirschenlippen, und daß das alles den besten Fruchtcocktail ergäbe, denn er jemals gegessen habe. Er war fröhlich wie immer. Wie immer setzten wir uns auf das Sofa; er hatte Sandwiches vorbereitet, die mit kleinen Blättchen Minze verziert waren. Anscheinend hatte er keine Eile zu sprechen. Aber ich wollte es gleich wissen! Es war nicht Eifersucht; nur fiel seit Béas Mitteilung ein Schatten auf unseren Frieden. Er lachte und erklärte, daß er schweigen werde, bis ich meine Sandwiches gegessen hätte, weil ich noch immer im Wachsen sei!

Brigitte war vor einer Woche zurückgekehrt. Er hatte ihr sofort von mir erzählt. Schon am ersten Abend. Vor uns auf der Staffelei stand das Gemälde, an dem er arbeitete: Geröll, Sand, Felsen, Wind, eine Möwe, und weiter unten eine kleine braune und grüne, vom Wasser umspülte Insel.

„Wenn ein Paar sich Freiheit zugesteht, aber beschließt, ein Paar zu bleiben, muß jeder weiterhin am Leben des anderen soviel wie möglich Anteil nehmen. Wenn man einander etwas Wichtiges verschweigt, ist es aus! Alles löst sich auf."

Ich vertiefte mich in das Gemälde. Es war Ebbe; das Meer starb in kleinen Pfützen und es gab etwas Unabänderliches in dieser Landschaft, das mir ans Herz ging. Pierre hatte mir gesagt, daß in der Bretagne bei Ebbe die Erde spreche; es sei ein Zusammenklang von Geräuschen, ein ungeheurer Schrei nach dem Leben. Mit der Flut sei das Leben weggegangen, und da er diese Abwesenheit, diesen Ruf auf der Leinwand wiedergegeben habe, müsse man daran zweifeln, daß es jemals zurückkehren werde. Pierre hatte den Augenblick der Todesangst festgehalten.

„Die Freiheit", sagte er, „besteht nicht darin, die Augen zu verschließen, sondern den Weg weiter gemeinsam zu gehen, einander anzusehen, das Leben des anderen zu akzeptieren."

Ganz hinten, auf der kleinen Insel, erkannte ich eine Gestalt. Es war vielleicht ein Baum oder ein Felsen; aber für mich war es Brigitte. Bei Flut hätte man sie nicht bemerkt. Bei Flut gibt es zuviel zu sehen, das Auge weiß nicht, was es festhalten soll; man sieht nicht nur die Bewohner des Meeres, die Vögel und die Schiffe, man fühlt auch den ungeheuren Atem des Himmels.

Pierre sagte: „Wenn ich nicht mit Brigitte über dich gesprochen hätte, hätte ich ihr nichts zu sagen gehabt, denn seit ihrer Abreise gibt es nur dich!“

Ich hatte den Kopf an seine Brust gelehnt, fühlte die rauhe Wolle des Seemannspullovers und betrachtete den Baum Brigitte, die Abwesenheit des Meeres. Ich hätte sie trockenen Fußes erreichen können.

„Was hat sie gesagt?“

Er drückte mich fester an sich. „Daß sie es erraten habe! Daß sie dich auf meinem Gesicht sehe. Daß da ein Leuchten sei ...“

Ich erinnerte mich an meinen zweiten Besuch mit Béa, als Brigitte dagewesen war. Ihr tiefer warmer Blick hatte mir gut getan. Ihr Lächeln hatte mich beruhigt. Ich hatte mir gesagt: „Eine Frau.“

„Warum hast du mir nichts gesagt?“

Er antwortete nicht sofort. Auf seinem Gesicht war jetzt nicht nur die Liebe, sondern auch das Leid. „Weil dieses Leuchten alles verändert. Es hat Brigitte gesagt, daß ich dich liebe!“

Er nahm mich in die Arme. Wenn es das Leuchten der Liebe war, warum empfand ich diese Bangigkeit? Er küßte mich. „Weil ich dich liebe, dich liebe.“ Seine Stimme klang anders, und die Dinge schienen sich verändert zu haben, größer zu sein, ich weiß es nicht genau. Oder vielleicht sah ich sie zum erstenmal, wie sie wirklich waren, diese Dinge, die nicht nur Pierre betrafen, Pierre und mich, sondern auch Brigitte und das Leben Pierres mit Brigitte.

„Nichts hat sich verändert, mein Liebling ...“

Und dennoch war die Liebe anders. Intensiver, mit

einem neuen Geschmack – einem Geschmack nach wilden Erdbeeren. Ich weiß nicht warum, aber jetzt denke ich: „Ein Geschmack nach wilden Erdbeeren..." Die, die man zufällig findet, wenn man Glück hat, ein rotes Aufleuchten unter einem Blatt; man bückt sich; man muß sie sehr vorsichtig mit zwei Fingern anfassen, um sie nicht zu zerdrücken. Ihr Geschmack ist intensiv, der Genuß kurz, sie sind wie ein Traum, wie etwas, das man stiehlt.

27

Eine Frage des Standpunkts

Ich bin mit der Métro gefahren, mit dem Zug, dann mit meinem Mofa über die winterlichen Straßen. Das Tor knarrte, der Kies knirschte unter meinen Füßen, über den ausgetretenen Stufen brannte das Licht.

Er hatte gesagt: „Nichts hat sich verändert", und dennoch hatte ich das Gefühl, eine andere zu sein. Gestern war alles gemächlich, bedächtig, wie soll ich es ausdrükken: voll Zeit, voll Zukunft, doch schläfrig, ja! Béas Worte: „Brigitte ist da", hatten irgend etwas in Gang gesetzt, das nicht zum Stillstand kam und mich gegen meinen Willen mit sich fortzog, zu etwas Unbekanntem hin, vor dem ich Angst hatte.

Und dennoch, es war ja klar gewesen, daß sie eines Tages zurückkehren würde. Und es war auch klar, daß Pierre mit ihr über mich sprechen würde. Und weil sie einander völlige Freiheit zugestanden hatten, konnte alles so weitergehen wie bisher. Die einzige Tatsache, die zählte, waren die Worte: „Weil ich dich liebe, dich liebe." Wenn man von diesen Worten ausging, war alles einfach. Ich wiederholte mir: „Alles ist einfach", wie ich mir gestern gesagt hatte: „Alles ist gut." Aber das Unbehagen verschwand nicht. Es war Ebbe. Brigitte erschien auf der Insel und sah uns an.

Ich tat, als äße ich. Ich tat, als hörte ich zu, als wäre ich anwesend. Cécile war nicht mehr fröhlich. Jean-Marc ging es schlechter, und Papa wollte nicht, daß man ihn ins Krankenhaus zurückschickte. Er hatte uns gegenüber zu oft von dem Recht jedes einzelnen gesprochen, in seinem Bett zu sterben, im Kreis der Seinen, und daran erkannten wir, daß es ein schlechtes Zeichen war. Seit drei Tagen stand Cécile faktisch im Hungerstreik, um uns zu bestrafen. Das Wort Galgenfrist lag in der Luft. Welch schreckliches Wort! Diese Galgenfrist, die der Tod manchmal gewährt, erinnerte mich an die Geschichte eines Gefangenen während der Inquisition: die ärgste Folter. Man läßt den Gefangenen glauben, daß er entkommen könne. Die Pforte des Gefängnisses steht offen; er schleppt sich hinaus. Er atmet die Nachtluft ein. Er ist frei! In diesem Augenblick fängt man ihn wieder ein.

Um die Stimmung noch mehr zu heben, fragte Bernadette während der Mahlzeit Papa über den Libanon aus, in dem Krieg herrscht. Papa verträgt Kriege sehr schlecht. Während er sich hier leidenschaftlich bemüht, ein Leben zu retten, sterben dort unten auf einen Schlag Hunderte; zum Großteil junge Menschen, kerngesund, deren Lungen, Augen, Arme und Beine in Ordnung sind; dieser Gedanke ist ihm unerträglich. Alles ist schließlich eine Frage des Standpunkts, sagt er. Es gibt die Weitblickenden und die, die nur das sehen, was sich in ihrer unmittelbaren Umgebung abspielt. Für die Weitblickenden oder für die, die zu gut hören, ist unser Dasein nicht mehr lebenswert.

Nach dem Essen versammelten wir uns im Salon. Bernadette kniete vor dem Feuer und putzte ihre Stiefel mit so viel Liebe, daß man den Eindruck hatte, sie unterhalte sich mit ihnen. Claire las. Ich sah zu, wie die Flammen emporzüngelten und sagte mir: „Brigitte ist da!" Und dann gleich darauf: „Nichts hat sich verändert!" Ich saß auf meinem Hocker. Das Feuer wärmte sanft meine Beine, bis ganz hinauf. Ich sah Pierres Hände. Er nannte sie „seine Bauernhände". Ich nannte sie „seine Fischerhände": breit, kräftig, so zart, wenn er mich liebte, so geschickt und so liebevoll. Ich sah sie vor mir, und es haftete noch so viel von meinem Körper an ihnen, daß sie mir zu gehören schienen. Ich dachte an den Augenblick, als er meine Beine öffnete, um mich zu liebkosen, und ich sehnte mich schmerzlich danach ...

„Alles ist eine Frage des Standpunkts", hatte Papa gesagt. Im Libanon sterben Menschen, anderswo hungern sie; andere sind gefangen; und ich sehne mich nach Pierre! Und als Mama mich ein wenig inniger als sonst küßte, um mir gute Nacht zu sagen, hatte ich Tränen in den Augen, als habe sie mir im voraus ich weiß nicht welchen abscheulichen Egoismus vergeben.

Am nächsten Tag holte Pierre mich von der Schule ab: Er stand wie damals auf dem gegenüberliegenden Gehsteig, an die Mauer gelehnt, und ließ das Tor nicht aus den Augen. Er sah müde aus; er wirkte älter. Dann begegnete sein Blick dem meinen und sein Gesicht wurde so jung, daß es mir weh tat.

„Wir wollen irgendwo etwas essen", sagte er.

Unterwegs sprachen wir nicht. Zu Beginn hatte mich das Stillschweigen erschreckt. Wenn es zwischen uns entstanden war, kam es mir bedrohlich vor. Pierre langweilt sich mit mir! Er weiß nicht, was er mir sagen soll! Ich hatte manchmal im Restaurant Paare gesehen, die einander stumm gegenübersaßen, und dieser Anblick war mir unerträglich gewesen. Später wurde das Schweigen für uns nur eine weitere Art, uns miteinander wohl zu fühlen.

Heute war er voll von dem, was er mir zu sagen hatte, es mußte etwas Ernstes sein, weil er mit mir „etwas essen" ging, anstatt mich in seinem Atelier in die Arme zu nehmen. Ich zählte alles: unsere Schritte, die Bäume, die Vorübergehenden; und ich sagte mir: „Schnell! Her mit den Blättern! Her mit dem Frühling! Schnell, die Menschen sollen sich leichter kleiden ...", so als wollte ich diesen Augenblick hinter mich bringen und danach die Süße, die Gemächlichkeit wiederfinden.

„Wenn ich im Atelier mit dir gesprochen hätte", sagte Pierre, „hätte ich nicht widerstehen können, dich in die Arme zu nehmen!"

Wir ließen uns im Hinterzimmer eines Cafés nieder. Es schien als Speisesaal zu dienen. Es gab da eine große Torte unter einer Glasglocke, Brötchen unter einer Serviette, Speisengeruch. Abgesehen von einigen Studenten waren wir die einzigen Gäste. Pierre zog mich in eine Ecke. Er ließ mir den Platz an der Wand, und schirmte den Zugang mit seinem Körper ab. Brigitte und er hatten die ganze Nacht gesprochen. Über mich. Über uns: uns drei.

„Sie schlägt vor, wegzugehen."

Ich war nur mäßig erstaunt. Es war ja bloß die logische Fortsetzung. Gestern hatte Béa gesagt: „Sie ist vor acht Tagen zurückgekommen", und die Dinge gerieten langsam in Bewegung. Die Bewegung wurde immer schneller. Ich konnte kaum mehr atmen.

„Sie ist dir nicht böse. Auch mir nicht. Aber sie hat verstanden, daß etwas sehr Wichtiges geschehen ist. Sie sagt, daß sie keine Lust hat, zuzusehen."

Ich umfaßte das Glas heiße Limonade mit beiden Händen. Ich sagte mir: „Ich werde keinen Zucker hineingeben! Ich werde sie so trinken, heiß und bitter." Pierre sprach zu einer anderen von einem anderen Paar, von einer anderen Geschichte.

„Wenn sie es abgelehnt hat, uns durch eine Ehe zu fesseln, so deshalb, weil sie wollte, daß jeder für eine Liebe wie diese freibleibt."

Eine Liebe wie diese! Pierre und ich! Pierre und Pauline! Ich hatte die Schultasche zwischen meine Füße gestellt. Ich fühlte die eiserne Schnalle an meiner Wade. Am Anfang hatten sie sich im Gymnasium über mich lustig gemacht, weil ich anstatt eines mit einem Gummiband zusammengehaltenen Bücherpakets immer meine gute alte Schultasche mitschleppe. Aber man hat mir bereits zweimal die Satteltaschen vom Mofa gestohlen, und schließlich ist es so am praktischesten. Außerdem liebe ich auch den Geruch des Leders und die Inschrift, die Bernadette an der Innenseite angebracht hat, als die Tasche noch ihr gehörte und als sie noch albern war: „Ich schenke diese Schulmappe meiner begabtesten Enkelin, *gezeichnet:* Victor Hugo."

Pierre legte mir den Arm um die Schultern. Ich lehnte den Kopf daran. Eine Frau mit einer Einkaufstasche war hereingekommen. Sie hatte lange zwischen mehreren Plätzen gewählt, saß jetzt uns genau gegenüber, aber zu weit entfernt, um unser Gespräch mitzuhören, und sah uns an.

„Brigitte war wunderbar, aber wenn es auch keine Tränen, keine Vorwürfe gab – es bleibt doch das gleiche alte Problem: du oder sie! Indem sie vorschlägt, mich zu verlassen, zwingt sie mich zu wählen."

Alles stand still. Wählen? Das war es, wohin ich mich seit gestern getrieben fühlte, auf dieses Wort zu, diese Mauer. Ich stand davor. Und ich verstand nicht. Pierre hatte mir gesagt, daß er und Brigitte einander die Freiheit ließen. Ist es noch Freiheit, wenn man eine Wahl treffen muß? Ich akzeptierte, daß Pierre zu Brigitte hielt, daß er sie liebte. Weder wollte ich ihn verlassen, noch wollte ich, daß Brigitte ihn verließ. Alles sollte bleiben wie es war.

„Sie muß bleiben!" sagte ich.

Er lachte bitter. „Ich habe es ihr gesagt ... Und ich fühlte mich wie ein Schweinehund. Es wäre so einfach, wenn ich alles behalten könnte. Aber ich glaube, daß ich an ihrer Stelle genauso handeln würde. Es ist zu hart."

Zu hart, weil er mich wirklich liebt. Weil er sich verändert hat, und sie es ihm vom Gesicht abliest.

„Brigitte ist ungeheuer wichtig für mich. Wir sind einander ähnlich, gewissermaßen Geschwister. Wir waren beide Einzelkinder. Wir haben das leicht erworbene Glück nie gekannt, wir verstehen einander ..." Er unterbrach sich und drückte mich fest an sich. „Aber ich kann den Gedanken nicht ertragen, dich zu verlieren."

Ich schloß die Augen. Auch ich nicht! Auch ich nicht! Wir standen erst am Beginn. Ganz am Anfang. Die Dame mit dem Einkaufskorb sah zu uns herüber, aber das war mir gleichgültig. Ich drückte meine Nase in Pierres Jacke. Ich atmete seinen Geruch tief ein; ein Gemisch aus Tabak, Farbe, Wolle, uns beiden, ich hätte Pierre unter hundert anderen daran erkannt. Wählen ... Ich mußte nur den Kopf zur Seite wenden, um seinen Lippen zu begegnen. Ich dachte „seine Lippen" und wurde schwach. Seine Lippen ...

„Du verbrennst dich ja", sagte er.

Er löste meine Hände vom Glas. Die Handflächen waren rot. Er küßte sie: zuerst die eine, dann die andere. Wählen ...!

„Das ist unmöglich", sagte ich.

Es war nicht der richtige Augenblick, aber ich hätte ihm gern von Germain erzählt. Die Entscheidung zwischen Germains Leben und dem Jean-Marcs. Diesmal würde es aber keinen Arthur geben, der alles in Ordnung brachte.

„Sieh mich an", sagte Pierre. Er zwang mich, den Kopf zu heben. „Du bist das Fest, das ich nie erlebt habe. Du bist alles, was ich mir als Kind wünschte: die Zärtlichkeit, die Freude, die Kerzen auf der Geburtstagstorte, das Zuhause. Und du weißt es gar nicht. Dein Leben besteht einfach daraus."

Er war das Abenteuer und die Lust und die Kraft und das „Trotzdem".

„Wenn ich dich verliere, wie soll ich es dir erklären ... Das wäre wie ein Rückfall, ein Verzicht auf eine letzte Chance; als hätte ich zum letztenmal vergeblich an die verbotene Pforte geklopft. Ich fühle es. Ich weiß es. Ich werde dich niemals wiederfinden." Er wandte mir wieder das Gesicht zu, und hatte wieder das Lachen auf den

Lippen, das mir wehtat. „Glaube mir, ich brauche Mut, um dir das zu sagen. Viel mehr Mut, als um mich über behütete kleine Mädchen lustig zu machen. Ich bin der Fuchs, der immer geschrien hat: ‚Sie sind mir zu sauer!‘, der sich plötzlich die Wahrheit eingesteht und sie herausbrüllt: ‚Ich will die Trauben, mich hungert danach! Ich hatte immer davon geträumt, dir zu begegnen, Pauline. Immer!“

Das waren zu große Worte für mich. Ich verdiente sie nicht. Sie raubten mir die Kraft.

„Du sagst ja nichts“, murmelte er.

„Ich habe Angst!“

Ich sehnte mich nach der Dunkelheit seines Ateliers, der Wärme seines Feuers, seinen Gemälden, die wie eine Reise waren, ich sehnte mich danach, ihn auf mir und in mir zu fühlen. Ich wollte in der Liebe das Vergessen, den Trost für alle Leiden finden. Ich wollte das Gestern. Ich sagte: „Ich habe Angst“, und sein Gesicht wurde verschlossen.

Wieder zwang er mich, ihn anzusehen. „Dann werde ich dir noch mehr Angst machen! Ich bin vierzig und du bist siebzehn. Ich bin allein, und du hast ... alles. Dennoch, wenn du willst, auch wenn es verrückt ist, wenn ich zwischen Brigitte und dir wählen muß, entscheide ich mich für dich. Ich bin dazu bereit, dich mit mir zu nehmen, sobald du kommen kannst.“

Wie seine Stimme klang, als er sagte „dich“! Ernst, voll, wie das Ja bei einer Hochzeit. Eine Welle hob mich empor, eine Welle des Glücks, des Stolzes, aber auch des Entsetzens.

„Ich will nicht, daß du mir sofort antwortest!“

Dann hörte ich, wie er mit gepreßter Stimme sagte: „In was für eine Sache habe ich dich da hineingezogen, mein Liebling." Dann schwieg er.

Wir blieben einen langen Augenblick so sitzen. Den Kopf an seiner Schulter, in seinen Arm geschmiegt, hatte ich das Gefühl, nichts könnte uns trennen. Und dennoch betrachtete ich den Raum, die Torte, die Brote, die Studenten und die Frau mit der Einkaufstasche, als nähme ich sie bereits in meine Erinnerung auf.

Einmal, sagte ich mir, werde ich mich an diesen Augenblick erinnern, an diese Minute im Winter meines siebzehnten Lebensjahrs, in der ich, obwohl Pierre sich für mich entschieden hatte, fühlte, daß mir die ersten Tränen in die Augen stiegen, die ich seinetwegen weinte.

28

Weine nicht, Angèle

Papas Auto stand in der Garage. Er war heute morgen mit Grippe weggefahren, und Mama hatte darauf bestanden, daß er früher nach Hause komme. Papa schont sich nicht. Er wartet, bis es vorübergeht.

Ich schloß die Tür und stand im Flur. Vor mir die Treppe, die zum Zimmer meiner Eltern hinaufführt, und zum Badezimmer, Claires Reich; und weiter oben, ja, da ist mein Dachboden und Céciles Schlupfwinkel mit der unheimlichen Schublade, in der der Tod liegt. Und mir gegenüber ist die Küche, der gebutterte Morgentoast unter der warmen Serviette, da sind die fröhlich bunten Blumen des Wachstuches; da sind die Apfelbäume, die vor der Tür Wache stehen, einer von ihnen fehlt. Zur Linken der Salon, die Stühle vor dem Feuer, mein Hokker, die langen Abende, die Diskussionen und Streitereien, alles. Ich schloß die Augen und kuschelte mich in mein Haus, rollte mich zusammen. „Beschützt", hatte Pierre gesagt. Oder vielleicht gerade im Gegenteil, verwundbar, genau deswegen?

Die Tür des Salons stand halb offen. Papa tat in seinem Fauteuil, als läse er die Zeitung, aber in Wirklichkeit schlief er. Das Fieber war zweifellos gestiegen. Ich betrachtete seinen gebeugten Nacken und empfand Mitleid mit uns; vor einigen Tagen hatte ich ihn besucht und über alles triumphiert; das Uhrpendel skandierte: „Alles ist gut"; ich gehörte Pierre und blieb doch Charles' Tochter, und wenn sich etwas geändert hatte, so war es zum Besseren, so war es eine Bereicherung. An diesem Abend betrachtete ich dieses Haus, mein Haus, diese Dinge und sogar meinen Vater, als gehörten sie mir jetzt weniger, als hätte man sie mir nur geliehen.

Ich schloß leise die Tür, die Hand auf das Treppengeländer gelegt, und ging hinauf. Aus Claires Zimmer drang der Geruch von Weihrauch, ihre neue Marotte. Ringsum war es still. Mama arbeitete wahrscheinlich an ihren berühmten Gemälden. Cécile las beinahe jeden Abend Jean-Marc vor. Bernadette kam wegen Germain, um den sie sich nach der Arbeit im Reitstall kümmerte, später nach Hause. Man hätte meinen können, daß sich alles verschworen habe, still zu sein, damit ich mich entscheiden könne. „Ich bin bereit, dich mit mir zu nehmen..."

Sprechen! Jemandem alles sagen. Um Rat fragen. Aber ich kenne die Antwort im voraus! Sie würden nur sein Alter und das meine sehen, nur Brigitte und Angèle. Das übrige, das Wichtige, das Fest, den Einklang, die Freude, das könnten sie nicht verstehen. Ich war die einzige, die entscheiden konnte!

Meine Bücher lagen aufgeschlagen auf dem Schreibtisch, und überall waren meine Kleider verstreut. Seit Béa vorgestern diesen Satz gesagt hatte, ging alles schief, und mir war, als ließe sogar mein Zimmer mich im Stich. Ich hatte das Gefühl, alle zu verraten. Ich öffnete das Fenster und bekam eine feuchte Ohrfeige ins Gesicht.

Auf dem Land ist die Nacht stockfinster, sie ist gesättigt von Dunkelheit. Sie seufzt, breitet sich aus, und wenn man hinausgeht, hüllt sie einen ein. Die Kälte durchdrang mich. O ja, ich will krank werden, ich will im Zimmer bleiben müssen, ich will, daß man mich pflegt. Das, was geschah, war zuviel, zu schwer für mich.

Dort unten, dort, wo es Lärm gibt und Lichter, zwischen seinen Landschaften, bei Ebbe, wartet Pierre auf meine Antwort; darauf, daß auch ich „du" sage. Würde das Meer dann wieder zurückkehren? Würde Brigitte verschwinden? Er hat „du" gesagt. Er hat gefragt, ob ich ihn genügend liebe, damit er seine Gefährtin verlassen könne, die ihm zwölf Jahre lang eine Schwester gewesen war – so alt ist auch ihre Tochter. Er öffnete mir sein Atelier, in dem ich bis dahin Gast gewesen bin. „Ich bin bereit, mit dir zu leben. Sobald du kannst ..." Heißt das, in sechs Monaten? Wenn ich mündig bin? Ich hatte mich schon als Frau gefühlt, jetzt werde ich wieder zum Kind, gänzlich. Das Haus verlassen. Die Meinen verlassen. Béa und auch andere in meiner Klasse würden es tun. Mir erscheint es unmöglich. Aber genauso unmöglich ist es, ohne Pierre zu leben.

Wenn ich nein sage, sehe ich ihn nicht wieder. Ich werde mich nicht mehr auf dem Sofa seinen Händen hingeben. Ich werde durch ihn nicht mehr schöner, bedeutender, tiefer und süßer werden. Ich werde wieder die Pauline von früher mit ihren vergeblichen Träumen sein. Unmöglich. Ich konnte es mir nicht vorstellen. Konnte man so sehr lieben und gleichzeitig solche Angst davor haben, ja zu sagen?

Und Brigitte? Wie war Brigitte eigentlich? Was hatte

mir Béa damals über sie gesagt, als sie mich mit Gewalt quer durch den kahlen Luxembourg-Garten schleppte, weil ihr die verschrobene Idee gekommen war, ihrem Onkel, dem Maler, mich, das Produkt zärtlicher Liebe, vorzustellen, ein Relikt aus alten Zeiten?

Béa stand am Schultor und hielt ein kleines Mädchen an der Hand. Ein kleines Mädchen, das aussah, als warte es auf mich und das mich neugierig musterte.

„Ich stelle dir Angèle vor: mein Patenkind! Ich habe ihr versprochen, daß wir alle drei essen gehen."

Angèle schenkte mir ein strahlendes Lächeln und reichte mir die Hand. Sie war so groß wie Cécile und hatte tiefliegende Augen. Mama hätte gesagt, sie sei „schmal".

„Wir gehen zu Alley", sagte Béa, „ich habe einen Tisch reservieren lassen."

Sie nahm Angèle an der Hand und zog uns mit sich fort. Einen Tisch reserviert? Das war doch wohl ein Witz. Béa plante niemals irgend etwas voraus. Ihre Lebensregel war, immer ungebunden zu sein.

Angèle glitt der Handschuh von der Hand. Sie ließ meine Hand los, zog ihn an, ergriff meine Hand wieder, drückte sie fest. Alley war eine Kaffeekonditorei auf dem Boulevard Saint-Michel. Kaum fünf Minuten weit weg. Es war vier Uhr. Pierre erwartete mich. Ich würde nur einen Augenblick bleiben.

Und dennoch, es stimmte! Béa hatte reservieren lassen. Der runde Tisch im Hintergrund des Lokals, wo man Ruhe, aber keinen Ausblick hat. Im Winter war es hier bei Schulschluß immer voll, wegen der heißen Schokolade.

Angèle setzte sich zwischen uns. Sie bewunderte die Papierserviette, roch daran und breitete sie auf ihren Knien aus. Sie war doch kleiner als Cécile; ihre Füße berührten nicht den Fußboden.

„Während sie Mumps hatte", erklärte Béa, „hat sie ein Buch mit dem Titel *Die vier Töchter des Doktor March* gelesen. Es hat ihr gut gefallen. Als ich ihr erzählte, daß es bei euch auch so ist, hat sie dich um jeden Preis kennenlernen wollen."

„Weil ich ein Einzelkind bin", erklärte Angèle.

Sie schob ihre Kapuze zurück. Sie hatte dichtes schwarzes Haar wie ihre Mutter, aber die blauen Augen Pierres, nur lebhafter, nur unerfahrener. Béa bestellte einen Eclair für sie und heiße Schokolade für uns alle.

„In *Doktor March* sind es Jo, Beth, Mag und Amy", sagte Angèle. „Und bei euch?"

Ich erwähnte Claire und ihre langen Prinzessinnenhaare, Bernadette, unsere Reiterin, Cécile, den Quälgeist. Und ich heiße Pauline, ja, mein Fräulein. Ihr gefielen vor allem Bernadette und Pauline, weil man daraus auch Jungennamen machen konnte. Ihr Name bedeutete „Engel", was sie verabscheute; wenn die anderen sie in der Schule zum Weinen bringen wollten, nannten sie sie „Teufelchen".

Um sie zum Lächeln zu bringen, sagte ich, daß wir auch einen Jungen in der Familie hätten, nämlich Germain. Sie brauchte lange, um zu erraten, um wen es sich handelte. Béa sah sie an, sah mich an, sagte nichts. War es ein Zufall, daß sie Angèle heute zu mir gebracht hatte? Einmal hatte ich, in einem anderen Café, für Pierre die Türen von La Marette geöffnet. Die Straßenbeleuchtung war vor der Zeit für uns eingeschaltet worden. „Und weiter?“ fragte Angèle.

Es war noch nicht halb fünf; ich konnte noch ein wenig erzählen. „Und weiter“: der Garten. Das Loch, das für einen neuen Apfelbaum bereit ist, das Wasserbecken im Sommer, das wegen des Schlammes mit Bleichlauge gereinigt werden muß, und die entfärbten Hosen. Angèle biß, genau wie Cécile, kräftig in den Eclair und leckte dann die an den Seiten herausquellende Crème ab. „Und weiter“: Die Zwangsarbeit, abwechselnd das Abendessen zu bereiten, Claire, die immer eine Möglichkeit fand, uns Konserven oder Tiefgekühltes vorzusetzen. Und die Wutanfälle Papas, wenn Bernadette ihm seine Pfeifen wegnahm, Claire den Rasierapparat, Cécile die Hustenpastillen, Mama seine geliebte Schere, die die Nägel der rechten Hand genauso gut schneidet wie die der linken. Und der Freund Nicolas, der ein Ausgezeichnet in allen Fächern hatte, ohne zu lernen, den uns Cécile hartnäckig vorenthielt, was Papa, wenn er gut gelaunt war, zu der Bemerkung veranlaßte, daß er wahrscheinlich drei Nasen habe oder ein einziges Auge ohne Wimpern mitten auf der Stirn.

Es war jetzt nach fünf Uhr. Ich hatte das Gefühl, im Nebel zu stehen. Pierre hatte zu mir gesagt: „Ich war ein Kind ohne Eltern.“ Dieses kleine Mädchen war nicht wie er. Sie hatte einen Vater und eine Mutter. Er hatte gesagt „du“ ... „Und weiter?“ fragte Angèle.

Weiter: Weihnachten auf amerikanisch, Jean-Marcs Schuhe, der Streich mit dem Fernsehen ... Béa bestellte nochmals Kuchen, und als ich von Cécile bei der Fernsehsendung erzählte, behielt Angèle gut fünf Minuten lang einen großen Bissen Torte im Mund ohne zu kauen. Und die Maulwurfsfallen, die ich unter einem alten Kartoffelsack im Hintergrund der Garage entdeckt hatte. Ich hatte ja gewußt, daß der Quälgeist dem Maulwurfsfänger nicht grundlos auf Schritt und Tritt gefolgt war.

Es war beinahe sechs Uhr. Ich hätte aufstehen, „ich werde erwartet“ sagen und verschwinden müssen. Die Schokolade war ausgetrunken. Es war kein Krümelchen Kuchen übrig, nur Angèles Mund zierte ein kleiner brauner Schnurrbart. Und dieses Biest Béatrice stützte das Kinn in die Hand und sah mich mit ihren blauen Augen unverwandt an. Bestimmt wußte sie alles! Brigitte war ihre Freundin. Sie hatte mich mit diesem kleinen Mädchen zusammengebracht, um mir die Wahl noch schwerer zu machen. Ich schwieg und sah sie an. Die Schilderung von La Marette war zu Ende! Ich hatte alles gesagt. Sie beugte sich zu Angèle.

„Jetzt du!“

Angèle lächelte stolz. „Mein Vater ist Maler“, sagte sie. Sie blickte um sich und verkündete es allen. „Er macht das Meer!“

Sie begleitete ihn oft. Einmal war sie auf einem mit Algen bedeckten Felsen ausgeglitten und hatte sich den Knöchel verstaucht. Er hatte sie auf den Armen ins Dorf zurückgetragen und dabei gesungen: „Weine nicht, Angèle.“

„Weine nicht, Angèle ...“ Wie lautete der ganze Text des Liedes? Was waren die richtigen Worte? „Ich will keinen Prinzen, noch weniger einen Baron. Ich will meinen Freund Pierre ... Ich will meinen Freund Pierre ..."

Ihr Vater konnte Crêpes mit Käse und einer Wurst drinnen machen. Ihr Vater konnte ein Netz flicken. Ihr Vater sagte, daß man einen Stein, den man aufhebt, um zu sehen, was darunter ist, immer auf den gleichen Platz zurücklegen müsse, sonst sei es, als lösche man eine Geschichte aus, an der zwanzig Jahre lang geschrieben wurde.

Ich sah nicht mehr auf die Uhr. Ich hatte niemals ein Rendezvous mit dem Vater dieses kleinen Mädchens gehabt. Er hatte mich niemals in die Arme genommen. Er hatte mir niemals vorgeschlagen, sie meinetwegen zu verlassen. Einmal fragte Angèle mich: „Könnte ich dich zu Hause besuchen?" Es war offenkundig, daß Cécile sie am meisten interessierte. Ich sagte: „Ja, sicher, du kannst kommen, wann du willst."

In diesem Moment begegneten meine Augen denen Béas. Béa, die Harte, die Gewissen- und Gesetzlose, die darauf stolz war, nur dem Vergnügen zu leben, die mich dazu bringen wollte, das gleiche zu tun; und ihre Augen standen voll Wasser.

Es war nach sieben Uhr, als man uns bat, zu gehen. Außer uns war nur noch eine Serviererin im Laden, die mit einer großen Tortenzange die Kuchenstücke ordnete. Ich rief Pierre von einer Fernsprechzelle aus an. Es meldete sich niemand.

29

Die verbotene Tür

„Du bist mir ein Miststück“, sagte Bernadette.

Sie ließ meine Hand los. Stand auf. Begann im Zimmer hin- und herzugehen; stieß im Vorbeigehen mit einem Fußtritt meine Schulmappe um.

„Du hast dich einem verheirateten Mann an den Hals geworfen.“

„Nicht verheiratet.“

„Wo ist da der Unterschied?“

Ich hatte ihr von dem Abkommen zwischen Pierre und Brigitte erzählt; sie hatte anscheinend nichts verstanden. Ich versuchte, es ihr nochmals zu erklären. Sie begann zu lachen!

„Und Angèle? Glaubst du, daß sie das Abkommen mitunterzeichnet hat? Hast du sie danach gefragt? Du hättest es tun sollen! Ihre Antwort hätte mich interessiert.“

„Ich liebe ihn ...“

„Bravo! Als du merktest, wohin das Ganze führt, hättest du dich sofort aus dem Staub machen müssen.“

„Ich verstand nicht, was mit mir geschah.“

Sie pflanzte sich vor mir auf. „Und am 31. Dezember hast du vielleicht nicht begriffen, was du bei ihm machen wolltest? Um Mitternacht?“ Sie hielt inne, als sei ihr ein unerträglicher Gedanke gekommen. „Du hast doch hoffentlich dabei nicht meine Bluse angehabt? Das hat sich doch nicht in *meiner* Bluse abgespielt?"

Ich schüttelte den Kopf. France hatte ihre Bluse angezogen. Ich hatte ja das Pionierfrauenkleid gewählt. Ich war ohne Strümpfe durch die Straßen gegangen, und Pierre hatte mich dann erinnert, daß Winter war. An diesem Abend war nichts gewesen als ein sehr langer Kuß.

Bernadette legte einen deutlichen Abstand zwischen sich und mein Bett, sie setzte sich auf einen Stuhl. Als Claire fortgegangen war, hatte sie sie nachsichtig beurteilt. Sie hatte für sie Entschuldigungen gefunden. Nicht für mich. Nichts dergleichen für mich. Ein Miststück! Warum habe ich mit ihr gesprochen? Aber sie hatte mich überrumpelt. Sie war in mein Zimmer gekommen, hatte sich auf mein Bett gesetzt. Sie hatte ihre Hand auf mein Haar gelegt und gesagt: „Wozu hat man eine Familie, wenn man seinen Kummer allein tragen muß?" Sie hatte gesagt: „Kummer", und alles weitere hat sich von selbst ergeben. Plötzlich konnte ich nicht mehr schweigen.

„Und jetzt? Was wirst du tun?"

„Ich weiß es nicht. Ich komme zu keinem Entschluß."

„Dann hör mir einmal zu", sagte sie. „Er hat gesagt ‚du' – einverstanden! Antworte ‚Ja', und du machst vier Menschen unglücklich!"

Ich sah sie verständnislos an: vier?

„Also gut, da sind zunächst Angèle und Brigitte. Du glaubst doch nicht, daß Brigitte leichten Herzens, fröhlich trällernd verzichtet! Glaubst du wirklich, daß ihr

Leben sich dadurch nicht ändert? Angèle – da glaube ich, hast du verstanden. Pierre macht weiter mit dir, wenn er sich daran erinnert, daß du siebzehn bist; und bei dir ist Schluß, wenn du entdeckst, daß er vierzig ist."

Sie stand wieder auf. Sie trug die dicken Strümpfe mit Streifenmuster, die Mama ihr gestrickt hatte; sie reichten ihr bis zu den Knien. Nächstes Jahr sollte ich sie eigentlich erben. Bernadette konnte mich nicht verstehen. Und wenn ich ihn gerade deshalb liebe, weil er vierzig Jahre alt ist? Und wenn er sehr wohl begriffen hat, daß ich *nur* siebzehn bin und daß uns gerade dieser Altersunterschied einander näher bringt? Ich habe sie ja bei France gesehen, die Jungen in meinem Alter! Ich hatte ihn genossen, ihren Jérôme!

„Zunächst einmal", sagte sie. „Dieses berühmte ‚du', was soll das heißen? Was glaubst du, was Brigitte tut, abgesehen davon, daß sie mit ihm schläft?"

„Aber ..."

„Und dein Pierre? Du glaubst, daß er nur mit dem Pinsel in der Hand und dem Meer vor Augen lebt? Er schläft wie jedermann, er räuspert sich, er verliert seine Knöpfe und er schimpft, wenn die Kartoffeln nicht gar sind. Und seine Brigitte wäscht die Wäsche, schält die Kartoffeln, und wenn er schlecht gelaunt ist, gibt es Krach."

„Aber ..."

„Wirst du an ihre Stelle in der Küche treten? Sein kümmerliches Leben teilen? Mit ihm leben?"

Ich antwortete nicht. Mit ihm leben ... Wenn ich mir das vorsagte, fühlte ich nur seine Arme um mich – bis gestern.

„Aber du sagst mir, daß du siebzehn bist, und das ist riesig praktisch. Das Fräulein möchte alles behalten, das Elternhaus, die Schule und die Liebe. Sich nirgends engagieren. Und er hätte am Abend keine Brigitte und keine Pauline! Und was hätte Brigitte am Abend? Und Angèle?"

„Ich liebe ihn", sagte ich aufsässig, „ich liebe ihn wirklich."

Sie stand auf. „Dann los", sagte sie schroff. „Worauf wartest du? Geh hin! Sofort! Pack deine Koffer. Ich übernehme die Eltern. Niemand wird dich suchen, das verspreche ich dir. Schließlich bist du in sechs Monaten mündig."

Sie ging zur Tür. „Pack deinen Koffer", hatte sie gesagt, und ich fühlte sehr gut, daß hier meine Angst lag, meine Bangigkeit. Ich liebte Pierre, aber ich wollte nicht fortgehen, oder vielmehr ich wollte, aber ich konnte nicht. Etwas zu Starkes, Lebensnotwendiges hielt mich hier fest. Ja, zweifellos wollte ich alles behalten. Und als ich ohne zu überlegen gesagt hatte: „Brigitte muß bleiben", hatte ich an mich gedacht.

Bernadette war an der Tür stehengeblieben, hatte die Hand auf den Knauf gelegt, sah mich streng an und wartete. Sie konnte es nicht verstehen! Sie war niemals nackt gewesen, offen, hingegeben, war niemals voll und ganz in den Armen eines Mannes gelegen, der ihr sagte, daß sie schön sei. Sie hatte niemals diese Liebe empfunden, von der Papa sprach, die alles umfassende: Seele, Körper und Blick.

„Du hast dich nicht von der Stelle gerührt", sagte sie. „Dein Koffer ist noch immer im Schrank, und du liegst in deinem warmen Bett. Du hast gewählt: Brigitte und Angèle! So ist es nun einmal!“

Nein! Es war nun einmal nicht so! Ich lag nicht in meinem warmen Bett. Ich spürte den Schmerz, überall, und er hatte mir diesen Schmerz zugefügt. Ich sah Pierres Gesicht vor mir, als er mich beim Ausgang des Lyzeums erwartete; die Freude, die es veränderte, als ich erschien; sie war so stark, daß es mir weh tat, und daß ich mich schämte, als wüßte ich, was geschehen würde. Ich fühlte das Gewicht seines Kopfes auf meiner Brust, wenn ich seine Haare streichelte und er wieder zum Kind wurde, zum überglücklichen Kind; ich hörte seine Worte: „Du bist das Fest, das ich niemals gehabt habe ...“ „Wenn ich dich verlöre, wäre es so, als hätte ich vergeblich, zum letztenmal an die verbotene Türe geklopft ...“

Und ich soll diese Türe zuschlagen? Ich soll ihm das Fest wegnehmen? Ich soll so sein wie die Kinder damals, die ihn von der sicheren Höhe ihres behüteten Daseins aus mit ihrem Spott peinigten?

Ich glaube, daß es spät war. Ich lag starr auf meinem Bett, war keiner Bewegung fähig. Eine entsetzliche Stille war über das Haus, sogar über den Garten hereingebrochen. Die Gegenstände in meinem Zimmer sprachen nicht mehr zu mir. Alles hier, alle, verweigerten mir ihre Hilfe. Das Morgen drohte. Mama! Zu ihr gehen! „Ich liebe einen Mann von vierzig Jahren, der Frau und Tochter hat, liebe ihn von ganzem Herzen.“ Unmöglich! Ich kann nicht. Und ich kannte die Antwort im voraus, wohl zärtlicher, trauriger, aber im Grunde die gleiche wie bei Bernadette. „Du hast nicht das Recht dazu.“

Ich hätte Angèle nicht anhören dürfen. Ich hätte nicht mit Bernadette sprechen dürfen. Ich hätte zu ihm laufen sollen. Ich litt, weil es auch noch meinen Körper gab; dieser Durst, dieses unstillbare Verlangen danach, daß er mich streichelte, mich liebte, mein Verlangen stillte. Er hatte mich die Lust gelehrt, und er hatte mich gelehrt, sie auch ihm zu schenken. Was soll aus meinem Körper werden ohne den seinen. Nein! So war es nicht, Bernadette. Es gab nicht nur Brigitte und Angèle und die Frage der Kartoffeln. Es gab auch Pierre und mich. Mit dem „So ist es nun einmal", macht man es sich zu leicht. So reden Verwandte, Leute, die nicht hören, daß auch das Treppengeländer zu ihnen spricht, die der Anblick einer zarten Blume zwischen den Steinen nicht rührt. So ist es nun einmal nicht. Du nimmst dich entschieden zu wichtig, meine teure Bernadette. Deine idiotische, distanzierte Stellungnahme würde dazu führen, daß man niemals lieben, niemals kämpfen, niemals etwas wagen würde, aus Angst vor den Konsequenzen. Und besteht das ganze Leben denn nicht aus Konsequenzen, von denen jede die nächste automatisch nach sich zieht? Auf jeden Fall, wie dem auch sei, so nicht!

30

Den Schal dreimal um den Hals geschlungen

Ich ging nicht in die Schule, ich lief zu Pierre. Der Schlüssel steckte in der Tür. Ich trat ein. Er war da. Er nahm mich nicht in die Arme. Das Sofa war zerwühlt, eine Decke hing auf den Fußboden herunter, neben einem vollen Aschenbecher.

„Ja", sagte er, „ich habe hier geschlafen!"

Ich sagte: „Gestern habe ich Angèle getroffen."

Er antwortete: „Ich weiß. Sie hat beim Abendessen von dir gesprochen. Was du ihr erzählt hast, hat ihr gut gefallen. *Die vier Töchter des Doktors* ... Sie sagte: ‚Ich möchte auch eine Schwester haben. Wenigstens eine!' "

Ich verstand nicht, was geschehen war. Warum dieses strenge Gesicht, dieser Ton? Was hatte ich ihm getan? Ich ging auf ihn zu. Sein Blick hielt mich zurück.

„Als ich merkte, daß du nicht kommst, habe ich verstanden, wußte, daß du deine Wahl getroffen hast."

Meine Wahl? Aber nein! Das hatte ich eben nicht getan! Und heute morgen war ich gekommen, um ihn um Hilfe zu bitten. Es war ein Fehler gewesen, daß er ein Café für unser Gespräch gewählt hatte: einen dieser unpersönlichen kalten Orte, wo die Menschen einander belauern, wo das Leben seicht ist, das Gegenteil von Leidenschaft. Mit Worten der Liebe und Zärtlichkeiten mußte er mir *hier* befehlen, zu bleiben. Befehlen. Hier würde ich ja sagen.

„Aber ich habe auch eingesehen, daß ich verrückt gewesen bin!“

Verrückt? Das Wort machte mich sprachlos. Er schwieg jetzt. Und protestierte nicht, sondern stand ihm regungslos, verständnislos gegenüber. Gleichzeitig hatte ich das Gefühl, daß alles zusammenbrach und daß er mir eine Komödie vorspielte: ich wartete darauf, daß er mir das sagte. Er kam zu mir, nahm mich an der Hand und führte mich zum Sofa, wo er sich neben mich setzte.

„Als ich vorgestern sagte ‚du‘, wußte ich, daß es Wahnsinn war! Ich brauchte dein ‚ja‘ sofort ... deinen Wahnsinn als Antwort. ... Dann, vielleicht ... Aber du bist stumm dagesessen, so unglücklich, daß ich dir sagen wollte: ‚Mach dir keine Sorgen! Wir werden nicht zusammenleben ...‘ “

Ich betrachtete seine Hände neben den meinen. Es war nicht Pierre, der sprach, und er sprach nicht von mir. „Wir werden nicht zusammenleben ...“ Einmal, genau an diesem Ort, hatte ein anderer, der ihm ähnlich sah, gesagt, daß ein Leben ohne mich der Tod wäre. Ich wartete darauf, daß dieser Mann mich in die Arme nehmen würde. Es konnte sich nur mehr um Sekunden handeln.

Er stand auf, ging zu der großen Glaswand, und erst da bemerkte ich die Sonne. Es war die Morgensonne, jung und prickelnd, die die Dächer in Seen verwandelte. Ich war noch nie um diese Zeit hierhergekommen. Eigentlich wußte ich beinahe nichts von diesem Atelier.

Ich starrte auf Pierres Rücken, auf das total zerknitterte Hemd, in dem er, wie ich begriff, geschlafen hatte.

„Angèle“, sagte ich.

Er drehte sich mit einem Ruck zu mir. „Es handelt sich nicht um Angèle. Und es handelt sich nicht um Brigitte. Das weißt du genau.“

Er ging zu seinem Zeichentisch zurück und nahm eine Zigarette. Seine Hand zitterte. Ich klammerte mich daran. Die Hand zitterte heftig: sie strafte seinen brutalen Ton Lügen und schrie mir zu, daß er mich noch liebte. Er tat ein paar tiefe Züge und sah mich an.

„Erinnerst du dich an den Abend, an dem ich dich angerufen habe? Ich habe dir gesagt, daß ich viel gekämpft hätte. Ich weiß jetzt, wogegen. Gegen die Angst, auch ich: die Angst, dich zu lieben. Du zogst mich damals nur außerordentlich stark an. Ich muß den heutigen Tag geahnt haben.“

Als ich zum zweitenmal hiergewesen war und versucht hatte, ihm zu gefallen, an dem Tag mit den Crêpes, hatte ich keine Worte gefunden, und heute fand ich auch keine, um mich zu verteidigen. Ich sah die Bilder an wie an jenem Tag, und nach und nach wurde mir alles klar. Ich verstand meine Angst, meine Besorgnis von damals. Diese verlassenen sandigen Ufer, dieser Schrei, diese Schiffe ohne Leben, all das Grau, das war das Bild des heutigen Tages, jetzt. Pierre hatte nie etwas anderes getan, als diesen Augenblick zu malen.

Er redete weiter, mit Zorn in der Stimme, und als spräche er zu sich selbst. „Nein! Ich glaube nicht, daß ich dir böse bin. Es liegt am Leben … Es hat zuviel zwischen uns aufgetürmt: die Familie, die Erziehung, das

Alter. Und es hat mich nicht genügend stark oder genügend blind gemacht, um dich aus all dem zu entführen."

Ich stand auf. Das mußte aufhören. Ich ging zu ihm. Ich fühlte mich schwer wie ein Stück abgestorbenes Holz. Ich umklammerte ihn mit den Armen; ich schmiegte mich an ihn.

„Das ist unwichtig, Pierre; das Alter hat keine Bedeutung."

Er lächelte zum erstenmal. Ich dachte: „Jetzt ist es vorbei!" Und ich bemühte mich, die Tränen noch ein wenig zurückzuhalten, weil er mich endlich in die Arme nehmen würde.

„Und wenn es, ganz im Gegenteil, alles ausgelöst hätte? Wenn dein Schal, deine Angst, deine Unerfahrenheit schuld wären ... und mein Wunsch, dich zu zähmen, dich etwas zu lehren. Und dann bist du für mich so wichtig geworden! Wenn das jetzt bewirkte ..."

„Laß mich bleiben!" Ich verbarg mein Gesicht an seinem Hals. Auch wenn seine Hände regungslos herabhingen – ich kannte seinen Geruch, der zwischen dem Kragen und dem Hals aufstieg, warm und kräftig, und er gehörte mir. „Laß mich bleiben ..." Ich versuchte, mit ihm zu verschmelzen.

Er schob mich von sich, hielt mich mit ausgestreckten Armen fest, wie jemanden, den man schütteln will, dem man weh tun will, dem man das Recht verweigert, sich zu verteidigen.

„Damals bot ich dir nicht das Glück an! Die Liebe, sicherlich, aber den Kampf. Wenn ich damit einverstanden bin, daß du bleibst, nehme ich das Risiko auf mich, die zu zerbrechen, die ich geliebt habe: das zarte, süße und verwundbare Mädchen. Aus ihr eine andere zu machen. Das habe ich endlich begriffen."

Ich weiß nicht, was ich gesagt habe. Ich vermengte alles: La Marette, die Liebe, die Worte von gestern, die ich zur Hilfe rief, den Hunger, den ich empfand: nach ihm, nach seiner Stimme, seinem Blick, seinem Körper. Nach dem, was du mit mir gemacht hast, Pierre, hast du nicht das Recht, mich zurückzuweisen. Das wäre so, als würdest du eines deiner lebendigsten Gemälde zerstören! Eines, in dem man den Wind hört, in dem der Ruf des fernen Meeres, sogar das unempfindliche Holz des Schiffes aufschreien läßt. Den Kampf, das Leben – ich will sie. Es ist gleichgültig. Die Familie ist mir gleichgültig.

Einen Augenblick lang, als seine Arme mich umschlangen, als seine Lippen die Tränen unter meinen Augen wegküßten, als sie sich dann wild auf meinen Mund preßten, glaubte ich, daß ich gewonnen hätte. Aber dann riß er sich von mir los.

„Gestern abend habe ich Brigitte gesagt, sie solle bleiben. Wenn ich jetzt noch einmal mit dir schlafe, weiß ich, daß es das letzte Mal ist. Wie kannst du das wollen?" wiederholte er mit lauter Stimme. „Wie kannst du so etwas wollen? Es zum letztenmal mit dir zu tun, und es zu wissen. Glaubst du, daß das möglich ist?"

Er trug mich zum Treppenabsatz. Er drehte mir den Rücken zu. Er schloß die Tür. Es war zu Ende.

31

Er hatte gesagt „du“

La Marette, nein! Bernadette, nein! Ich bin zu France gelaufen, in die Rue Christine. Es war erst elf Uhr, und auf dem Markt herrschte Hochbetrieb. Die Frauen drängten sich vor Bergen von Früchten und Gemüse; es gab auch rohes Fleisch und Fische mit trüben Augen. Und überall Erwachsene, Erwachsene.

Frances Vater öffnete mir. „Was ist geschehen?“

Ich sagte: „Bitte, bitte ...“ Ich konnte nichts anderes sagen. „Schluß mit der Quälerei. Bitte.“

Er packte mich an der Schulter. „Komm!“ Er führte mich in die Küche und gab mir ein großes Glas Wasser. „Trink!“ Meine Zähne schlugen an das Glas, das Wasser rann mir übers Kinn. „Alles! Trink alles!“ Ich versuchte zu gehorchen. Er war um etwa fünf Jahre jünger als Pierre. Er hätte für mich Pierre sein können.

„Willst du sprechen?“

Ich schüttelte den Kopf.

„Willst du allein sein?“

Ja! Allein! Bitte allein! Er begleitete mich in Frances Zimmer. Sie war mit ihrer Mutter für einen Tag weggefahren. Niemand würde mich stören, aber wenn ich irgend etwas brauchen sollte, er sei in seinem Büro. Selbst wenn ich mich dort nur hinsetzen, ein wenig

Musik hören wollte, ohne zu sprechen, um zu spüren, daß er da sei, sollte ich kommen. Ich habe mich auf das Bett gesetzt. Nun ist es soweit! Zu Ende! Innerhalb von drei Tagen, Schluß! Er hatte nicht einmal gesagt, daß wir einander wiedersehen würden.

Plötzlich brach ich laut in Tränen aus. Der Schmerz entwich stoßweise aus meiner Brust und riß mich beinahe entzwei. Er hatte gesagt: „du“, und ich hatte alles verscherzt. Einige Stunden lang hatte ich die großartige Möglichkeit gehabt, das Leben mit ihm zu wählen, und ich hatte sie vorübergehen lassen. Es war zu spät. Es war zu Ende. Nein, Bernadette, es war nicht einfach so: Pierre nicht mehr sehen, nicht mehr geliebt werden, das war einfach unmöglich. Ich konnte es mir nicht vorstellen. Mit dem verlassenen Strand, mit dem toten Schiff, mit den Möwen und den Felsen, mit der Welt – ich weigerte mich.

Dann stand ich auf, ging zum Kamin und betrachtete Frances Fotos. Ich hatte Lust, sie mit dem Arm hinunterzufegen! Große Gesten machen! Wilde Schreie ausstoßen, um den Schmerz zu verbergen. France durfte alles behalten. Man kreuzigte sie nicht, man vierteilte sie nicht. Sie konnte Ja sagen, immer wieder; wie Bernadette. Aber ich! Ich! Die Fotos verschwammen vor meinen Augen. Ich ging zum Bett zurück. Ich fiel hinein. Ich wollte tot sein. Ich lag ausgestreckt in meinem Sarg, mit weißen Blumen bedeckt, und die Meinen umstanden mich. Pierre war an meiner Seite. Er begriff, daß er mich getötet hatte. Er begriff, daß das kleine, süße, zarte und verwundbare Mädchen nun eine Frau war, fähig, für ihn zu sterben. Beim Klang herzzerreißender Musik weinten alle rings um meinen Sarg; ich selbst übrigens auch. So bin ich eingeschlafen.

Ich träumte, daß er mich hole. Er ergriff ganz fest meine Hand und nahm mich zu sich mit. Alles war wieder gut!

Ich war noch in meinem Traum befangen, als ich an seiner Tür läutete. Es war kurz nach vier Uhr, unsere Stunde! Ich hatte beschlossen, ihn nicht um seine Meinung zu fragen. Ich würde mich in eine Ecke setzen. Ich würde warten. Einmal würde er mir zum zweitenmal sagen: „Du hast gewonnen."

Brigitte öffnete mir. Sie trug dieselbe Bluse wie damals, und ich war sehr erstaunt, weil ich sie so genau wiedererkannte. Ich war auch darüber überrascht, daß sie nicht wie eine Rivalin aussah. Sie hatte Ringe unter den Augen, wirkte müde.

Sie sah mich einige Sekunden lang stumm an, als wolle sie mir eine wichtige Frage stellen. Sie schien mir nicht böse zu sein, sondern war nur traurig.

„Treten Sie ein!"

Das Sofa war in Ordnung, alles an seinem Platz. Bernadette hatte recht. Aus der Küche drang der Geruch von Speisen. Wer schälte die Kartoffeln? Pierre beschäftigte sich gerade mit dem Feuer. Er winkte mir zu. Brigitte sagte: „Wollen Sie sich nicht ein wenig setzen?"

Ich habe mich auf meinen Platz auf dem Sofa gesetzt. Ich hatte noch immer kein Wort gesprochen, und Brigitte tat so, als wäre das ganz normal. Sie brachte mir, ohne mich zu fragen, eine Tasse Kaffee. Der Kaffee war wohl fertig gewesen, denn es hat nicht einmal eine Minute gedauert. Dann setzte Brigitte sich neben mich, auf ihre Fersen, wie Claire.

Als Pierre mit seinem Feuer fertig war, kam er zu uns, und während ich den bitteren Kaffee in einem Zug austrank, sagte er mir, daß er bald in die Vereinigten Staaten fahren werde: Seine Ausstellung sollte in drei Monaten stattfinden, und es wäre ganz gut, wenn er dort wäre, um Kontakte mit der Presse aufzunehmen. Brigitte würde zu Ostern mit Angèle nachkommen.

Sie sprachen einer nach dem anderen, mit ruhiger, träger Stimme, und ich hatte das Gefühl, in den Händen von zwei Chirurgen zu sein, die sich Mühe gaben, mir ohne große Schmerzen etwas Wesentliches herauszuoperieren. Ich hatte Lust, ihnen zu sagen: „Gebt euch nicht so viel Mühe ..."

In diesem Augenblick, als ich zwischen ihnen saß, litt ich nicht mehr.

„Neben Amerika", sagte Brigitte, „wirkt Frankreich ganz klein. Wenn man von dort drüben zurückkommt, staunt man; man schätzt wirklich ..."

Ich beteiligte mich an der Konversation. Ich wußte nicht, daß man durch einen schweren Schock betrunken werden kann. Ich war betrunken. Die Worte drängten sich mir auf die Lippen, mir, der es für gewöhnlich so schwer fällt, sich auszudrücken. Sie quollen förmlich aus mir hervor. Ja! Die Amerikaner! Man hatte mir gesagt, daß sie festverwurzelte Dinge lieben. Also mußte ihnen die Bretagne unbedingt gefallen! Diese Mauern, die aussehen, als wären sie aus Fels, die von Sonne und Wogen geprägten Menschen mit den von Wind und Gischt gegerbten Gesichtern, mit den knorrigen Händen, mit den Augen, die in die Weite blicken... Man hatte mir gesagt, daß die Amerikaner... Aber auch über sie konnte ich mich täuschen, sie in ein Schema pressen, wie die Liebe. Ich hatte geglaubt, daß zwei Menschen, die einander lieben – wirklich und ganz und mit allen Freuden –, denen es gelungen ist, wie Papa sagte, so miteinander zu verschmelzen, daß sie der Einsamkeit entrinnen, irgendwie unverwundbar seien. Das hatte ich geglaubt!

Die Nacht brach herein, und es schien mir besser, wenn kein Licht gemacht wurde. Von Pierre sah ich nur das gesenkte und bewegungslose Gesicht, das Gesicht eines Menschen, der über sein Schicksal nachdenkt; und von Brigitte nur ein Lächeln des Bedauerns für mich.

Als sie aufstand, um die Lampe anzuzünden, sagte ich, daß ich nach Hause gehen müsse. Sie drückte mir die Hand. Ich hätte ihr sagen wollen – und das war wahr –, daß ich auch sie liebte; obwohl ich nicht verstand, wie das möglich war, da es ja doch sie war, die Pierre schließlich gewählt hatte.

Er begleitete mich bis zum Treppenabsatz. Ich blieb oben auf den Stufen stehen und konnte plötzlich weder sprechen noch mich bewegen.

„Du hast deinen Schal vergessen ...“

Mit dem Finger folgte er der Linie meiner Wange, meines Kinns, meiner Lippen. Ich schloß die Augen. Oh, seine Lippen, seine Wange, sein Kinn! Ich begriff, daß er mich immer noch liebte, es aber nie wieder sagen würde. Ich wußte, daß ich nie wieder so lieben würde, daß ich ihn aber zweifellos vergessen würde; und das war für mich unerträglicher als alles andere.

Er sagte: „Ich möchte dich um etwas bitten. Ich möchte nach La Marette kommen, nur ein einziges Mal. Dort werde ich dir Adieu sagen."

Während ich die Stufen hinunterging, sah ich mechanisch auf die Uhr. Es war neunzehn Uhr, wie man sagt. Ich würde pünktlich zum Abendessen kommen.

32

Der unerträgliche Augenblick

Mama und Cécile sitzen auf dem Sofa, Bernadette steht am Kamin, Waden zum Feuer, ich sitze auf meinem Hocker. Die Prinzessin kümmert sich um den Apéritif. Pierre sitzt in dem Besuchersessel, mit dem Gesicht zu den Flammen.

Alles war sehr einfach gewesen. Gegen sieben Uhr klingelte das Telefon. Es war Pierre. „Ich bin in der Gegend, darf ich vorbeikommen?"

Wir waren bereits alle im Salon, außer Papa, der gerade heimgekehrt war und es sich bequem machte. Ich wandte mich zu Mama, ohne den Hörer hinzulegen.

„Béas Onkel ist in der Gegend. Er würde gerne das Haus kennenlernen."

Mama nickte. „Ja, sicherlich!" Sie ist immer bereit, allen die Türe des Hauses zu öffnen und liebt Béa sehr. Sie würde ihr gerne ein wenig von unserer Wärme geben. Sie weiß nicht, daß „ein wenig" schmerzhafter ist als „gar nichts". Es klingelte. Cécile stürzte hinaus, um zu öffnen. Ich habe sie nicht zurückgehalten. Als sie mit Pierre zurückkam, sah sie enttäuscht aus. Anscheinend hatte sie jemanden wie Stéphane erwartet. Das hier war wirklich „ein Onkel"!

Es regnet! Es hört nicht auf zu regnen, und seine

Haare waren naß, klebten am Kopf. Mama bot ihm ein Handtuch an, um sich trockenzureiben. Er lachte, sagte, daß das Feuer dies schon besorgen würde und daß man ihm Gelegenheit geben solle, einmal gut frisiert zu sein.

Er bat um einen Whisky ohne Wasser mit zwei Eiswürfeln. Wenn er an diesem Abend nicht gekommen wäre, hätte ich nie erfahren, daß er Whisky mag. Bei ihm zu Hause habe ich ihn nur schwarzen Kaffee und Wein trinken gesehen. Ich weiß so wenig von ihm.

Er spricht mit Mama über die Bretagne: Fischfang, Krabben, kleine Muscheln, Hauben und Stürme. „Wir", sagt Mama, „wir sind alte Normannen, und in der Normandie gibt es vor allem Miesmuscheln und Garnelen, natürlich auch Eßmuscheln und Sandaale während der Flut." Aber sie kennt die Bretagne und liebt sie. Sie ist schöner, wilder und stärker. Kurz, das Meer ist dort näher! Sein Geruch ist kräftiger. Es färbt auf die ganze Landschaft ab. Wenn es nicht so weit wäre... wenn man mit dem Auto leichter hinkäme...

Er trägt ein kariertes Hemd, einen Regenmantel aus dickem blauem Wollstoff, Lederschuhe wie jedermann. Zu Hause hatte er beinahe immer Bastschuhe an. Er ging geräuschlos. Er hatte eine Vorliebe dafür, die Arme überraschend um mich zu legen. Einmal hat er mich in der Küche so erschreckt, daß ich eine Tasse fallen ließ.

Bernadette läßt ihn nicht aus den Augen, während sie an ihrer Pfeife zieht, aber ihr Gesicht verrät nichts. Erst einige Tage später sagte sie dann, daß sie sich, auf ihre Art, gedacht habe: „Sehr nett, aber ihr hättet es schwer gehabt."

Die Prinzessin hat sich Portwein eingeschenkt. Sie

durchbohrt Cécile mit den Blicken, weil sie eine Razzia unter den Mandeln und den Salzbäckereien veranstaltet. Wie oft hat sie ihr erklärt, daß man einen Aperitif kostet, genießt, und dabei Konversation macht!

Dann ist Papa da, und ich stelle sie einander vor. „Mein Vater!" „Béas Onkel!" Charles hat eine Art, den Leuten die Hand zu drücken, die ich leidenschaftlich liebe, weil er ihnen dabei tief in die Augen sieht. Ich bin sicher, daß Pierre das gefällt. Papa wird nie etwas merken. Morgen wird er sagen: „Mein Gott, wie gequält dieser Mensch ausgesehen hat!"

Mama holt Mineralwasser ohne Kohlensäure für den Whisky ihres Mannes; sie selbst bleibt bei ihrem Lieblingsgetränk: ein Glas Rotwein mit einer Scheibe Zitrone. Wenn es Sommer wäre, würde sie noch Stückchen reifen Pfirsichs hineintun. Wir sprechen jetzt über Amerika. Von der Rolle Amerikas, ich weiß nicht zu welcher Zeit und ich weiß nicht wo. Amerika wird mir Pierre stehlen. Es ist nur dazu entdeckt worden. Es existiert nur, um mir Kummer zu bereiten.

„Wie hast du ihn kennengelernt?" flüstert mir Cécile zu.

Ich vermeide eine Antwort, indem ich eine unbestimmte Handbewegung mache. Wie lernt man die Leute kennen? Wie begegnet man der Liebe? Da war ich vier Jahre mit Béa in der gleichen Klasse, und sie hat niemals daran gedacht, mir ihren Onkel vorzustellen. Ich habe ihn durch Zufall kennengelernt, so war's!

Ich schüre das Feuer. Ein Nebel hüllt mich ein, aber nicht der Nebel des Schmerzes. Gibt es auch für mich eine Atempause? Seit Pierre eingetreten ist, kann ich nicht glauben, daß ich ihn nicht mehr wiedersehen werde. Aber auch nicht, daß ich ihn so sehr liebe und ihn nachts suche und weine und den Appetit verloren habe.

Er wendet sich an Bernadette, betrachtet ihre grobgestrickten Kniestrümpfe, und seine Augen blitzen schalkhaft auf.

„Und Germain?“

„Er wird dick und bequem“, beklagt sich Bernadette. „Seit man im Fernsehen über ihn gesprochen hat, hält er sich für arriviert und gibt sich nicht die geringste Mühe mehr.“

„Der Erfolg!“

„Woher kennt er Germain?“ sollte Cécile später fragen.

„Ich habe es ihm erzählt.“

„Dann hat er mich nicht im Fernsehen gesehen?“

„Er hat keinen Fernsehapparat.“

„Der Ärmste! Ich habe gesehen, daß er nicht reich ist. Er betrachtete alles hier, als wolle er es haben ...“

„Wissen Sie“, sagte Pierre zu Mama, „ich bin ein Einzelkind und habe meine Eltern früh verloren. Ich wußte nicht, was das ist, eine Familie.“

„Das ist die Freude“, sagt Mama einfach und Papa sieht sie mit leuchtenden Augen an.

„Das sagt man so“, grinst Cécile. „Es muß prima sein, wenn man ein Einzelkind ist.“

Claire seufzt verzweifelt. Pierre lächelt.

„Sei bedankt von deinen drei Schwestern“, sagt Bernadette.

Cécile schaut uns der Reihe nach an. „Ihr könntet trotzdem existieren“, räumt sie großzügig ein. „Ihr könntet zum Beispiel Cousinen sein! Eure Eltern könnten bei einem Flugzeugabsturz ums Leben gekommen sein, und Mama könnte euch adoptiert haben. Man würde euch sehr gut behandeln, aber jedermann wüßte, daß nur ich die einzig echte bin!“

Bernadette versetzt ihr einen Rippenstoß. „Die personifizierte Güte, dieses Kind.“

„Das personifizierte Flegelalter“, berichtigt Claire.

Pierre steht auf.

„Wollen Sie nicht zum Abendessen bei uns bleiben?“ schlägt Mama vor.

„Ich werde erwartet.“

Er drückt ihr die Hand. „Kein Handkuß“, bemerkte Cécile später. Seit ihrer Bekanntschaft mit Stéphane legt sich größten Wert auf gute Umgangsformen, fordert aber dennoch weiterhin den Tod der Phallokraten.

Mama sieht ihn lange an, ohne zu lächeln. An diesem Abend erfuhr ich, daß sie verstanden hat, weil ich auf meinem Kopfkissen einen Band Gedichte fand, mit einigen Worten von ihr. In den Gedichten heißt es, daß Liebesleid vergehe, aber die Farben des Himmels für immer tiefer mache und die anderen näherbringe.

„Paul wird Sie begleiten.“

Bernadette bestimmt das, und ihr befehlender Ton überrascht Papa und nagelt Cécile auf dem Sofa fest. Wir verlassen den Salon.

„Paul ...“, murmelt er. „Paul ...“

Wir gehen durch den Vorraum. Ich fühle ihn ganz nahe neben mir, er berührt mich beinahe. Wir stehen oben auf den Stufen der Freitreppe. Er legt die Hand auf das steinerne Treppengeländer, dahin, wohin ich sie lege, nahe der Ritze, wo die geheimnisvolle Blume bald wieder zum Leben erwachen wird. Sechs Stufen. Der Kies. Dann bleibt er stehen, sieht hinauf, zeigt auf das Fenster unter dem Dach.

„Dort?"

Ich nicke. Dort. Dort ohne dich. Plötzlich strömt der ganze Schmerz in mich zurück. Ich kann nicht mehr atmen. Man könnte mich töten ...

Der Kies knirscht unter unseren Schritten. Wenn er naß ist, ist das Geräusch leiser, abgerundeter. Der Geruch ist intensiv und scheint in dem vor Nässe triefenden Garten um die Bäume zu schweben. Langsamer! Langsamer! Pierre hat einen 2 CV, dessen zerrissenes Verdeck mit Leukoplast verklebt ist. „Irgendwer hat mir das einmal aus Spaß in der Nacht zugeklebt. Ich hatte nichts zum Stehlen ..." Ich wußte nicht einmal, daß er einen Wagen besitzt. Das waren Dinge, über die wir nicht geredet hatten. Wir haben niemals über etwas anderes als die Liebe gesprochen. Ich werde niemals in diesem Auto an seiner Seite sitzen und die Landstraße abrollen sehen, nur für uns allein.

„Ich habe dir etwas mitgebracht!"

Er öffnet den Kofferraum, und ich sehe einen Regenmantel und Stiefel. Er zieht ein in Stoff gewickeltes Gemälde heraus.

„Schau es nicht jetzt an." Er zeigt auf mein Fenster: „In deinem Zimmer!" Und er sagt, und seine Stimme ist ganz rauh, voll Aufruhr, während er mir das Bild in die Hände legt: „Ich habe es gemalt, während ich auf dich wartete!"

Seine Stimme hat mich aus der Fassung gebracht. Ich

glaube, daß sie mir wieder Hoffnung gemacht hat. Ich sehe ihn an, sage seinen Namen; sein Gesicht sieht aus, als liefe er; er betrachtet das Haus und das Licht im Salon. Nun wendet er sich zu mir, und das ist zuviel für mich. Ich schließe die Augen.

Ich spüre seine Hände auf meinen Schultern; auf meinem Mund, eine Sekunde lang, seine geschlossenen Lippen. Dann höre ich sehr bald das Geräusch des Wagens, und als ich die Augen wieder öffne, ist er nicht mehr da. Ich glaube, er hat noch „mein Liebling" gesagt.

Es ist das Bild mit dem gestrandeten Schiff. In Erwartung des Meeres. In Erwartung des Lebens. Voll Durst. Voll Hunger. Das bin ich, bevor er kam. Das bin ich jetzt. Das ist der unerträgliche Augenblick.

33

In Nicolas' Namen

Nicolas gibt es nicht. Weder in Céciles Klasse noch in einer anderen ... Cécile ist ein kleines, einsames Mädchen, das nicht viel mit ihren Schulkollegen verkehrt! Schon seit langem wollte die Direktorin mit Mama darüber sprechen! Wenn Mama sie nicht von sich aus besucht hätte, hätte sie sie zu sich gebeten.

Ungläubigkeit! Bestürzung! Nicolas gibt es nicht. Ich sah ihn vor mir, rothaarig, aufgeweckt, immer in Bewegung. Wenn der Quälgeist fluchte oder eine Dummheit machte, sagte man: „Das hat sie von Nicolas." Auf seine Art gehörte er zur Familie. Nun gut, kein Nicolas!

Es ist sieben Uhr. Der Salon riecht nach Käsesoufflée. Papa weiht die marokkanischen Pantoffeln ein, die ihm Mama zu Weihnachten geschenkt hat. Er braucht einige Zeit, bis er sich entschließt, etwas Neues zu benützen.

Mama hat die Neuigkeit vorsichtig verkündet. Unsere kleine Schwester ist bei Jean-Marc; man kann darüber sprechen. Aber keiner weiß, was er sagen soll; es ist eine schlechte Neuigkeit!

„Das erinnert mich an etwas", sagt Papa.

Die Geschichte vom vergangenen Jahr! An einem Sonntagmorgen rief Grosso modos Frau aus Pontoise an. Aus ihrer Stimme klang Entsetzen.

„Wissen Sie, was Ihre Kleine treibt?"

„Sie hat gesagt, daß sie zur Messe gehen will", antwortete Mama unbefangen, denn es war zu der Zeit, als der Quälgeist seine mystische Periode hatte, während der – wir fragten uns, warum – ihre Andachtsorte ständig wechselten.

„Kommen Sie doch her und sehen Sie sich an, wie sie zur Messe geht!"

Das Hochamt war zu Ende. Viele Leute. Cécile! Sie tastete mit einem weißen Spazierstock den Weg ab, die Augen hinter einer riesigen schwarzen Brille verborgen, stolperte, schwankte den Gehsteig entlang. Dazu die mitleidigen Gesichter der Gemeindemitglieder: „Das arme Kind!"

Wir verluden sie geschwind ins Auto. Papa sagte keinen Ton, bis wir zu Hause waren. Dort brach sein aufgestauter Zorn los.

„Man spielt nicht mit dem Unglück der anderen... ihren Gebrechen..."

Antwort des Quälgeistes mit einem herausfordernden Blick: „Es war kein Spiel!"

Wir mußten sie lange und geschickt ausfragen, bis sie es uns erklärte. Sie hat es gerne, wenn jemand, den sie nicht kennt, ihr den Arm reicht, um sie zu führen. Eine Hand, eine unbekannte Stimme, das gibt ihr ein Gefühl von Wärme. Da möchte sie weinen.

„Und ich schließe wirklich die Augen", begehrte sie zum Schluß noch einmal auf.

Ja, in gewissem Sinn ist die Sache mit Nicolas das gleiche (irgendwo einen Mangel an Wärme kompensieren). Zum allgemeinen Erstaunen äußert Claire einmal eine Meinung. Und das geschieht beinahe leidenschaftlich.

„Ich verstehe sie! Jeder müßte mit jedem sprechen. Man beschränkt sich auf wenige, weil man sie kennt. Das ist lächerlich!"

Papa schaut erstaunt unsere Prinzessin an, die sich wieder in die Tiefe ihres Fauteuils geflüchtet hat. Mama sieht ein wenig traurig aus. Ich weiß! Claire hat eben ihre Einsamkeit deutlich erkennen lassen. Wenn man sich allein fühlt, braucht man die ganze Welt.

„Dramatisieren wir die Sache nicht", sagt Bernadettes gute, tiefe Stimme. „Denken wir lieber über Nicolas nach. Was macht Nicolas! Er pfeift auf der Straße, trinkt Dutzende Krüge Bier, sieht nach Herzenslust fern, spielt Fußball wie ein Profi, was ihn nicht daran hindert, lauter Ausgezeichnet zu haben! Das hätte uns mißtrauisch machen müssen. Dieser Nicolas unternahm zuviel. Alles, was Cécile tun wollte."

„Vielen kleinen Mädchen tut es leid, daß sie keine Jungen sind, sagte Freud. Aber sie erfinden deshalb kein männliches Double."

„Freud ist total schwachsinnig", erklärt Bernadette. „Es tut Cécile nicht leid, daß sie kein Junge ist, sie will nur die gleichen Rechte haben wie die Jungen."

„Es geht schon wieder los!" seufzt Claire.

„Meiner Meinung nach", meint Mama beruhigend, „ist sie in einem schwierigen Alter. Das Alter, in dem man nicht mehr genau weiß, wer man ist ..."

„Jedes Alter ist schwierig", sagt unsere Prinzessin mit

wieder aufflammender Leidenschaft, sie bemerkt nicht, daß sie nicht an die Zukunft denkt. Ihr Tonfall ist so unheilverkündend, daß wir lachen müssen. Wir werden sie eines Tages noch „die Märtyrerin" nennen! Sie geruht zu lächeln.

„Da du das Problem anscheinend so klar erkennst", erklärt Bernadette, „werden wir sie dir anvertrauen!"

Claire ist verwirrt. „Sie mir anvertrauen? Aber was soll ich denn mit ihr tun?"

„Du bist beinahe immer da! Du wirst ihr zuhören, mit ihr sprechen. Du wirst versuchen, sie zu verstehen."

„Du wirst sie bewundern", sage ich.

Das ist mir entschlüpft, und die anderen sehen mich an. Ja, du wirst sie bewundern. Du wirst ihr das Gefühl geben, daß sie wichtig ist!

Mama lächelt mir zu. „Ich glaube jedenfalls, daß wir nicht darüber sprechen sollten. Wir sollten so tun, als wüßten wir nichts!"

„Glücklicherweise", sagt Papa ernst, „fährt Nicolas nächstes Jahr nach Amerika. Cécile hat es uns selbst gesagt."

Alle lachen los, das tut gut. Nicolas existiert!

„Wir müssen nur darauf achten, daß er seine Absicht nicht ändert", sagt Bernadette.

Die Eingangstür knallt zu. Die Tür zum Salon fliegt auf. Cécile-Nicolas erscheinen; ausgebeulte Samthose, Basketballschuhe, Anorak.

„Das ist ein Wettlauf gegen die Zeit! Wer zuerst bei Jean-Marc ist: das Kind oder der Tod!"

„Du bist tapfer, Kleine!" Mama öffnet die Arme. Cécile hat den Kopf gesenkt, macht ein trotziges Gesicht, läuft zu ihr. Mama drückt ihr die Hände auf die Schultern und zwingt sie so, sich zu ihr zu setzen. „Du tust mir weh ..." Aber das tut gut, wenn es sich um einen solchen Kummer handelt. Wir hoffen alle, daß sie weinen wird. Nein! Wir sollten es wissen: Nicolas weint niemals.

Am Abend ist es besonders schlimm! Die Türe ist zu, die Geräusche ersterben; die Nacht bemächtigt sich der Dinge, und es gibt nur mehr mich, mich ohne Pierre.

Während des Tages habe ich die Schule, die Dinge, die erledigt werden müssen, die anderen. Es gelingt mir zu vergessen. Ich habe ab und zu sogar gedacht, daß ich recht gehandelt habe. Am Abend jedoch fehlt er mir, fehlt er mir, fehlt er mir.

Er hat mich zur Frau gemacht, und ich schlafe in meinem Kinderbett. Er hat meinen Körper geweckt und ist jetzt nicht da, um ihn zu befriedigen. Ich habe Angst, den Klang seiner Stimme zu vergessen; und wie er „ich liebe dich" sagte; und wie er, auf meiner Brust liegend, zu meinem Kind wurde, trotz seines müden Gesichts, trotz all dessen, was man Erfahrung nennt.

Ich liebe ihn, und dennoch hoffe ich, daß er leidet wie ich. Ich will, daß auch er leide. Das Schrecklichste wäre, wenn ich mir sagen müßte, daß er mich vergessen hat. Fürchterlicher als ich ohne ihn ist die Vorstellung von ihm ohne mich.

Ich habe das Bild noch nicht aufgehängt. Es steht neben meinem Bett. Manchmal mache ich nachts Licht und berühre es mit den Fingerspitzen – den Schlamm, die Algen. Ich kenne es jetzt auswendig, das Gestrüpp von Brombeerranken und Ginster auf der rechten Seite des Bildes, oben der vom Wind verkrümmte Baum, der aber Widerstand leistet. Und über allem der niedrige, wolkenschwere Himmel, der mich manchmal so bedrückt, daß mir schwindlig wird. Und vorn in der Mitte die reglose Masse des Schiffes, das ich immer als letztes streichle.

Pierre hat mir seine wilde Insel angeboten, seine Stürme, seinen Kampf. Ich habe die Küste der Normandie gewählt, die langen hellen Strände, auf denen Familien im Kreis sitzen, die Butterbrote und die Picknicks, bei denen immer ein paar Sandkörnchen zwischen den Zähnen knirschen.

34

Ein großes Ja

„Als mein Vater starb", sagte Mama, „hatte ich das Gefühl, daß das Leben farbloser geworden sei; oder vielmehr, daß es niemals mehr die Farben von früher annehmen werde. Und was mir am unerträglichsten schien, war, daß es sie eines Tages vielleicht doch annehmen könnte: ein Verrat! Und dann, eines Morgens, öffnest du das Fenster und die Luft tut dir gut. Die Düfte strömen herein, etwas überflutet dich: es ist das Leben, das wieder anfängt. Man darf es nicht zurückweisen!"

März! Die Tage, jetzt schon länger, sind voll Verheißung. Ein Summen erhebt sich über den Feldern. Das Korn wächst. Jeden Sonntag schneidet Papa liebevoll seine Rosensträucher, und trotz der Handschuhe sind seine Hände ganz zerkratzt. „Das sind die Hände eines Gärtners", sagt Mama, „nicht die Hände eines Arztes..." Auf dem benachbarten Bauernhof unternehmen die jungen Lämmer Gehversuche. Ich liebe es, ihnen zuzusehen, wenn sie die Hinterbeine einstemmen und bei ihren Müttern saugen – mit einer Energie, die wie ein Protest wirkt.

Auf dem Sofa liegt ein Stapel von Kleidungsstücken vom letzten Sommer. Jedes Jahr um diese Zeit verwandelt sich Mama in eine Schneiderin. Ich stehe auf meinem Hocker und sie steckt den Saum ab. Ich fühle ihre Finger an meinen Knien.

„Es gibt etwas“, sagt sie, „dem man nicht nachgeben darf: die Reue. Wenn man bereut, geht man rückwärts. Ob man nun recht gehabt hat oder nicht, man muß immer vorwärtsgehen.“

Ich sehe ihr geneigtes Gesicht. Sie spricht, ohne mich anzusehen, und das macht es leichter für mich. Diese Last, die ich in mir spüre, während ich ihr zuhöre, ist nicht Pierre! Sie kommt daher, daß meine Mutter nicht mehr mit mir spricht wie mit einem kleinen Mädchen. Habe ich mich so sehr verändert, daß sie so mit mir redet?

„Na also! Stich dich nicht, wenn du das Kleid ausziehst!“ Ich steige vom Hocker und ziehe das Kleid über den Kopf.

„Zu meiner Zeit“, bemerkt Mama, „trug man Unterröcke und Unterkleider; ihr habt nur die Haut darunter!“

An der Reihe ist ein Rock von Bernadette. Zu weit ... eindeutig!

„Du wächst“, stellt Mama fest. „Angeblich wachsen Jungen bis zum Militärdienst; ich habe mir bei Claires Geburt noch zwei Zentimeter zugelegt!“

Zwei Einnäher an der Taille. Er wird noch reichen für eine Saison. Die Blusen allerdings kann ich nicht mehr zuknöpfen. Meine Brust ist viel größer geworden.

„Wir werden sie Cécile anbieten“, sagt Mama, „und wir beide werden, wenn du willst, in Paris ein paar Einkäufe erledigen.“

Und wir beide! Ist es möglich, seiner Mutter so nahe

zu sein, ein Teil von ihr zu sein, und doch nicht ein einziges Mal den Namen dessen, den man liebt, vor ihr ausgesprochen zu haben? Ich liebe ihn. Ich liebe doch Pierre. Wenn der Tag kommt, an dem ich mein Fenster öffne und das Leben wiederfinde, werde ich versuchen, ihr von ihm zu erzählen.

Jean-Marc ist nicht ins Krankenhaus zurückgekehrt. Es geht ihm schlechter. Cécile besucht ihn jeden Tag.

„Wenn man jemanden liebt, glaubt man erst dann wirklich an seinen Tod, wenn er nicht mehr da ist", sagt Mama. „Und noch eins! Wir werden Cécile helfen müssen. Sie hat niemals wirklich geglaubt, daß Jean-Marc sterben könnte."

Er ist heute morgen um fünf Uhr gestorben, anscheinend ohne zu leiden. Papa sagt, daß die Menschen sich bemühen, bis zum Morgengrauen durchzuhalten; wenn es ihnen gelingt, können sie einen Tag mehr erhoffen.

Wir schliefen. Wir haben weder das Telefon noch die Abfahrt der Eltern gehört, aber beim Frühstück war die Küche leer. Wir stellten gerade Mutmaßungen an, als Papa zurückkehrte. Er hatte rote Augen und war ohne Krawatte. Er trat zu Cécile und sagte undeutlich: „Es ist zu Ende!"

Cécile hob brüsk den Kopf. Sie sah ihn voll Zorn, beinahe voll Haß an, als wollte sie ihm befehlen, seine Worte zu widerrufen. Papa streckte die Hand nach ihr aus, da warf sie ihre Serviette auf den Tisch und rannte aus der Küche. Die Serviette fiel in die Tasse mit Schokolade, aber wir ließen alles so, wie es war, und fuhren um neun

Uhr mit dem Auto ab, zu Jean-Marcs Haus. Wir waren dunkel gekleidet, ausgenommen unser Quälgeist, der dasselbe anhatte wie gestern. Während der ganzen Fahrt pfiff sie vor sich hin und sah aus dem Fenster.

In Jean-Marcs kleinem Haus drängten sich die Nachbarn; Geflüster, der Geruch von Kaffee, es war wie ein Fest, dessen man sich schämt. Als Papa Marie-Agnès sagte, sie solle sich wegen des Kindes ein wenig hinlegen, hatte ich das Gefühl, daß er den Menschen etwas wegnehme.

Papa führte uns zu Jean-Marc. Er lag steif unter einem weißen Laken, die Hände an den Körper angelegt, als sei er dem Befehl Stillgestanden gefolgt. Das Zimmer duftete nach Blumen, aber ich bemühte mich, nicht tief zu atmen, weil ich Angst hatte, daß es auch nach etwas anderem riechen könnte. Das Schrecklichste waren die Haare. Jean-Marc hatte sich immer geweigert, sie schneiden zu lassen, und Papa, der eigentlich gegen lange Haare ist, hatte mehrere Wutanfälle bekommen, weil die Schwestern darauf bestanden.

Er trug sie sehr lang, von einem Stirnband zusammengehalten. Ich hatte noch niemals einen toten Hippie gesehen, und ich weiß nicht, warum, aber die Haare machten es mir unmöglich zu glauben, daß er tatsächlich tot sei. Ich sah, wie die Gedanken hinter seiner Stirn arbeiteten; ich sah, wie sich seine Lippen bewegten.

Mama kniete neben dem Bett. Cécile lehnte an der Tür und schluchzte, Bernadette sah Jean-Marc an, als wollte sie ihm befehlen, die Komödie zu beenden, sie schien nicht zu verstehen, warum er nicht schneller gehorchte. Papas Gesicht war grau und trug einen wissenden Ausdruck. Ich dachte daran, daß er mit diesem Schauspiel oft konfrontiert wurde. Wieso war er dann nicht anders? Wie konnte er mit uns scherzen, gern Torte essen, Rosen pflanzen?

Cécile kam zu mir, und ich merkte, daß sie kaum atmen konnte. Ich erinnerte mich an Mamas Worte und legte ihr die Hand auf die Schulter, obwohl mir solche Gesten schwerfallen. Aber sie mußte wissen, daß ich sie sehr, sehr liebe. Einen Augenblick später löste sie sich von mir und setzte sich an den Rand des Bettes, wo sie offensichtlich jeden Abend Jean-Marc vorgelesen hatte. Das Buch war, zusammen mit einigen anderen Gegenständen, auf dem Nachttisch liegengeblieben: eine Nagelfeile, ein Kalender, ein Taschentuch. Cécile nahm das Buch und begann, mit lauter Stimme zu lesen.

Die Eltern standen ganz bewegungslos da, Mama hatte den Kopf an Papas Schulter gelehnt, und er hatte seinen Arm um sie gelegt. In diesem Augenblick trat Madame Grosso modo mit der Bäckersfrau ein und sah uns an, als wären wir alle verrückt. Ich muß vielleicht erwähnen, daß es sich um ein lustiges Buch handelte; Jean-Marc liebte derlei sehr, obwohl ihm das Lachen in der letzten Zeit Schmerzen bereitet hatte. Als die Frau Cécile unterbrechen wollte, hielt Bernadette sie mit eiserner Hand fest.

Cécile las in aller Ruhe das Kapitel zu Ende, dennoch waren wir erleichtert, weil sie nicht das nächste begann. Dann gingen alle hinaus, aber ich wollte Jean-Marc nicht verlassen. Ich hatte das Gefühl, ihm etwas schuldig zu sein. Die Liebe zu Pierre hatte mich daran gehindert, genügend an ihn zu denken.

Wir waren allein, und ich sah die weißen Lippen, die geschlossenen Augen an. Nach einer kleinen Weile geschah etwas Seltsames: ich fühlte, wie Frieden in mich einzog. Eine große Ruhe. Ein großes Ja. Ich habe nur begriffen, daß er gegangen war, daß er nicht mehr litt; daß es in einem gewissen Sinn gut war.

Ich betrachtete das erloschene Gesicht: „Der Tod", sagte ich mir, „ist nicht unbedingt das, was man sich darunter vorstellt: ein Riß, eine Trennung; vielmehr eine logische Folge, eine Türe, durch die man geht, nachdem man durch viele andere Türen gegangen ist, und die sich zu einer anderen Form der Existenz öffnet."

Übrigens sagen die Leute vom Lande, die die Dinge viel einfacher sehen, „hinübergehen" ... statt sterben.

35

Wir werden Kirschen haben

„Komm!“ sagt Cécile.

Sie schüttelt mich. Es ist noch Nacht, oder beinahe noch; kaum ein Schimmer von Grau jenseits des Fensterladens. Ich schlafe.

„Schnell!“

Mit einer befehlenden Geste reicht sie mir die Stiefel. Aber warum die Stiefel? Ich sehe am Fußende des Bettes einen mit einer großen Serviette bedeckten Korb.

„Ich habe Angst, ganz allein hinzugehen ...“

Wohin gehen? Ich stehe auf. Cécile hat den Anorak über das Nachthemd gezogen und trägt ebenfalls Stiefel. Plötzlich erscheint sie mir sehr klein, meine ganz kleine Schwester. Ich schlüpfe in einen Pullover. Mein Kopf ist noch nicht klar, und mir ist kalt. Sie betrachtet mich still und stumm. Ich hoffe, daß wir nicht weit zu gehen haben. Vielleicht habe ich schon erraten, wohin.

Im dunklen Treppenhaus orientiere ich mich nach dem weißen Schimmer von Céciles Hemd. Die Stufen knarren. Wir können von Glück reden, wenn wir nicht das ganze Haus wecken! Unten schnappe ich mir auf gut Glück einen Mantel. Cécile öffnet unter tausend Vorsichtsmaßregeln die Haustüre.

Die Freitreppe ist feucht. Frische Luft strömt uns entgegen. Ein intensiver Geruch, prickelnd und frisch, liegt über dem Garten. Wo ist Cécile? Sie kommt aus der Garage, mit der Gartenschaufel, zeigt mit dem Finger auf eine Stelle.

„Dort unten!"

Sie hat nahe der Umzäunung, die uns von der Oise trennt, einen Platz bezeichnet, zu dem wir niemals mehr gehen. Dort stehen ein alter Kirschbaum und ein altersschwacher Apfelbaum, der nur sehr wunderliche Früchte trägt, Mißgeburten, doppelte oder dreifache Früchte, die wie Würfel aussehen oder aufgedunsen sind und niemals süß. In dem Jahr, in dem wir nach La Marette gekommen waren, haben wir dort eine Hütte gebaut. An ihrem Eingang stellte Bernadette eine Falle auf, um Neugierige abzuschrecken. Papa war das erste Opfer. Er war sehr sauer wegen des verstauchten Knöchels.

Der Quälgeist hat mir die Schaufel anvertraut; sie trägt den Korb in der Hand; wir marschieren Seite an Seite. Da und dort hängen Nebelfetzen wie in einem Gruselfilm. Der Weg ist zu Ende; wir gehen jetzt durch das hohe Gras. Es ist sehr unangenehm, mit nackten Füßen in Stiefeln zu stecken. Man hat das Gefühl, als habe man nasse Waden, und die Zehen krümmen sich unwillkürlich zusammen. Anfangs hatten wir das Gras gemäht. Das heißt, Papa mähte. Wahrscheinlich stimmt es, daß er jetzt mehr Arbeit hat. Armer Garten! Der Tag zieht herauf; die Morgendämmerung; wir sind beim Apfelbaum angelangt.

„Wir müssen graben", befiehlt Cécile.

Sie zeigt auf einen Platz zwischen dem Baum und der Umzäunung. Die Oise fröstelt unter ihrer Daunendecke aus Nebel. Wir graben abwechselnd. Wenn man die Erde ansieht, könnte man meinen, sie sei weich; in Wirklichkeit leistet sie Widerstand, ist hart und fest. Von Zeit zu Zeit klirrt der Spaten auf einen Stein. Das Hemd des Quälgeists ist am Saum bald ganz dunkel.

„Ich glaube, daß das genügt!“

Wenigstens ist uns nicht mehr kalt! Cécile holt den Korb und schlägt das Tuch zurück. Natürlich sind es die Pilze. Wir schauen sie kurz an: die Blätterpilze, die Röhrenpilze, der berüchtigte Knollenblätterpilz, der wie die anderen aussieht, bräunlich und eingetrocknet. Ich denke an Jean-Marc – auch Cécile denkt an ihn, glaube ich, weil ihre Stimme seltsam klingt, als sie sagt: „Ich lege die Serviette hinein, und nachher schüttest du sie drauf.“

Sie kniet nieder, legt die Serviette, die die Pilze bedeckt hat, auf den Grund des Lochs – eine unserer schönsten Tischservietten, mit Großmutters Monogramm, nichts anderes war gut genug! Ich neige den Korb äußerst vorsichtig. Ich will den Inhalt nicht berühren. Die Pilze rollen; dieser kleine Hügel des Todes sieht wirklich nach nichts aus! Dennoch zittere ich wieder, vor Kälte und aus anderen Gründen. Cécile faltet dann die Ränder der Serviette zusammen und wirft sehr rasch, mit beiden Händen, als habe sie Angst, daß sie es sich doch noch überlege, die Erde zurück in das Loch. Nachdem alles wieder zugedeckt ist, treten wir die Erde mit den Füßen fest. Natürlich sieht man trotzdem, daß hier etwas vor sich gegangen ist; aber wer würde schon auf den Gedanken kommen, daß wir hier soeben den Tod begraben haben?

Es ist bereits heller Tag, als wir zurückkommen. Er

entfaltet sich wie eine Blume: rosa, zart, ein Blütenblatt. Cécile bleibt stehen, sieht etwas mit gerunzelten Brauen und ungläubigem Blick an. Ich folge ihrer Blickrichtung. Der Kirschbaum trägt einige Blüten.

„Verdammte Scheiße! Wir werden Kirschen haben", sagt sie. Und endlich entschließt sie sich! Sie weint.

April! Das ist ein Name zwischen Sonne und Eis. Ein weißer Name mit dem Funkeln von Kristall. Er läßt die Schneeglöckchen sprießen. Obwohl das Wetter milder wird, kann ich noch immer nicht daran glauben, daß ich eines Tages mit nackten Beinen und Armen auf dem Mofa fahren werde. Es ist jedesmal das gleiche: im Winter vergißt man, wie schön es im Frühling sein kann.

Das Kind ist geboren: Es heißt Jean-Marc und noch kann keiner sagen, wem es ähnlich sieht. Natürlich ist unser Quälgeist Taufpatin. „Er wird es schwer haben", verkündet sie überall.

Nicolas hat ein Velosolex. Nicolas darf am 14. Juli in Paris sein und tanzen. Nicolas hat vor nichts Angst, nicht einmal davor, daß seine Eltern vor seinen Augen bei einem großen Brand ums Leben kommen, bei einer Feuersbrunst, die auch das Haus in Asche legt, so daß er allein auf der Welt zurückbleibt.

In den Osterferien in acht Tagen fahren wir in die Bourgogne. Großmutter geht es besser und sie will uns sehen. Claire hat keine Lust, mit uns zu fahren. Sie wird zu Hause bleiben, sich um Papa kümmern und auch, halten Sie sich fest, um Germain. Das sind dann also zwei, die sich auf allerhand gefaßt machen können.

Bernadette hat eine großartige Idee gehabt. Im Sommer wird sie auf ihrem Pferd in die Ferien reiten. Jeden Abend beschäftigt sie sich mit einer komplizierten Karte, auf der sie die verschiedenen Rastplätze, Reithallen und Trainingsplätze einzeichnet. Der arme Stéphane, der gehofft hatte, daß sie nach Saint-Tropez in das Haus seiner Eltern kommen würde, bekommt graue Haare. Sie hat ihm vorgeschlagen, ihr mit dem Gepäck und einem Zelt im Auto zu folgen.

Es ist jetzt heller Tag, wenn ich aus der Schule komme; der Luxembourg-Park spielt den feinen Herrn mit all seinen poetischen Nelken. Leider hat ein Unbekannter die Beete geplündert, die seither von Aufsehern in Uniform bewacht werden. Béa grinst: „Die Poesie hinter Gittern!“ Sie lobt den Räuber; jeder habe das Recht, zu tun, was ihm gefällt! Fremdes Gut? Bourgeoises Vorurteil! Ich ärgere mich nicht darüber. Ich erinnere mich an ihren Blick am Ende eines Winternachmittags, als ich mit Angèle sprach. Ich habe aufgehört, Béa zu bewundern, aber ich glaube, daß ich sie mehr liebe als vorher.

Morgen pflanzen wir den Apfelbaum. Stéphane ist eingeladen, und ich glaube, daß er die Absicht hat, eine Flasche Champagner mitzubringen. Das sieht ihm ähnlich! „Sicherlich wird das Bäumchen sich in der ersten Zeit seltsam ausnehmen inmitten seiner älteren Kameraden, aber einmal wird es sie einholen und dann“, sagt Papa, „sollen sie sich nur in acht nehmen ...“

Wer mein Zimmer betritt, sieht als erstes Pierres Gemälde. Ich habe es gegenüber meinem Bett aufgehängt. Diese Landschaft, die stark und gequält zugleich wirkt, der Ruf, der von unten aufsteigt, wo sich das Meer befinden muß, der Sonnenfleck der Ginsterbüsche in dem Brombeergestrüpp … ich habe das Gefühl, dort gewesen zu sein.

Manchmal fühle ich mich für Augenblicke leer, sehr weit weg von allem. Als wäre ein Teil von mir mit Pierre fortgegangen. Aber seltsamerweise habe ich auch das Gefühl, daß ich beginne, ein wenig ich selbst zu sein.

Heute morgen, als ich das Fenster öffnete, spürte ich, daß mich etwas rufe. Da schloß ich die Augen und atmete tief ein, mit aller Kraft, um darauf zu antworten, und ich hatte das Gefühl, als streiche ein leichter Luftzug über eine offene Wunde.

Ich glaube, daß ich jetzt über das Glück sprechen könnte.